HOW TO
AGE DISGRACEFULLY

暮年狂想曲

銀髮 I 人的社交冒險

克萊兒・普里 Clare Pooley——著　陳柚均——譯

不要溫順地進入那良夜，

白晝將盡，就算年老也要燃燒咆嘯。

——狄倫・湯瑪斯（Dylan Thomas）

序幕

基層警員佩妮．羅傑斯緊貼著小巴士後方的保險桿行進，警笛尖鳴、車燈閃爍長達好幾英里了，小巴士才終於在高速公路的路肩停下。那些人完全聽不見也看不見嗎？當她靠近車輛，看見一群形形色色的人從髒兮兮的車窗向下盯著她看，她突然意識到，或許他們是真的又聾又瞎。至少有一半的乘客看起來超過七十歲了，還有幾個不到五歲，這真是太不尋常了。

小巴士的液壓門發出一聲不情願的「哐啷」金屬聲，顫抖了一下，眼前的駕駛座上出現一位紅著臉、臉上微微冒汗的中年女性。

「你們為什麼拖了這麼久才把車停下來？」佩妮走上車，不加掩飾地表達她的惱怒。

「真的很抱歉，警官。我正要找一個休息站，因為我們有些人急需上洗手間。你可能無法理解，我們這群人對洗手間的需求有多麼強烈。」那位女性頭轉頭看向那些乘客們，他們全都以令人不安、專注沉默的目光盯著佩妮。

像是為了讓這個超現實的場景更顯荒誕，那三個孩子竟然還穿著警察制服。難道他們是在捉弄我嗎？

「老實說，我們能順利出發就已經算是個奇蹟了。」司機又繼續說。「所以，當你一開始開啟了警示燈，而其他車輛開始讓道時，我還以為是要為我們開路呢。不過，後來我才意識到，你怎麼可能知道凱莉尿布的緊急情況，或是露比有膀胱虛弱的問題，而你看起來又很堅持的樣子，所以我想還是把車停下比較妥當。」

「莉迪亞，你不能隨便透露如此敏感又私人的醫療資訊，除非你獲得對方允許，或是搜查令。那她有搜查令嗎？」一位個子嬌小卻惡狠狠的女士說，佩妮推測她就是露比了。

「我應該沒有超速，我有嗎？」司機繼續問著。

「沒有。事實上，你的問題是開太慢了，慢到太危險了。不過，我們接到的命令是攔下這輛車。我確信，這輛小巴士上有一個倫敦警察廳想要審問的對象。」佩妮說。

那位司機的臉色瞬間變得蒼白，她在大腿上擦拭著雙手，她淺藍色的牛仔褲上出現淡淡的汗漬，接著又緊緊抓住膝蓋，吞了一口口水。

「喔，天啊。」她說。「他打算要控告我嗎？我就知道他會這麼做。你知道的，我就是一時忍不住了。畢竟這二十年來，我要面對他的冷言冷語及批評，更糟的是，他還徹底地對我視而不見，我真是受夠了。不過，我也承認，這有一部分是我自己的錯。」

「那不是你的錯，莉迪亞。」幾位乘客異口同聲地說，疲憊的聲音有如不斷重複的祈禱文。

司機不理會他們，從袖子裡抽出一張紙巾，擦拭她額頭上冒出來的汗珠。

「那一系列的照片就是最後一根稻草了，你可以說，正是壓垮駱駝的那一根。你們打算要逮捕我嗎？我的女兒們到底會怎麼看待我呢？她們的母親，竟然成了一個犯罪分子……」

佩妮低頭看著手中那張影印出來的照片，接著又看了看那位司機，此刻她正靠在假皮材質的方向盤上哭泣，淚水將她的眼妝弄得一塌糊塗。她心裡納悶著，這位看似不可能犯罪的罪犯究竟做了什麼事，但她沒有時間或精力去探究答案了。她沿著走道向後走了幾步，掃視著車上兩側乘客的面孔。

「莉迪亞，親愛的。」一位坐在座位中間的老先生對著正在啜泣的司機說。「我想，他們要找的人不是你，而是我。你知道，這麼多年過去了，這反倒讓我覺得是一種解脫。我想這已經成為一種癮頭了，但要創造同樣程度的快感，賭注就得要越來越高。我應該像個普通退休老人一樣，好好玩賓果就好了。看來，唯一能讓我停下來的辦法，就是被逮捕，現在，看來這個時刻已經到來了，要被抓個正著了。」

這個男人起身站了起來，將雙手伸出來，等著佩妮為他上手銬。在他身旁的座位上，一個如天使般的金髮小男孩正熟睡著，那頂尺寸不合的警帽滑落並遮住了他的小臉，手臂則緊緊抱著一隻無法辨識品種的老狗。小男孩睜開了雙眼，似乎感覺到身旁四周的緊張氣氛，驚恐地盯著佩妮。

「藏好所有東西！這他媽的是一次突襲！」他開口大聲喊著，驚醒了那隻狗，牠的吠叫聲出乎意料地響亮。佩妮震驚地後退了幾步，一整輛小巴士隨即爆發出一陣熱烈的掌聲。

「閉嘴，瑪姬．柴契爾！」一位坐在後面的老奶奶說，她顯然有失智症，完全不清楚現任的首相是誰，要不就是以為自己不在這輛小巴士上。

「太棒了，樂奇！我們就知道你做得到！」那位本來以為自己要被逮捕的男人說。然後，一看見佩妮臉上的表情，他接著補充說：「這是我們第一次聽見他開口說話，而他都快要五歲了。顯然地，他選用的字彙並不是太理想。如果他能先說『你好』或『謝謝』就好了，不過呢，無所謂，他能開口說些什麼都好。」

「他那一句**藏好所有東西**是什麼意思？」佩妮問道，一邊揉著額頭，感覺頭痛加劇了，因為昨晚在酒吧問答遊戲時多喝了幾杯龍舌蘭酒。下一次，她得讓倫敦警察廳自己處理這些跑腿的工作。

「誰知道呢，親愛的小姐。樂奇的過去就像是一個黑箱。這個男孩的名字，是你所能想像最不合適的名字了。」那位老先生說。「總之，他指的人不是我。我並沒有將那些來路不明的財物帶上這輛車。好吧，或許沒有那麼多。」

「聽著。」佩妮嘆了一口氣。「我不知道你們以前幹了些什麼事，老實說，我也真的不想知道，但我要找的人不是你，也不是她。」她說，對著仍在啜泣的巴士司機點了點頭。

「是社會服務機構派你來的嗎？」一個坐在巴士後面的青少年男孩開口問，他膝上坐著一個可愛的嬰兒——和他長得很相像，看來就是他的妹妹了。「我真的別無選擇，我發誓這輩子再也不會做這件事了。」

「如果你是代表市議會來的，那就告訴他們，那不是損壞他人財物的犯罪行為，而是一門藝術。他們只是一群欠缺鑑賞品味的庸俗之人。」佩妮推論應該是露比的那個女人說。她整個人幾乎要被五顏六色的一堆針織品給覆蓋住了。

佩妮的太陽穴開始劇烈地跳動，感覺到頭痛越來越嚴重，就像壓迫著她的頭骨一樣。

「我再也不想被帶去問話了。」另一位老奶奶說，她頂著一頭霓虹藍的鮮亮頭髮，讓她看起來就像一個放在警車車頂上的警笛。「他們全都是自然死亡的，我已經告訴你們多少次了？找丈夫這件事，我的際遇真是特別不幸。」

「也沒有像他們那麼不幸吧。」那個老男人喃喃自語。

「**你們能不能都不要再自首了！**」佩妮大聲喊道，舉起手中那張影印出來的照片，向大家揮舞著。「這個就是我要找的人。」

所有人都陷入了沉默。他們幾乎動作一致地轉過頭來，盯著司機正後方的那個空位看，但座位上已空無一人。接著，他們都轉過身看向小巴士開著的車門以及旁邊的高速公路。

佩妮也轉過頭來了。車輛的行進速度已慢到接近停滯了，就像每次駕駛們發現有警用巡邏車出現的情況一樣。他們以為她不知道，一般人開車時通常不會這麼小心嗎？

這時一聲又長又憤怒的汽車喇叭聲響起了，理由顯而易見。

一個年紀這麼大的人居然能如此敏捷地跳過中央分隔島，誰想得到呢？

三個月前

達芙妮

「那麼，我們該怎麼度過我的七十歲生日呢？」達芙妮對傑克說。這件事顯然很荒謬，因為傑克已經十五年無法答覆了。

達芙妮不僅時常對傑克說話，也會和她的室內植物及公寓裡散落各處的照片裡的人交談，甚至時常對電視裡的演員及主持人大喊大叫。不過，她從不和鄰居對話，除非發生了什麼緊急的行政問題，例如最近大樓重新裝修的「公共區域」。

「公共區域？」她憤怒地對傑克說，對著天花板揮舞著物業管理公司的信函。「這算是哪門子的描述字詞呀？聽起來就像是二流妓院裡會有的東西。」

然而，雖然達芙妮避免與任何其他住戶——其實上是任何人——接觸，她卻對他們瞭若指掌。當然，她可以說自己享受這種與社區密切聯繫的感覺，但事實上，她喜歡資訊不對等所帶來的權力感。當你對某人的認知多於他們對你的了解時，你就掌控局面，而這件事讓人有安全感。
達芙妮的資訊來源是一個名為「我們的鄰里之家」的網站，她在一年前左右偶然發現的。在他們漢默史密斯[1]的特定區域裡，似乎有為數不少的當地居民加入一個子群組中，她發現，只要加入他們，她就能夠偷偷地潛伏其中，偷聽每個人強烈堅持的意見，而無需透露自己的身分。
每天早上，達芙妮一邊吃著抹有果醬的吐司，一邊瀏覽著最新的發文，觀看人們家門口亞馬遜包裹被偷走的監視影像畫面，閱讀關於交通緩行措施[2]和居民停車的激烈辯論，或者看著人們出售那些**糟糕**、缺乏品味且往往破損不堪的物件，還一心期待著某個傻瓜願意花大錢將它們買下。
昨天早上發生了一場爭論，關於城市中的那些狐狸。牠們到底算是在我們花園裡留下食物的朋友，還是傳播疾病、造成損害，且長滿疥癬的害蟲呢？像往常一樣，這一場理性且審

1 Hammersmith，位於倫敦西部、泰晤士河沿岸，有許多古老建築、咖啡廳、酒吧和餐廳，為當地居民和遊客提供了豐富的娛樂和餐飲場所，擁有便捷的地鐵、公車和輕軌交通系統，為倫敦市中心和其他地區的重要交通樞紐。
2 traffic-calming systems，國外常見的社區交通規範方法，目的是增進道路安全，通常在沿線有住宅區的道路上設置凸面、小環島或其他類似設施以迫使車輛減速慢行。

慎的討論，很快就轉變成一場互相謾罵的口水戰，導致一位居民威脅要打電話給警方及英國皇家防止虐待動物協會（RSPCA），另一位居民則說要去鄰居的花園裡撒滿狐狸的糞便，看看她會有什麼感覺。最後，有幾位發文者不知何故被誤稱為「凱倫」[3]，管理員只能將這一連串的發文討論從網站上刪除，大家因此又回到垃圾集中處置的討論議題上。

達芙妮登入了網站，盡量不讓吐司的屑屑掉落到鍵盤上。在她生日的早晨，會有什麼驚喜等著她呢？

令人驚訝卻又令人惱火的是，今天的對話氣氛相當友好平靜。一位清潔工正在尋找工作，一位婦女尋求從廚房水槽U形彎管中取出婚戒的建議，還有個人要出售餐桌及椅子，想賣給這一群不太可能擁有餐廳的社區居民。由於達芙妮第二喜愛的網站是「英國房產網」[4]，她知道當地有許多餐廳早已被改造成家庭辦公室、健身房或是「多媒體中心」。她真想知道，人們在多媒體中心都在做什麼呢？是指媒介調停嗎？還是要謀畫什麼嗎？誰知道呢？

達芙妮不停捲動並瀏覽著近期的發文，卻發現自己無法集中注意力。她不斷地想著。**七十歲**，她真的有那麼老了嗎？她當然感覺不到，卻也不敢相信。她究竟是怎麼來到這個年紀的呢？那些消逝的時間都去哪裡了？

這個人生階段的處境，並不符合達芙妮所期待的想像。她曾想像自己的老年生活會被一群關愛他的朋友及家人陪伴包圍。好吧，也許不是關愛的朋友及家人，但至少是因歷史、基因血緣或共同的財務及房地產而產生聯繫的一些熟人。然而，她卻在這裡，孤獨一人，不是悄悄追蹤著鄰居的動態，就是和自己的植物交談。除了那一盆絲蘭（yucca）之外，她一直無法完全信任它。

無可否認地，她的公寓很華麗，可以眺望雄偉且蜿蜒的泰晤士河景色，右邊有漢默史密斯橋，左邊有普特尼橋，對岸則是氣勢宏偉、鮭魚粉色、外部有陶土瓦片覆蓋的哈羅德家具倉儲大樓[5]。雖然，這裡最初感覺像是個安全的地方——有如一個繭——但無論它有多麼豪華，也逐漸變成了一個牢籠。自從十五年前搬進來之後，她每星期只敢冒險出門一、兩次購買家用雜貨，最近她有一種感覺，那四面牆正向她不斷逼近，最終會將她給壓垮，和所有家

3　Karen，這個常見的名字近年來已是一個帶有貶義的標籤，用來代稱「覺得自己有特權，因而行為傲慢、自以為是、經常抱怨，總是要求見經理的的白人中年女性。

4　Rightmove.co.uk，為一個英國非常受歡迎的線上房地產平台、英國最大的房地產網站之一，專門提供各類住宅及不動產的買賣、租賃相關資訊。

5　Harrods Furniture Depository 建立一八九四年，位於富勒姆區與切爾西區交界處的泰晤士河畔，最初為哈羅德百貨公司的家具倉庫，提供倉儲和展示的空間。目前已改建為現代化的住宅社區，也是倫敦一處重要的歷史地標。

具一起變成一個小小的立方體。

無論後果如何，或許是時候**再次融入**這個世界，並結交一些朋友了吧？或者，至少和一些熟人往來吧。作為一個起點，還有什麼日子會比她的生日更合適呢？

問題在於，達芙妮其實不太喜歡其他人類，而且也完全不知道一個成人應該要怎麼交朋友。你不能直接要求別人和你一起玩跳房子，或和他們分享檸檬糖。他們可能會向當局舉報你，或在「我們的鄰里之家」上詆毀你。

達芙妮需要一個計畫，這應該不成問題，畢竟在她認識的人之中，她是最擅長從長計畫的人之一。她和傑克曾花上好幾個小時站在精心繪製的流程圖前，手裡拿著沒蓋上筆蓋的筆，從各個角度進行審查，不斷增加選項、應變措施、後備方案及防火牆。進行壓力測試，接著重新繪製，直到名稱、地點、時間、暗號、箭頭及象徵符號滲透她的夢境，以不同的模式迅速轉動並融合在一起，偶爾會為她帶來一些突破。

那些漫長的夜晚，有可能就是她最愛傑克的時刻，她會向他拋出一個想法，他便會接住它，稍加重塑改造，然後將點子丟回來，如此來回地投擲討論，直到他們創造出一個令人驚嘆的成果。

沒有他，她做得到嗎？

她當然可以！她一直是這項行動的幕後主腦。不過，傑克或任何人都不會承認這一點的。再說了，不管怎樣，這並不算是一個複雜的專案，對吧？不過是交一些朋友而已，一個五歲小孩都做得到！

達芙妮拿起前門旁的掛鉤上的外套和手提包。她打算要自己去買一個白板和幾支筆。然後，她就可以來擬定一個計畫了。

亞特

每個月的第一個星期一，亞特・安德魯斯會打電話給他的經紀人，但在過去的幾個月裡，他一直聯繫不上經紀人，這件事不太尋常。根據對他特別保護的那位助理所言，他不是正在開重要的會議，要不就是在拍攝現場，甚至在打高爾夫球，儘管她再三保證經紀人會回電，亞特卻一直沒有接到他的電話。就連亞特那位英國國家醫療服務系統（ＮＨＳ）的醫生都沒有那麼難找。

亞特開始懷疑，是對方刻意要閃躲他。他想，現在年輕人的說法叫「搞失蹤」。在四十年前左右，他曾經是賈斯帕的第一批客戶之一，但他職業生涯中的多數時間都不是在演戲，而是處於「待業」的狀態，因此他不曾進入經紀人優先名單上的前幾名。就現在看來，他根本不在那張名單上。

曾有一段時間，亞特找到了適合自己的角色定位，參與以醫院為背景的電視劇，主演坐輪椅的脾氣暴躁老人，或得了心臟病或中風的病人。扮演晚期的阿茲海默症患者時，他曾以極其令人信服的演技而名氣高漲。有多少演員能依照要求，如此逼真地流下口水呢？

亞特出演的那些角色，幾乎不可能在劇集的結尾時還活著。他不只一次被劇中某位親密家人拿枕頭悶死。有時，他甚至在劇集的第一集就已經死了。他花了不少時間扮演屍體，而身旁的兄弟姊妹為了遺產爭執不休，而他拚命忍著不打噴嚏。在近期的一個工作中，他成為了《冰與火之歌：權力遊戲》（*Game of Thrones*）衍生劇中的「異鬼」（White Walker），作為不死之人隊伍中的一員，他只需要向前緩慢前進，直到在後期製作中被一條火龍焚燒成灰燼。

但最近，即便是那些原本不起眼的演出機會，也似乎逐漸枯竭了。

亞特拿起了電話。他不打算要讓自己的事業不戰而敗。他撥打了經紀人的電話。

「謝爾本演藝經紀公司，你好。」賈斯帕的助理用愉快的聲音回答。

「你好。」亞特說。「我是謝爾本先生的顧問。我來電是為了告訴他關於近期的體檢結果。他有空嗎？」

「他沒有提過他做了任何的體檢。」助理說，口氣聽起來猶豫不決，幾乎有些懷疑。「可以請您留下電話號碼，再請他回電嗎？」

「這件事恐怕相當緊急，而且相當……敏感。」亞特說。「而且我還有一位病人在手術室等著，要進行一個非常棘手的陰莖重建手術。」幸好，亞特曾在《急診室》（ER）和《霍比城》（*Hobbiton*）中參與演出數集，演出期間他曾與這些霸道又自以為是的醫療顧問互動，所以這個角色自然而然地出現了。他應該把這才能加入簡歷中。

「呃，好吧，我幫您轉接過去，醫生您的姓氏是……」

「克隆尼。」亞特隨便說了一個名字。

電話另一頭靜默了一會兒，接著賈斯帕開口說：「是克隆尼醫生嗎？」

「嗨，賈斯帕，我是亞特。」他回答說。

「哦，天呀。」他的經紀人說。「為什麼要耍花招呀？你想不到一個比**克隆尼**更好的名字嗎？」

「對不起，親愛的。」亞特說。「只是你最近實在太難聯繫了。」

賈斯帕嘆了一口氣，這不是一個令人振奮的好兆頭。「最近適合你的工作恐怕不太多，老朋友。但你現在……」他停頓了一下，亞特可以想像著，賈斯帕正在翻閱他已布滿灰塵的簡歷。「都七十五歲了。你應該要好好休息了！去學學打高爾夫球吧！多花一些時間陪伴孫子們！」

其實，亞特從未見過他的孫子，但這不是重提那一道舊傷口的時候。

「但我不想退休，賈斯帕。」他說。「我還很有活力。」他應該還要再補充一句，**而且帳戶裡也幾乎沒有什麼錢了**。「而且七十五歲真的也不算老，對吧？美國總統年紀都比我大了。女王直到九十六歲都還在工作，願她的靈魂安息。滾石樂團（The Rolling Stones）成員的年紀和我一樣，他們現在還在座無虛席的體育場裡表演。」

「他們的保險費用肯定很高。」賈斯帕說，但這完全不是重點。

「你那裡沒有我可以做的任何工作嗎？」亞特說，試著不讓自己聽起來像是在乞求，但他確實是。

「等一下。」賈斯帕又嘆了一口長長的氣，但至少聽得見他翻動紙張的聲音。

「沒有，但我認為唯一可行的工作，是一個名叫《我和我的狗》（*Me and My Dog*）的電視才藝節目，他們正要招募參賽者，想知道我們的演藝人員之中是否有人也剛好有技藝高超的狗，並組成一個表演組合。我會想你該不會有……？」

「沒有。」亞特說。「我恐怕沒有。」

「太可惜了。這個比賽的獎金有十萬英鎊。而且，顯然有很高的曝光率。好吧，恐怕暫時只能這樣吧。」賈斯帕說，亞特聽得出來，他說話時帶著**我要結束這個話題了**的語氣。「不過，一找到任何合適的工作時，我就會立刻聯絡你。」

關於這件事，亞特明白，幾乎不可能發生了。

「當然。」他說。「謝謝你，賈斯帕。再聊吧。」

亞特掛斷了電話，去廚櫃裡找他那一瓶以備不時之需的威士忌，才突然想起來他早已在另一個漫長的陰鬱夜晚喝光了，因為當時他正瘋狂關注著卡莉的臉書動態。於是，他穿上了外套，出門往酒類專賣店走去。

當亞特在國王街轉過街角時，看見一位看起來容貌相當迷人的老太太，有一頭白髮梳成凌亂的髮髻，身材嬌小，像是一位退休的芭蕾舞者，正在搬運著一塊大得離譜的白板。她將白板在兩隻手臂之間不斷來回移動，差一點就要撞到路過的行人。

亞特始終相信，應該幫助比自己處境更不幸的人，這也讓他感覺自己是一個**好人**。問題是，最近他發現自己已經找不到比自己更不幸的人了。但直到今天，他眼前就有一位年齡和自己相仿的女士，但她的個頭顯然比他小得多。

「我可以幫你拿嗎？」他用自己最有紳士風度的語氣問道。

「我看起來像是無法自己應付的樣子嗎？」她回答，說話的口吻一點也不可愛。

「事實上，沒錯。」他說。

「你是覺得我年紀大了，還是因為我是個女人，所以認為我做不好這件事？」她用堅定冷漠的目光盯著他。

亞特心中掙扎著是否應該放棄，讓這位脾氣暴躁的老太太自行處理，但現在他下定決心要做善事積功德，於是仍然決心完成這件事。

「我完全不覺得你做不好。」他說。「我只是覺得你比那塊白板還要嬌小許多。如果你願意的話，我幫你把它搬回家吧？」

「然後讓你知道我住在哪裡嗎？」她說，面露不悅地看著他，彷彿在看著一個罪犯。事實上，他不是罪犯，至少不完全算是。「你覺得我有那麼傻嗎？再說了，如果我真的需要幫忙的話，我可不會找一個像你那麼……」她停頓了一下，目光上下打量著他，然後選擇用「老派過時」來形容。

老派過時？！

「聽著，我只是想幫忙而已。」亞特說。「這對你來說顯然太巨大了，你一個人搬不動的。」他伸手拿起擱放在人行道上的白板一角。

「**把你的雙手從我的東西移開！**」那女人大聲喊著，聲音大到驚動十公尺範圍內的所有路人，他們停下腳步，怒視著他。

「開打！開打！開打了啦！」兩個騎著自行車的年輕人大聲喊著，然後前仰後合地笑倒在把手上，隨後便騎車離開了。

「現在就給我讓開來，不然我就報警了！」老太太說。

「當然了，我的女士。」亞特一邊說，一邊深深地鞠了一躬，那是他在參與某一集《黑爵士》[6]中練就的招牌動作，當時他飾演一位沒有台詞的宮廷侍者。他接著拖著步伐往人行道的另一側後退，差一點被一位騎著外送摩托車的男子撞上，還被對方罵了一頓。那個外送包讓他看起來像是一隻迅速移動的烏龜。

他看著那女人沿著人行道艱難地走著，路上的行人們紛紛閃避她行經的路線，她每走三、四步就得要停下來，將白板放下，換個姿勢又繼續抬起來。

如果亞特心地再稍微不善良一些，他或許會希望那塊白板砸在她自己的腳上。

6——《黑爵士》（Blackadder），著名且經典的英國歷史情境喜劇，以機智的對話、幽默的角色聞名，對不同的歷史背景有幽默的解讀，引導觀眾思考人性和權力，對後續的喜劇作品有著深遠的影響。

達芙妮

達芙妮將她的新白板擺在床前幾公尺的位置，這麼一來，這就會是她一早醒來時看見的第一樣東西，提醒她要保持專注。她拔開她剛買的黑色麥克筆筆蓋，將筆尖舉到鼻子前，深深吸了一口氣，感受它帶來關於未來的目標及潛力。

她在白板上寫下「交一些朋友」這句話，筆在白板上發出了吱吱聲，這讓她心裡湧上一股期待的興奮感。她懷念那種面對挑戰的感覺，雖然她對這個挑戰的性質並沒有太多的幻想。畢竟，在國王街時，當她與那位令人惱火、愛管閒事，又自認高人一等的老人互動時，就早已感受到了一點了。她大半輩子都不信任他人，總覺得每個人做的每一個決定，背後都隱藏著某種不可告人的動機。畢竟，她自己也往往是如此。儘管如此，為了交朋友，她認為自己可能得要展現出一定程度的信任，至少不要輕易懷疑他們的好意，也別老是威脅要報警逮捕他們。

她用藍色的筆寫下「更加信任他人」。隨即，想起了自己剛才怒罵了一位好心人士，於是她在字句旁加上了一個括號，括號裡寫著「不大聲怒罵或怒視他人」，她檢視著自己的字句，歪了歪頭，然後拔開綠筆的筆蓋，在「怒視他人」後面加上一個星號，並在白板底部寫上「＊除非受到嚴重的挑釁」。

那麼，她要上哪裡找這些她不得不信任，也不能對他們大聲怒罵或怒視的陌生人呢？

「志工服務？」她用紅筆寫了下來。但是，這麼做的目的，不就是要認識一些和她至少有某些共同點的人嗎？她知道自己個性太自私了，不願意花時間幫助需要協助的人，原則上也不太喜歡忙著做這些事的這種人。她拿起白板擦，迅速擦掉那幾個字。

「培養一個興趣？」她在空出來的地方寫下。但要培養什麼興趣？她過去唯一的興趣，根本無法讓她交到朋友，事實上，正好與交朋友背道而馳。

她在清單上寫上「加入一個俱樂部？」後，隨即發出一聲輕蔑的笑聲，腦海中浮現了格勞喬．馬克思[7]所說的名言：「我拒絕加入任何願意接納我作為會員的俱樂部。」那句話就是真理了吧？

「使用網路？」她流暢地寫下這句話，然後把筆蓋蓋好，並將那些新筆整齊地排放在白板的底部。她後退了幾步，凝視著她以不同顏色精心編寫的計畫清單。

「使用網路」，她大聲地說出口。這是她現在就能開始進行的事，不是嗎？

達芙妮是網際網路的忠實粉絲。當今那些年輕人根本不知道自己有多麼幸運，一切資訊都幾乎唾手可得。在達芙妮早期的職業生涯中，她的工作內容就是收集資訊。她曾經花上好幾天的時間翻找當地圖書館的縮微膠片、追蹤各種可能的線索、盤問線人，甚至要與警察調情。現在，大部分她需要的資訊都可以在網路上找到。只要知道去哪裡找就行了，而她，總是知道去哪裡找。網際網路肯定能幫她找到一、兩個朋友吧？

她走到那張巨大的皮革製方形雙人辦公桌前，雖然這如此諷刺，因為孤零零地坐在這張桌前，對面空無一人。她將筆記型電腦打開，上頭顯示了她最近一次瀏覽的網站，是「我們的鄰里之家」。她將滑鼠游標移到搜尋欄位，輸入文字：**交朋友**。

螢幕上幾乎立即出現了許多以粗體字標示的貼文，包含了「交」和「朋友」的關鍵字。她向下捲動頁面，直到她的目光被「**你超過七十歲了嗎？**」一行字所吸引。事實上，儘管她覺得自己根本沒那麼老，但她確實早已超過七十歲。就算看見「**想要交新朋友嗎？**」這麼直

7　格勞喬・馬克思（Groucho Marx），著名的美國喜劇演員和電影明星，為馬克思兄弟（Marx Brothers）的一員，他們以其獨特的喜劇風格和機智的對話著稱。

白的問題，達芙妮仍然不全然確定自己要這麼做，但她決定至少要嘗試一下，因此她繼續往下看。

接著，她讀到了這一行文字：「何不考慮加入曼德爾社區中心的銀髮俱樂部呢？請致電或傳簡訊給莉迪亞，電話是07980-344562」。她回頭看白板上「加入一個俱樂部？」那一排文字。她盯著那個貼文看了好幾分鐘，手指輕敲著桌面，也許她應該試著加入這個銀髮俱樂部。曼德爾社區中心就在她家附近：那是一座低矮且破舊的建築物，座落於國王街和A4高速公路[8]之間的一棟美麗維多利亞式房屋。她可以只去一次就好，如果正如她所預想的那麼糟糕，她就再也不去了。

達芙妮的視線移向前門旁一張藝術裝飾風格邊桌，她的手機就固定在那裡牆面的充電裝置上。她已經有十多年沒有打過電話給任何人了，光是想到要打電話給一個陌生人，還要試著讓自己聽起來像是個外向的社交高手，那種能夠被接納進入俱樂部的人，就讓達芙妮感到極度不安。這實在太尷尬丟臉了。

不，或許採用更有距離感的交流方式更加理想。如此一來，她就可以讓一切簡單明確地進行了。但是，她的手機根本不具備發送簡訊的功能，她可不想在第一個關卡就被擊敗。在她這個年紀了，她可能會在過程中先摔斷自己的髖骨。

當然，達芙妮過去也曾擁有一支手機，當時可是最先進的黑莓機（BlackBerry），它不僅可以傳簡訊，還可以發送電子郵件！不過，當她在二〇〇八年四月二十六日搬到這裡時，她不得不把它處理掉。她將裝載著她過往生活殘骸的貨車停下，接著將她心愛的黑莓機扔進了泰晤士河的冷冽深處。

自此，她就再也沒有換過新手機了。畢竟，重點就在這東西的命名，它都叫**行動電話**了，如果你從不外出行動，也不和任何人進行對話，那還有什麼意義呢？

不過，今天是她的生日。而且，還不只是一個普通的生日——是個值得盛大慶祝的生日。因此，明天她會為自己買一個遲來的禮物：一支全新的手機。然後，她要加入一個銀髮俱樂部。

手機店裡的店員看起來不像個真正的男人。他的樣子還像個孩子，臉上甚至還有青春痘，其中一顆顯眼的痘痘長了黃色的膿頭，讓人忍不住想要幫他擠掉。達芙妮曾考慮是否要提議協助，卻又覺得這麼做可能會越界。從完全沒有社交接觸的狀態，一下子就直接動手處

8 — A4公路（the A4）是英國的主要公路，歷史可追溯至羅馬時期以前，由中倫敦往返雅芳茅斯，途經希思羅機場、雷丁、巴斯、布里斯托等地。

理別人不雅觀的皮膚問題，這實在太魯莽了。**如嬰兒學步般慢慢來吧**，達芙妮。

當她站在他的桌子前時，那個像個孩子般的男子抬頭看她。他臉上帶著的是**輕蔑的笑意**嗎？她覺得自己或許沒看錯。

「我想要買一支手機。」達芙妮說。「我想我來對地方了。」

「完全沒錯。」那男孩說，絕對帶著輕蔑的笑意。「你想要什麼樣的手機？」

這個問題讓達芙妮有些啞口無言，她不想在這個孩子面前顯得全然無知，所以她迅速掃視了一下四周展示的手機，沒看見任何一款和她舊有黑莓機有相似之處的手機。現在，似乎一切都是蘋果的商品。為什麼所有科技產品都要以水果派的餡料來命名呢？

「我想要那支紅色的。」她說，指著展示架上那支纖薄又現代感十足的手機。她一向喜歡紅色，它正符合**她的風格**。

「那是 iPhone14 Plus，擁有雙鏡頭、臉部辨識系統，還有 512 GB 的儲存空間。」他說。

「我不確定你是否會需要那麼大的儲存空間，你打算用它來做什麼？」

這個問題實在太失禮了。達芙妮要如何使用自己的新手機，完全是她個人的事。幸好，她想起自己前一天在白板上寫下的話——「不怒視他人」——便微微調整了表情，勉強露出一種善意的微笑。從店員臉上略帶驚慌的表情來看，她顯然沒有完全成功。

「這支手機太完美了。」她說。「包起來吧，我支付現金。」

「哇！你慢慢來吧。」他說，一邊向她伸出了手掌，彷彿她是一匹驚恐而且可能會咬人的馬兒。他的態度讓她有一種想要咬對方的衝動，但她還是需要這一支手機。

「你必須簽一份合約。」男孩繼續說，打開筆記型電腦上的一個螢幕，並轉了方向讓她看。「我需要你的姓名、地址、銀行資料、出生日期、信用審查紀錄等。」

「我很抱歉，年紀還很輕的年輕人，我們才剛認識，我絕不可能提供這些侵犯隱私的敏感資訊給你。這只是一個普通的商業交易，你告訴我那支手機的價格，我就給你現金，你把它裝進袋子裡，然後我就要回家了。**明白嗎？**」她加入一些《黑道家族》的語氣，點綴些許的火藥味。

男孩嘆了一口氣。「好吧，我們就用現金結算吧。加上SIM卡的費用，一共是九百四十九英鎊。」

達芙妮努力不讓自己顯得過於震驚，她在心裡快速盤算著那天早上從保險箱拿出並塞進手提包裡的現金有多少。

「你知道怎麼使用嗎？」男孩說。

「你知道嗎，每當人們看到我這個年紀的人時，就會假設我們對科技產品一無所知，到底為什麼呢？」她說。「這真是可怕的刻板印象，更不用說這種態度有多麼失禮、多麼自以為是了。」

「那麼，你知道它怎麼操作吧？」男孩說。

「不。」達芙妮說。

兩個小時後，這位手機店的年輕店員因為嚴重的偏頭痛，不得不請假回家休息。

與此同時，達芙妮驕傲地擁有了一支她會操作的智慧型手機，並且自二〇〇八年以來首次發送出簡訊，給一個名叫莉迪亞的人。她的社交生活正在逐步地步入正軌。

亞特

走到蔬果店時，亞特不自覺地放慢了步伐。人行道上擺放著一籃一籃的新鮮水果和蔬菜，有光澤閃耀的青蘋果、成串的香蕉、紅蘿蔔，還有一座擺得高高且飽滿的南瓜金字塔，似乎早已為萬聖節做足了準備。亞特感覺自己的手指發癢。他想著，只要伸手拿起那些精心擺放的桃子，接著悄悄把它們藏進袖口，簡直太容易了。他幾乎可以感覺到那毛茸茸的柔軟果皮在掌心裡的觸感。

但是，問題在於他手頭上的時間太多了，而他根本無法相信自己應對這些時間的能力。他握緊又鬆開了拳頭，接著將雙手深深地塞進大衣的口袋裡，以免造成任何的麻煩。

亞特再次詛咒自己的經紀人，以及一整個電影和電視產業。英國有四分之一的人口都已經超過六十歲，為什麼現有的角色占有如此微小的比例呢？那些製片人、導演和編劇都似乎有意將一切年齡的痕跡，從他們光鮮亮麗的幻想世界中抹去，除非這些長者對於劇情推進、闡述故事背景，或作為二維的反派角色有不可或缺的作用。

亞特繼續向前走，目不斜視地盯著人行道，直到他經過一排商店，來到當地社區中心。他在外面的布告欄前停下了腳步，仔細看著上頭貼的公告及廣告，中間有一張以黑色粗體字寫著「**你超過七十歲了嗎？**」的海報。

的確，他已經超過七十歲了。至少，似乎還有人想要吸引他這種長者的目光。他猜想，這些人可能是要推銷喪葬安排計畫或老年退休住宅。他繼續讀了下去。

你想結交一些新朋友嗎？

何不考慮加入曼德爾社區中心的銀髮俱樂部呢？

請致電或傳簡訊給莉迪亞，

我們的電話是07980-344562。

或許，他應該考慮加入這個俱樂部。誰知道呢，他們或許有提供免費的食物和飲料！甚至是蛋糕。如果他能在一個溫暖的社區中心待上幾個小時，他說不定還能省下一些暖氣費用。現在快到十一月了，他家裡也越來越冷了。

亞特拿出了手機，拍下那張海報的照片，好聯絡這位莉迪亞。對他來說，保持忙碌是一件好事，他那雙狡猾的手就可以遠離製造麻煩的空閒時光。他決定要說服威廉陪他一起去，這樣不僅能得到精神上的支持，也能避免讓自己看起來像是沒朋友的樣子。

說服威廉的過程，遠比亞特預料中更加困難。最後，他不得不打出同情牌，重述自己和賈斯帕那一段令人難堪的對話，接著要忍受著老朋友一陣陣的笑聲，聽他不斷重複著「克隆尼醫生」和「陰莖重建手術」這些字詞。

如今，兩天之後，他們站在社區中心的大門對面，準備參加銀髮俱樂部的第一次聚會。整整一個下午，他們將要和一群志同道合的人一起……進行什麼樣的活動呢？他確信，肯定是一些有趣的事情。

亞特正準備輕盈地跨過馬路，表現得像一個抓著氣球的小孩般興高采烈，這時他看到了什麼——是某個人——讓他的好心情瞬間洩了氣。

威廉打算繼續往前走，但亞特卻突然伸出僵硬的手臂攔住他。

「等一下！」他說。「這真的不是一個好主意。」

「你在說什麼？」威廉說。「明明是你自己想來的！既然我們都到了這裡，那就進去吧。」

「就是她。」亞特指著那個正要開門進入活動廳的女人。「我不想加入她也參與其中的俱樂部，她這個人太危險了。」

「危險？」威廉轉頭看著對面那個女人。「你別開玩笑了。她只比我們年輕一些，個子還很嬌小。其實看起來還挺可愛的，只是穿得有點正式。」

威廉從人行道上邁步走上馬路，結果又被亞特拉回來。

「你可能是這麼想的。」亞特急切地說。「但她非常凶狠，還可能很邪惡。之前一次因白板而起的爭論中，她把我罵得非常難聽。」

「你當時在哪裡？在一個教室裡嗎？」威廉問道。

「不！我只是沿著國王街走路，我看見有人需要幫忙。你知道我一向樂於助人的吧？」亞特說。威廉翻了個白眼，說實話，這種反應實在太不挺朋友了。

「總之，當我主動提議要幫她搬動白板時，她不但對我粗魯失禮，還毫不感激，甚至威脅說要報警逮捕我。」亞特回想起當時的情景，肩膀因憤怒而緊繃僵硬。「她還說我穿得老派過時。」

威廉嗤之以鼻，意味深長地看了一眼亞特的外套，腋下有一個大洞，襟口上還沾了一塊頑固的醬汁污漬。

「亞特，不要那麼沒種。」他語氣緩和地說。「這聽起來像是一場誤會。我確信，當她一看見你時就會立刻道歉了。我們走吧，你向我保證會有蛋糕可以吃的。」

「好吧。」亞特不情願地說。「但如果沒有蛋糕的話，我們就立刻離開。」

莉迪亞

當莉迪亞申請了當地市議會的新職位，一星期有三個下午時負責營運剛成立的銀髮俱樂部時，她幻想自己將被一群和藹可親、充滿感激及熱情的長者們所圍繞。他們會隨著披頭四的歌曲輕快地用腳打著拍子，並教導她怎麼跳扭腰舞。或許，他們也會玩一些競爭不過於激烈的賓果遊戲，愉快地合作完成大型拼圖。

然而，當莉迪亞環顧四周，看著眼前這一群形形色色的長輩時，她發現自己無法將他們融入她想像中的那個快樂場景裡。

「我真的很抱歉，但我很確定狗是不允許進入活動廳的。」她對寶琳說，一位自稱是退休校長的女士。

「你很**確定**是嗎？」寶琳說，瞪著她的神情，彷彿她是個被抓到在自行車棚後方抽菸的女學生。「這說法似乎不夠充分，對吧？請給我看看，建築法規中有哪一條明確規定**狗禁止入內**，在此之前，我的狗就會一直待在這裡。」

寶琳背對著結結巴巴的莉迪亞，走到茶几旁，坐在椅子上，並將牽繩綁在椅腳上。

為了準備這一份新工作，莉迪亞花了一整個週末的時間閱讀《與成功有約：高效能人士的七個習慣》（*The 7 Habits of Highly Effective People*），但她仍然覺得自己無法完全勝任，對她絲毫沒有幫助。幸好，她是一個英國人，當事情變得有點棘手時，她總是可以訴諸泡茶的傳統。以這個高效能習慣來說，她**已經**掌握得相當熟練了。於是，莉迪亞為這六位俱樂部的創始成員倒茶，根據每個人的要求分別加入糖和牛奶，並在此過程中查閱著她的名單。

除了寶琳之外，還有亞特——他顯然是一位演員，儘管她不認識他——以及他的朋友威廉，一位退休的狗仔隊成員。接著是露比，她帶來了一大袋的毛線和織針，並以一種有點威脅的方式揮舞著這些東西。露比旁邊的人是安娜，她的髮色相當特別，使用一種有輪子的助行器推進，無視於不論是人或物的障礙，堅定地向前行。最後一位則是達芙妮，她很少說話，給人一種似乎瞧不起在場所有人的感覺。她脖子上戴著一條巨大的假綠寶石項鍊，對於下午茶來說，顯然有些過於浮誇了，除非你身處於麗思卡爾頓酒店（the Ritz），但這裡顯然不是那種場合。

將熱茶與她為這個場合烤的巧克力熔心蛋糕分發完畢後，莉迪亞便坐了下來。大家全都默默地注視著她，顯然期待她開口說些什麼。

「呃，你們希望我安排什麼活動呢？」她說。「我這裡有一筆小小的預算，但有些最棒的活動都是完全免費的，對吧？」她環顧桌前的人們，只見六張茫然的臉。「我在想，也許我們可以玩賓果遊戲？橋牌呢？或許也能一塊來織毛線？繪畫呢？或者我們可以來唱唱歌？」

所有人都沉默地盯著她。

拜託，誰先開口說些話吧，她心裡想著。

「老實說，你剛才說的都是令人髮指的刻板印象。」威廉說。「為什麼大家都認為，一旦過了七十歲，你就只想要玩賓果、織毛線呢？」

在座的每個人都發出低聲附和的聲音，只有露比喃喃自語地說：「織毛線有什麼問題嗎？」

莉迪亞嘆了一口氣。「那麼，究竟你們希望有什麼活動呢？」她問。

「跳傘。」亞特說，嘴裡還咀嚼著一口蛋糕。

「標靶射擊練習。」達芙妮說。

「這一點不意外。」亞特低聲嘟囔，達芙妮朝他瞪了一眼，一個身形如此嬌小的女人卻發出如此強烈的惡意。

「速配約會。」露比說。「還有織毛線。」

「空手道。」威廉說。

「水上芭蕾，或者是卡丁車。」安娜說，為了加強她的語氣，她用助行器重重地敲擊著地板。

「哦，我的天啊。」寶琳說。

莉迪亞一時不知道該從哪裡下手，該先考量他們預算上的限制，還是六位退休人士進行跳傘的健康與安全問題呢？

「再來點茶吧？」莉迪亞說。

「謝謝，莉迪亞。」亞特說，遞上他的空杯子。「不過，你覺得下次能不能提供口味強烈一點的飲料呢？來點雞尾酒怎麼樣？」

「好主意！」威廉說，拍了拍亞特的背，結果讓他剛倒好的熱茶濺到碟子裡。「如果你的預算不夠的話，我可以推著我的雞尾酒推車來，我就住在附近。」

「雞尾酒！」寶琳尖聲說，而莉迪亞還沒想好該如何解釋，讓大家明白一群長著銀髮俱樂部喝醉，顯然不符合市議會提議設立俱樂部的初衷。

「喝酒？在下午的時候？在工作日？這實在太不恰當了。」寶琳又繼續說。

莉迪亞看見達芙妮翻了個白眼，接著從手提包裡拿出一包香菸。莉迪亞心頭一緊，看著達芙妮打開菸盒、抽出一根香菸，並把它插入菸嘴裡——居然還有人在用那種東西？她把香菸叼在嘴邊。她不是真的要點菸吧？哦，天啊，她真的點燃了。

「把菸熄了！」寶琳尖叫道。「這真是令人厭惡的習慣，更不用說這在公共場所是違法的行為。老實說，我真後悔來到這個地方。」

亞特低聲對威廉說了些什麼，讓威廉忍不住笑出聲來。

「如果你有什麼話要說，也請你和全班同學分享吧！」寶琳說，眼睛瞇成了一條線。

「謝謝你，寶琳。」莉迪亞說，試著讓自己的口氣聽起來比自己感覺到的更有力、更能控制場面。「但這裡不是你的課堂。」

「嗯，這一點顯而易見吧。」寶琳說。「如果我的課堂上是這麼運作的話，我就不可能被英國教育標準局（Ofsted）評選為優秀的教育工作者。你有正式的資格或培訓經驗嗎？你根本沒有天生的領導者魅力。市議會居然讓你負責這地方，他們到底在想些什麼？」

寶琳一邊帶著指責的口氣說著，一邊用手指著莉迪亞，而總是對人心存善意的莉迪亞，卻突然被一股突如其來的、令人不快的情緒擊中。

下地獄吧，你這個不知感恩的老太婆，她心想，就在那一瞬間，曼德爾社區中心有一部分的天花板突然崩塌了，正好砸在了寶琳的頭上。

當四散的灰塵落定，成了一堆落在茶几上的塵土，那一刻的場景彷彿變成《疤面煞星》[9]中的一幕。顯而易見地，寶琳確實去了地獄，或者去一個與地獄相差不遠的地方。

莉迪亞**幾乎**能確定，單憑意念並不可能殺死一個人，但是這種巧合實在太令人難以置信了。

時間彷彿靜止了，他們坐在那裡，身上覆滿灰塵，手裡仍緊握著茶杯，就像龐貝城裡被火山掩埋的石化遺骸，沒有人能開口打破這一片壓抑又震驚的沉默。寶琳的臉色成了斑駁的紫色，嘴巴大張，僵硬地躺在翻倒的椅子上，還穿著鞋子的雙腳高舉在空中。她身旁的那隻小狗——莉迪亞一時忘了牠的存在——從碎片中掙脫了出來，開始哀嚎。

在莉迪亞還沒反應過來並決定如何採取行動之前，達芙妮便控制了局面——她打電話叫了救護車，將所有人帶離那個天花板上鋸齒狀的大洞旁，並徒勞地檢查寶琳是否仍有生命跡象。

9 —《疤面煞星》Scar face 是一部七〇年代的經典黑幫電影，主角是一名極具侵略性且逐漸墮落的毒品大亨，而故事場景為邁阿密的黑幫世界，其中有許多充滿暴力及混亂的場面。

坦白說，莉迪亞二十年後重返有薪工作崗位的第一天，並不算太成功。希望接下來的情況有所好轉，這算不算是過於奢求了呢？

齊吉

齊吉回想起那些過往的日子，當時的他早上八點半前起床、穿好衣服，以便準時出門上學。當時的他充滿了抱怨，卻根本不明白自己有多麼幸運。

每逢星期一、星期三以及星期四，他的媽媽會在凌晨五點出門，進行她笑著稱為「多元職涯」中的其中一份工作，就是在一些公司企業上班之前清理他們的辦公室。因此，在這幾天的早晨，照顧凱莉完全是他的責任。

凱莉可不是那種喜歡賴床到最後一刻的人，絕對不是。她最晚會在凌晨五點三十分醒來，發出比任何電子設備更響亮、更持續的叫喊聲。這時，齊吉就得把她抱起來，換上新的尿布。對於新的一天來說，令人最不愉快的晨喚方式，無疑是面對滿是大便的尿布了。

在凱莉出現之前，早餐就是一碗匆忙吃完的家樂氏可可脆片，一隻手吃著，另一隻手滑手機瀏覽 Snapchat 或 TikTok。現在，吃早餐變成了一場耐力賽，他得要盡量將香蕉泥和寶寶粥送進凱莉的嘴裡，而不是讓食物四處灑落，或弄得她的臉上、頭髮上或地板上到處都是。

不過，就在他第一百萬次想著自己為何深陷這種困境時，凱莉就會給他一個燦爛的笑容，像一個好奇的小海星一樣伸出她胖乎乎的小手，喊出一聲「爸爸」，至少在接下來的十分鐘裡，他都會覺得這一切特別值得。

齊吉推著凱莉的嬰兒車穿過住宅區，彷彿穿越了一道無形的力場。他的雙眼緊緊盯著掛在車把上的書包，盡可能加快步伐，試著在被發現之前逃離。

在齊吉所在的社區裡，如果不效忠於那些敵對幫派之一，根本就無法生存。這些幫派會利用當地的青少年擔任盯梢者、信使，以及快遞員。相較於成年人，這些青少年被攔截和盤查的機會較小，即便真的被攔下了，通常也會在警告後被放行。在凱莉出現之前，齊吉發現偶爾跑腿的額外收入相當誘人。有生以來，他第一次買得起那些夢寐以求的品牌，只要不讓媽媽知道就好。然而，現在的風險變得特別高了。如果被警方發現他持有佛洛伊德的包裹，雖然不會進入成人監獄，卻肯定會失去女兒的監護權。因此，現在的齊吉要竭盡全力地避免被人看見，免得被迫指派工作。

齊吉深吸一口氣，毫無阻礙地穿過主幹道，隨即衝向曼德爾社區中心。每星期有五天，他會送凱莉去社區中心裡由市議會資助的托兒所，這樣他才能完成最後一年的學業，而他的媽媽也可以繼續工作養家。他不能再度錯過報到時間。

齊吉轉過街角，警戒地盯著社區中心。社區中心被看似警用膠帶的東西給圍住了，而幾個戴著安全帽、穿著反光背心的男人拿著寫字夾板四處走動著。那一幕，看起來結合了凱莉最喜愛的電視節目《建築師巴布》（*Bob the Builder*）以及他媽媽最喜愛的影集《寂靜證人》（*Silent Witness*）。他將凱莉的嬰兒車迅速轉動了一百八十度，然後以背部推門進入，拉著凱莉走了進去。

「外面發生了什麼事？真是他——」他及時將不雅的文字吞了回去。托兒所主管護理師珍寧曾告訴他，如果他再次在孩子們面前說髒話，就會被禁止進入活動廳，除非嘴巴被封住了才能入內。他心裡雖然懷疑她不是認真的，卻也不想冒險驗證這件事。

「是因為昨天發生的事件。」珍寧一邊說，一邊指著隔壁的那個空間。「在另一頭的銀髮俱樂部裡。」珍寧提到「另一頭」的方式，讓齊吉想起了利物浦的祖母，她對來世深信不疑，如今卻也去另一頭了。

「天花板有一部分掉落下來，還有一個人**死了**。他們認為她的死因是中風，而不是因為天花板倒塌的結果。不過我敢打賭，這兩件事應該脫不了關係。」珍寧說。

齊吉在凱莉的頭上親吻了一下，看著她飛快地爬向玩具箱。

「哎呀。」他說，使用了珍寧允許的輕微咒罵。「好吧，至少這件事沒有影響到托兒所。我是說，那些老古董總該要退役了吧。」

「這麼說真是太不恰當了，齊吉，所有生命都相當珍貴。」珍寧看著他，帶著準備將不聽話的孩子送去角落罰站時的眼神。

齊吉心裡暗罵著自己。在他還來不及考量後果之前，那個念頭就脫口而出了。他的媽媽總是告訴他，如果他能在張開嘴巴或拉下褲子拉鍊之前，可以停頓幾秒、思考一下後果，那他現在大概還能天天玩《決勝時刻》（*Call of Duty*），或是去滑板公園閒晃，而不是推小孩邋鞦韆，或無止盡地玩躲貓貓。**只要數十秒，齊吉，親愛的。然後把東西放回褲子裡。**

這並非齊吉對自己未來人生的想像。齊吉曾經夢想著，成為家族中的第一個上大學的人，接著找到一份科技業的工作——甚至可能進入矽谷園區，在那裡擁有一棟有游泳池的豪宅，還有一個有好萊塢女星笑容和完美胸部的女朋友。

當然，齊吉很愛凱莉。只不過，他希望她能晚一點出現在他的人生中。如此一來，他就能給她自己兒時所渴望擁有卻不曾有過的東西：一個自己的臥室、一個有鞦韆和小型玩具屋的花園。還要有泡棉子彈射擊槍、一台PlayStation，還有來自知名設計師品牌的新款運動鞋。

「他們是誰？」齊吉問道，同時對著那些拿著寫字夾板的男人點了點頭。

「他們是市議會派來的人。」珍寧說。「他們說，目前還可以安全地使用這個活動廳，不過會以膠帶封住隔壁空間的那一端。不過，我聽見他們說，可能需要我們關閉幾個月來進行翻新。我該怎麼辦呢？我需要這份工作，齊吉。」

齊吉心頭一沉。他和媽媽花了很長一段時間，才找到這個由市議會資助的托兒所。這個地方每天給予他幾個小時的自由時間，那是他唯一感覺自己像個正常青少年的時光。如果沒有曼德爾社區中心的話，齊吉原先的生活將要走向盡頭，而未來也毫無希望了。

達芙妮

果不其然，銀髮俱樂部的第一個小時，正如達芙妮所預料的一樣慘不忍睹，甚至更糟。為什麼人們總是認為，只要將一群陌生人聚在一起，他們就能因為年齡相仿而相處融洽呢？這一點或許適用於五歲的孩子，但對於那些七十多歲老人而言，他們各自擁有不同的人生經歷、壞習慣，以及根深蒂固觀點，這顯然不太可能。幾分鐘之內，達芙妮就清楚地意識到，自己與其他「俱樂部成員」毫無任何的共同點。坦白說，真是感謝老天，這也不失為一件好事。

令達芙妮感到驚恐的是，其中有一個人，正是前幾天被她在國王街上大聲斥責的那個穿著不入流、過於熱心的男人。這樣的機率有多高呢？她曾考慮要彌補過錯，卻又不想在這一群陌生人面前暴露出自己的弱點。更何況，他不斷地瞪著她，看著她的目光彷彿她綁架了他的孩子，然後將孩子的耳朵寄給了他，而不只是有些急躁不耐煩而己。這個男人顯然沒有什麼骨氣。

然而，正當達芙妮決定不再踏進曼德爾社區中心一步時，情況卻突然發生了轉機。首先，他們這場平淡無奇的茶會，竟然變成了互相攻擊謾罵的比賽，達芙妮也成了其中推波助瀾的一員。畢竟，她已經十五年沒出門了，完全忘了這座城市早在二〇〇七年就開始實施公共吸菸禁令。不過，即使她記得，情況也不會有所改變，因為她向來不是一個遵守規則的人。

然後，正當她開始考慮要拿蛋糕叉刺自己的手來緩解內心壓力時，竟然發生了令人震驚、出乎意料的死亡事件！那一刻，她彷彿回到了過往的那些日子！她假裝關心寶琳是否還有脈搏，並打了急救電話，而莉迪亞——說實話，完全就是個無能的人——則在一旁尖叫，而寶琳的邋遢老狗也在旁邊嚎叫。

當兩位護理人員趕到時，一看見他們英俊帥氣的模樣，達芙妮甚至考慮是否要假裝自己也有危及生命的疾病。他們向驚慌失措的莉迪亞保證，寶琳很可能死於嚴重的中風，而這種情況隨時可能發生。儘管天花板的倒塌看起來相當驚悚可怕，卻絕對不可能是造成寶琳的死亡。

現在，達芙妮倒是開始期待下一次的俱樂部聚會，但這種令人興奮且戲劇性的場面不可能每次都有，這點就有點可惜了。

達芙妮在吐司上抹了一些橘子醬，端起盤子和筆記型電腦，帶著它們回到床上，舒適地瀏覽著「我們的鄰里之家」網站。

今天的討論，居然全都圍繞著寶琳的事件！這是她幾十年來第一次感受到自己身在事件的核心，有一種在裡頭觀望的刺激感，而不是像以前一樣在外部旁觀。她曾經親身經歷這一切，坐在事件發生的那個空間裡。

根據網站上的聊天記錄，當社區中心倒塌後，寶琳被埋在裡面而失去性命。大家都以隱喻的方式互相指控。當地的市議會受到了譴責，指控他們資金不足、極其嚴重地違反健康與安全法規。當然，網站上那些人不會使用「極其嚴重」這種詞彙。大部分的人甚至連字都不太會寫。達芙妮從來不曾看過這麼多「他們」、「牠們」和「它們」誤用的例子。請上帝保佑寶琳迂腐的靈魂，她肯定會因而感到震驚不已。

那些陰謀論者提出了關於恐怖分子的陰謀論，而有些種族主義者則低聲說建造活動廳的人是「來自外國」的承包商；還有一位年輕男子竟然堅信這是一場報復性的攻擊行動，達芙妮懷疑他以前曾多次被寶琳留校察看。

唯一讓達芙妮不開心的事，除了不斷散落在床單上的吐司麵包屑（儘管她竭盡全力要把屑屑留在盤子上）之外，還有一種令人不安的感受，那就是**時間已即將用盡的緊迫感**。

畢竟，寶琳和達芙妮幾乎是同齡的人。這件事積極地提醒了我們，生命有時比我們所預期的長度更短。達芙妮**隨時**都可能會離開這個世界，而她會留下什麼呢？沒有任何人會想念她，甚至連一隻邋遢老狗都不會。只會剩下一堆看似不錯的家具、衣服和珠寶，最終落入一些沒有文化的庸俗之人手中，以微薄的價格在「我們的鄰里之家」網站上出售。這個念頭讓她感受到一股難以忍受且突如其來的哀傷。

達芙妮突然想起，她幾個月前曾在報紙上看見一篇文章。那篇文章的某一頁，有幾段看似無關緊要的文字，卻讓她屏住了呼吸，讓她既是感到沮喪，卻又充滿希望。那些話語讓她對自己的處境有了全新的認知。

或許，考量到她新的處境，要改變故事的結局並不算太遲。她是否有可能與另外一個人共享餘生呢？也許，她可以找到一位舉止得體、遵循指示行事，而且牙齒基本功能完好的男人吧？她一向最重視自己的牙齒健康，並不打算將就於一個不夠重視牙齒的男人。

達芙妮走到她的白板前，打開紅筆的筆蓋，在「**交朋友**」這幾個字的右側，以堅定且果斷的字跡寫下「**並找到一個伴侶**」。

她疑惑地看著這句話。當然了，問題只有一個，怎麼做呢？

或許，銀髮俱樂部能提供一些娛樂、預期之外的戲劇場面，以及意外很好吃的蛋糕，但似乎不太可能讓她交到朋友，更別說戀愛對象了。她必須將網子撒得更廣一些，並再次利用網際網路的力量。

達芙妮在搜尋引擎中輸入「**如何在網路上找到愛情**」。這真是一個錯誤，她還沒來得及眨眼，就被約會網站的廣告轟炸，廣告實在太多了。於是，她又輸入「**最好的網路交友網站是哪一個？**」並接著開始閱讀，並在床頭櫃上的記事本寫下工整的筆記。

首先，她似乎得明確說明自己的目的。她想要尋找的是一段浪漫的愛情，還是一夜情呢？她在谷歌上搜尋「一夜情」，發現全都是關於性的內容。達芙妮已經十五年沒有性生活了，甚至不確定自己是否還有辦法。或許，一切都早已生鏽故障了，像是被遺忘在雨中的一輛老舊自行車。

關於浪漫愛情，她也不太相信。她不希望有人為她寫一些糟糕的詩句、站在她窗台下唱歌，或是拿著當地超市買來的可憐花束突然出現。她只是希望有個可以談話的對象出現，除了自己以外，或她的植物以外。天呀，至於亞特和威廉就先不要了吧。她希望這個人可以和她一起共進晚餐，討論電視節目上的內容，就像他們在英國實境節目《Gogglebox》[10]裡的情景。

那麼，這樣的網站會是哪一個呢？

達芙妮將網站的搜尋範圍縮小，鎖定在**有意義的穩定關係**。不過，這些網站似乎特別執著於**了解彼此**，向對方分享自己的技能、職業、興趣、家庭等資訊。那樣肯定行不通的，對吧？

達芙妮擁有豐富的技能——領導、規畫組織、破解密碼、打斷別人鼻子、解決問題，以及實際射擊等，這裡只列舉少數幾項。只是，她太不方便具體地談論這些技能。一旦提及，就像是打開一整罐蠕動的蟲子一樣，得面對麻煩的後果。自從傑克過世後，她不僅沒有任何能讓她展現良好形象的興趣愛好，就連家人也沒有了。

每當她想到傑克，她就感到窒息。她通常很擅長將這一切事物鎖在她心裡的檔案櫃裡。只是，當你開始讓人參與你的生活，就總得要展現出部分的自我。那感覺很痛，就像差點被凍傷後，身體的神經逐漸恢復知覺時的劇痛。沮喪的達芙妮砰地一聲闔上筆記型電腦，結果讓更多的麵包屑飛濺出來。

這一切都是在浪費時間。當你既不享受當下，又不願承認過去時，又該如何創造一個未來呢？

10 《Gogglebox》是英國電視台「Channel 4」的實境節目，邀請素人家庭或朋友一起坐在家中，聆聽或訴說彼此的故事。

莉迪亞

莉迪亞覺得自己要對寶琳的狗負起完全的責任，即使她並未憑藉意念的力量殺害牠的主人，但寶琳去世時，她正是負責管控現場的人。她是否應該有些罪責呢？

市議會寄給她一個線上進行的健康與安全培訓課程，要求她在正式上班之前完成。她試著專心回答那些常見的問題，例如消防逃生出口、食物過敏、濕滑的地板和輪椅坡道等，但背景的聲音是電視節目《巡迴鑑寶》（*Antiques Roadshow*），她因而分心，開始猜測那位可愛的費歐娜・布魯斯是否曾注射肉毒桿菌或填充劑，還是真的就是天生麗質。

莉迪亞的注意力從培訓課程上轉移了幾分鐘，去搜尋維基百科。費歐娜顯然已經五十九歲了。雖然比莉迪亞大了六歲，看起來卻明顯年輕許多。在這股隨之而來的沮喪情緒中，她不禁懷疑，自己是否不小心跳過了確保場地天花板結構安全的章節了？

急救人員將寶琳抬上了救護車，並以毯子蓋住她的頭部，並向莉迪亞保證天花板的塌陷並不是寶琳死亡的原因。但是，莉迪亞仍無法擺脫沉重的愧疚感。所以她將寶琳那隻可憐的孤犬帶回家了，至少暫時是如此。

「那隻長相醜陋的狗到底在這裡幹嘛？」傑瑞米一邊說，一邊脫掉他的海軍藍羊絨大衣，鬆開了領帶。他坐在他最喜愛的皮革扶手椅上，就在開放式廚房的角落裡，這房子曾舉辦不少熱鬧非凡的活動，但如今對於他們兩個人而言感覺太空曠了，他們的聲音在大理石工作檯面上迴盪。

「牠的主人才剛去世了。」莉迪亞回答，心裡又感到一陣內疚。「主人是我那個銀髮俱樂部的一位老太太。我想我們可以暫時照顧牠一陣子。」

「她沒有朋友或家人能把狗接走嗎？」傑瑞米說，皺著眉頭看著狗，好像是牠自己策畫出一切，就為了激怒他。

「根據她鄰居們的說法，沒有。」莉迪亞說。對於寶琳逝世的消息，她的鄰居們似乎也同樣只有冷淡的反應。事實上，莉迪亞相當確定，其中一個鄰居甚至露出了一**絲冷笑**，也許他曾被寶琳以尖酸刻薄話語攻擊，莉迪亞並不是唯一的受害者。

「好吧，牠不能待太久。」傑瑞米一邊說，一邊將他帶有銀絲的棕色捲髮從臉上拂開。傑瑞米對自己仍濃密的頭髮感到無比驕傲，打從心底蔑視中年男子的禿頂，彷彿是用鼻孔看人，這不僅是一種比喻，也因為他身高超過六英尺，確實能用鼻孔看那些禿頭的男性。

「既然女兒們現在都離家了，我們可以隨時隨地出發去各地旅行了，我們最不需要的，就是要照顧一隻狗的責任。」

「但傑瑞米，我們根本就不去旅行，不是嗎？」莉迪亞說。「不管是否能夠隨時出發。」

「但我們**可以啊**，」傑瑞米說，「如果我們想的話。但有了這隻狗就不行了。此外，即使我想要養一隻狗，我也不想要這一隻。」

「牠有什麼缺點嗎？」莉迪亞問，希望這隻狗不要透過放屁來回應她的問題，因為牠似乎經常如此，頻率多得令人感到困擾。

「牠又有什麼優點嗎？」傑瑞米哼了一聲。「牠太老了，完全不修邊幅，還非常神經質。」

「牠當然神經質呀。」莉迪亞說，試圖擺脫傑瑞米剛剛對牠的形容，難怪她對這隻狗有如此親近的感覺。「你一直皺著眉看著牠。」

「牠再活也活不久了，我想這也算是一個優點。但牠會花掉我們一大筆獸醫費用。」傑瑞米說，現在同時對著莉迪亞和狗皺眉頭。莉迪亞決定不告訴傑瑞米，她早已在布魯克格林區那一家時尚的寵物精品店花了一筆錢，買了狗床、牽繩、狗碗，以及各種磨牙玩具。

「雖然我不打算這麼做，但如果我要選擇一隻狗的話，那就會是一隻品種優良的狗，優雅又聰明，也許是一隻黑色的拉布拉多犬。儘管牠們通常有點貪吃，容易變胖。」莉迪亞忽然發現，他說這句話時瞄了一眼她的肚子，是她的錯覺嗎？莉迪亞把正要打開的那包洋芋片扔進了垃圾箱。「那牠到底是什麼品種？」

「是一隻比熊犬。」莉迪亞說。這句話根本不是事實，但莉迪亞猜想，相較於「無法確定血統品種的混種犬」，傑瑞米更能接受聽起來較高貴的品種。在傑瑞米的世界裡，標籤很重要。

「那麼，不論牠是什麼品種，都不能留在這裡。」傑瑞米說。他的手機發出了一聲提示音，他看了看螢幕，然後說：「我得去打個電話，我去我的書房裡。」

「他最近經常這樣，晚上和週末總是會偷偷地接聽電話。」一聽見書房房門關上的熟悉聲音，莉迪亞對著那隻狗說。她打開廚房的垃圾桶，撿起她剛扔掉的那包洋芋片，抹去外包裝上的馬鈴薯皮和咖啡渣。必要時，就得要這麼做。

「你有沒有注意到，他從辦公室回來後，唯一一次的微笑，就是看了那一則簡訊時？我應該要擔心嗎？還是我只是出於嫉妒，因為沒有人會打電話給我？」她說，嘴裡含著鹽醋口味的洋芋片。

顯然，那隻狗沒有回應她，但牠目不轉睛地盯著莉迪亞，歪著頭，彷彿正在仔細思考著她的問題。

「他甚至連你的名字都不問，是吧？」莉迪亞說。「這真是太遺憾了，因為這可能是他唯一認可你的事了。」

莉迪亞真的不願送走這位新朋友。首先，光是要幫牠找到一個安置的好地方就相當困難，正如傑瑞米殘酷卻準確概述的那些理由。而且，即便只是如此短暫的一段時間，莉迪亞發現自己很享受有牠在身邊的時光。

自從女兒們上大學之後，她獨自面對一個空巢，這遠比她想像的更加困難。自開學以來，她就只能在這棟巨大又孤獨的房子裡無所事事，時常覺得自己多餘。至少現在，當她大聲說話時，不會再覺得自己精神錯亂了。

莉迪亞不確定自己究竟是在什麼時候失去了自我。和傑瑞米結婚之前，她曾是莉迪亞・阿姆斯壯，一位炙手可熱的食物造型師。為了電視廣告，她會花上好幾天的時間挑選看起來最完美的玉米片，將白色陶瓷壺中的牛奶倒入碗裡，以拍攝最後一個畫面。或者，她會製作看起來最美味的披薩，當它被高舉起來拍攝時，起司絲會從披薩的側面滴落，旁邊則圍繞著很上相的一家四口，展現他們令人難以置信的微笑白牙。她曾是一位那麼獨立、自信又充滿魅力的女性。

後來，她放棄了自己的姓氏。隨著女兒們的誕生，她也放棄了自己的工作。漸漸地，人們甚至不再稱呼她為莉迪亞。她成了「媽媽」、「親愛的」，或是「羅伯茲太太」。有時候，她甚至徹底失去任何一種形式上的名字，成了一個附屬品，像是「索菲亞的媽媽」或「傑瑞米的配偶」。當她回憶起過往的時光時，她感覺現在眼前的莉迪亞似乎成了另一個人。她想不起來作為自己是什麼感覺了。

現在，至少有一隻狗會讓她覺得自己被需要。也許，當傑瑞米對牠有更深入的了解，就會改變主意了？也許，她可以暫時找其他人來分擔照顧的責任。如此一來，她可以從每星期照顧牠幾天開始。畢竟，傑瑞米並沒有明確排除這個可能性，對吧？

銀髮俱樂部將於明天再次聚會。如果有人還有勇氣出現的話，她或許就可以詢問大家是否願意提供協助。

亞特

亞特在社區中心外面停下腳步，看著布告欄。有一張大海報霸氣地貼在正中央，周圍則是一些褪色剝落的公告，完全遮住了莉迪亞的銀髮俱樂部廣告。

鑑於近期發生的事件，
市議會將召開全體會議，
討論曼德爾社區中心的未來，
歡迎所有人參加。

「你們看見市議會貼在外面的公告了嗎？」亞特對著俱樂部成員說，他們全聚集在這裡另一半未被封鎖的範圍。

「是的。」莉迪亞一邊說，一邊將自製的英式維多利亞海綿蛋糕放在桌子中央的盤子上，這款蛋糕堪稱經典之作，宛如烘焙點心界的瑪姬．史密斯女爵士[11]。光是為了這個蛋糕，就值得前來。即使，這意味著他必須禮貌地應對那個揮舞著白板的女巫，她連正視他一眼都沒有，更別說是道歉了。亞特滿懷希望地瞥了一眼達芙妮頭頂上的天花板，但它看起來似乎沒什麼問題，真是令人惱火。

「我簡直不敢相信，」莉迪亞繼續說，「這是我幾十年來第一份有薪工作，但可能在還沒正式開始之前就要結束了。」

「好吧，如果以目前這種速度繼續流失成員的話，那麼我們很快就會一個不留，沒人可以進行社交了。」安娜說。

「是啊，莉迪亞，那你打算為我們準備些什麼呢？電線會觸電的水壺？有李斯特菌的奶油糖霜？還是會讓人一氧化碳中毒的老舊鍋爐呢？」達芙妮說，她看起來很似乎對死亡的各種可能感到興奮不已。

「這並不好笑。」莉迪亞說，一邊擺放了七個杯子和碟子，接著臉色又變得蒼白，拿走了其中一組。「我們要花一些時間來紀念寶琳，願她安息。」

11 The Dame Maggie Smith 英國著名女演員，以其優雅氣質和演技實力著稱，曾在許多經典電影和電視劇中出演重要角色，如《哈利波特》中的「麥教授」、《唐頓莊園》中的伯爵夫人。

亞特一向善於抓住機會，這時便趁機而起。「的確如此，莉迪亞。」他說，故作哀傷的樣子。「幸運的是，我帶來了一瓶威士忌，這樣我們能為我們親愛的朋友乾杯。」他懷疑自己「親愛的朋友」這種用詞太誇張了——即興發言向來不是他的強項——不過，他仍然繼續進行，將適量的威士忌倒入每個杯子裡。

莉迪亞皺起了眉頭。「我不認為寶琳會贊同大家在工作日的下午喝酒。」她說，「她之前就已經明確地表明了，在她……」莉迪亞吞了吞口水，接著沉默了下來。

「今天是星期五，也算是週末了，對吧？」露比說，一邊放下手中的針線，拿起了她那一杯威士忌。露比的大腿上擺放著她的針織作品，看起來像是一頂未完成的鮮紅色帽子，卻大到不適合任何正常頭型的人類。亞特心裡想著，是否該建議她參考某種編織設計的範本，因為她顯然不知道自己在做什麼。

「謝謝你，亞特。」威廉伸手去拿杯子。「不管怎麼說，寶琳最享受別人對她的不滿了，她肯定樂見這樣的狀況。」他將杯子高高舉向天花板，大家全都抬頭望著，似乎期待看見寶琳的靈魂盤旋在天花板上，低頭怒視著他們，並在來世中以罰寫及留校察看的方式威脅他們。

「說到了寶琳，我有一個請求。」莉迪亞說。「是關於她的狗。」直到那一刻，亞特才注意到莉迪亞椅子旁的那一隻狗。牠看起來有點鬱悶，就像失去了親人一樣，也有可能牠本來就長這個樣子。和寶琳一起生活，足以讓人臉上出現憂愁不悅的萬年表情。

「我在想，既然發生了這種不幸的情況……」莉迪亞一邊說，一邊把狗抱起來放在她的膝蓋上。

「你的意思是指，既然寶琳突然去世了吧？」達芙妮說。「我們不要再使用模糊的委婉說法了吧。」

「……是否有人願意幫忙照顧寶琳的狗？」莉迪亞一邊說著，一邊撫摸著那隻狗的頭。看來，這隻狗似乎不太喜歡在公開場合展現愛意，亞特一點也不怪牠，牠可能覺得人們總以一種高高在上的優越態度對待牠。也許他應該提醒一下莉迪亞，年長的動物通常不喜歡被別人摸頭。

「我想，如果我們三個人分擔照顧牠的責任，每個人每星期照顧幾天，直到大家找到更長期的解決方案為止。」莉迪亞說。

「哈哈，我連自己都照顧不好了，更別說照顧一隻狗了。」亞特說。然後，他突然住口了，想起了一個星期前他與經紀人之間的對話。那個電視才藝節目《我和我的狗》，**有十萬英鎊的獎金，還有曝光度**。

他意識到，隨著一股愈發強烈的興奮感湧上心頭，這有可能就是答案了，足以解決他的財務問題和停滯不前的職業生涯。他瞇著眼睛看著那隻狗。顯然，牠的外表看起來不太出色，並不是那種很上鏡的狗兒，但他自己也同樣不年輕了。不過，牠確實有一個優勢：牠只是兼職而已，而且是臨時的。如果幾個星期之內，他不能將牠培養成優秀的表演者，那他還可以將牠直接送回去！

在片場中，亞特曾看過動物訓練師工作不少次。不過就是備好無盡的狗零食，並使用正確的語調來教導罷了。老實說，這有什麼困難的呢？

「開玩笑而已！」他說，故作滑稽地轉換了話題，強顏歡笑。「我很樂意提供幫助。」

「我也是。」達芙妮說，他怎麼也不會想到她會是一個如此有愛心的人，也許她和這隻脾氣古怪又反社會的老狗之間有不少共同點。

「哦，你們人真是太好了。」莉迪亞拍著手說。趁著她心情正好，亞特趕緊為大家的杯子裡倒入更多威士忌。

「牠叫什麼名字？」亞特說，伸手去拿取掛在新夥伴項圈上的銅製名牌。

「啊啊啊！」他說，甩開了銅製名牌，像是被燙傷了一樣。

「怎麼了？」安娜問。

「牠的名字！」亞特說。「你們看！上面寫著**瑪格麗特．柴契爾**，誰會幫狗取這種名字呢？」

達芙妮笑得太開心了，甚至把手中的威士忌灑到了碟子裡。她隨即端起了碟子，直接把威士忌倒進嘴裡，發現莉迪亞正盯著她看。「不如省略中間的繁瑣步驟吧。」她一邊說，一邊眨了眨眼。

「我猜，寶琳應該是鐵娘子的粉絲。」莉迪亞說。

「那就說得通了！」亞特說。「我們可以改動牠的名字，對吧？叫瑪麗蓮．夢露如何？」

「我支持海倫．米倫。」安娜說。「隨著年齡增長，她仍能優雅從容地變老，真是令人嚮往的絕佳典範。」

「優雅從容地變老有什麼樂趣可言？」達芙妮說。「就我個人而言，我要盡可能地不優雅從容地變老。」

「嗯，你已經有一個不錯的開端了。」都還沒想清楚，亞特便將心裡的話說了出口。

「我們不能為了迎合自己的喜好就改動牠的名字。」莉迪亞說。「這對這隻可憐的狗不公平。牠已經失去了主人了，不能再被剝奪自己的名字。」

「幾個世紀以來，女人們都被迫改變自己的姓氏，就為了配合自己的丈夫。」達芙妮說，一邊怒視著莉迪亞，彷彿父權制度的發明者是她本人。

「如果你不想使用牠的全名，那就叫瑪姬吧。」莉迪亞說。「但我們需要保持一致，所以不可以隨便取其他的名字或暱稱，可以嗎？」

亞特和達芙妮都點了點頭。

「我寫下了一些關於瑪姬的基本照護原則，這樣牠在不同家庭之間的轉換會輕鬆方便一些。」莉迪亞一邊說，一邊將手伸進手提包裡拿出幾張紙。「這裡是關於牠的日常作息細節，還有一些基本的規範，例如不允許牠爬上家具或進入你的臥室。牠必須睡在自己專屬的狗床上，絕對不可以上你的床。此外，嚴格禁止餵食人類的食物，這對牠不好。」

莉迪亞忙著將文件分發給大家，而瑪格麗特．柴契爾則趁著這個機會，從她盤子裡偷走了一整片維多利亞海綿蛋糕。

莉迪亞的手機朝下放於桌面，嗡嗡作響地在塑膠桌面上微微滑動。莉迪亞拿起手機，盯著螢幕看，皺起了眉頭，揉了揉眼睛，似乎想要抹去眼前看見的一切。

亞特很想知道莉迪亞剛才收到的訊息內容是什麼，但她卻直接把手機放入手提包裡，隨後一口氣喝光手中的威士忌。當她用顫抖的手放下杯子時，杯子在碟子上發出了嘎嘎嘎的聲響。

「我很好。」她強顏歡笑地說。

在亞特較為活躍的時期，他也曾看過不少令人無法信服的表演。事實上，他自己也曾有過幾場這樣的表演，所以他一眼就能看出她在演戲。

莉迪亞顯然不太好。

齊吉

齊吉時常將自己的人生視為一段電腦程式碼。

直到高中二年級，就在他十六歲生日過後，他的生活一直遵循著一條整齊、可預測且穩定的程式碼。他曾希望這段程式碼能引領他進入大學，讓他找到一份高薪的工作，遠離他這大半輩子所居住的破舊社會住宅。

然而，一連串的決定——他的電腦科學老師會稱之為「如果／那麼／否則」的條件判斷語句——卻把他帶上了一條完全不同的岔路，將他的虛擬角色拋入了另一個平行宇宙之中。在那個宇宙中，看起來沒有回頭路，卻也無法循環回到起點。

然而，只有第一個決定，是他自己做出的選擇——根據他媽媽的說法，完全是由他的荷爾蒙所驅動的。高中二年級的學校舞會裡，當他和珍娜兩人在文具儲物櫃裡時，他意識到自己的幸運保險套在外套口袋裡，而外套掛在大禮堂裡的座位椅背上，珍娜告訴他不需要擔心，她可以吃事後避孕藥。於是，他的決定是冒這個風險，**就這一次**。

接下來的其他決定，完全不在他的掌握之中。

因為持續的宿醉，珍娜第二天早上決定不去藥局了，而隔天又正好是星期日，她的父母計畫全家去拜訪她的祖父母。她很難向他們交待她為什麼需要去一趟藥局，對吧？到了第三天，那次文具儲物櫃裡的邂逅早已像是一場酒後的夢境，她的恐懼逐漸消散了，而且，那時一切都已經有點晚了，不是嗎？

此後，就只有一連串拖延重要決策的行為。珍娜從沒決定要記錄自己的月經週期。當她終於意識到自己的月經已好幾個月沒來的跡象時，她也沒有決定去看醫生。她甚至沒有決定要讓齊吉知道發生了什麼事。事實上，直到她懷孕二十六週了，早已無法拉上學校制服裙子的拉鍊時，她還是完全沒做出任何決定。到了這個時候，這個決定已是情勢所逼，不僅對她而言，對齊吉來說也是如此。

最終的決定，很大程度上是他母親做出的決定。

當珍娜和她的媽媽前來參加宇宙中、歷史上最尷尬的一場下午茶時，珍娜的媽媽一邊吃著水果蛋糕，一邊談論著孩子收養的事，而齊吉的媽媽卻絲毫不願接受。在齊吉還未將熱水回沖進茶壺之前，他的母親便宣布，齊吉和珍娜一樣，要對這個情況負起責任，也不會像他自己的父親一樣，當一個缺席且無所作為的父親。

在他還沒來得及回應，在這種情況下，「缺席且無所作為」的做法似乎是一個完全合理的策略之前，她似乎就先表示她和齊吉會一起撫養孩子，而珍娜不需要承擔任何責任，除非她自己願意。但她並不想擔這個責任，誰能責怪她呢？

因此，就像他最喜愛的兒童讀物中的英雄，他們穿過了一個衣櫃並進入了納尼亞的世界，而齊吉卻被迫從文具儲物櫃裡進入了一個他無法選擇、無法理解、卻也無法逃脫的平行宇宙。

然而，這一切令齊吉更加痛苦的是，他不得不看著自己過往的生活在眼前重現，透過珍娜的生活形態呈現。她為了重新開始而轉學，卻仍然頻繁出現在鎮上，不時更新社交媒體上的狀態。她繼續和一群「死黨」到處遊玩，仍然和那些不是單親爸爸的男孩們約會、參加派對，進行各種冒險行為，犯下一切青少年應該犯下的錯誤。珍娜，仍然擁有一個未來。

下課鈴聲響起，課程結束了。筆被放回鉛筆盒裡，書籍和文件被掃進書包中，椅腳在地板上摩擦著，全班同學湧向教室門口。

「別忘了，星期一我要看見你們的作業！」溫蓋特先生對著一大群離去的背影大聲喊著，這些背影聚集成一個又一個的小團體，其中卻沒有齊吉的身影。

在過去的世界裡，齊吉就像一塊磁鐵。無論他走到哪裡，都會吸引一小群的朋友，就像磁鐵吸引鐵屑一樣。不過，現在他的極性似乎顛倒了，當他一走近他們身旁，這些人就會迅速地閃避。

「齊吉！請你等一下！我可以和你談談嗎？」溫蓋特老師說。

有幾張臉轉了過來，臉上浮現出一絲好奇，卻很快又繼續往外走。齊吉在腦中快速盤算著自己有可能做錯了什麼事。少交一份家庭作業嗎？是考試失誤搞砸了？計算機科學是他最擅長的科目，無論如何，他相當確信自己這門學科名列前茅，甚至是班上最優秀的學生。

「拉張椅子坐下吧。」溫蓋特老師說，指著教室裡辦公桌前的空位。

齊吉拉了一張椅子坐下，把書包放在腳邊，靜靜地等待。

「我在想，」溫蓋特老師說，他將雙手指尖交疊在他的鷹鉤鼻前，透過眼鏡上方凝視著齊吉，「你是否有考慮過，進入大學就讀計算機科學呢？」

有那麼一會兒，齊吉被彈回到了他原先的宇宙之中——那個他曾經有抱負及選擇的世界，他的未來像是一個空白螢幕，等待著被輸入新的程式。

但同樣迅速地，他的現實又回到眼前，隨之而來的是一陣愧疚感。那個宇宙或許充滿了機會和令人興奮的事物，凱莉卻不在其中。他怎麼可以奢望那樣的未來呢？

「我不打算申請大學了。」他說，低頭看著自己的雙手。「這對我來說並不是一個選擇，因為……」

「齊吉，我了解你的情況。」溫蓋特老師說，此刻的口氣和他平時課堂上發號施令的語氣截然不同。「這件事不必是你的阻礙。你可以在倫敦找個可以參加的學習課程。如果你想去更遠的地方，這或許對你更有幫助，因為許多大學都有專門為單親家長安排的住宿及負擔得起的托兒服務。」

「但錢怎麼辦？」齊吉說，試著在溫蓋特老師小小的希望火苗點燃之前就將它熄滅。他早就明白了，希望帶來的痛苦，往往比接受現實更痛苦。「我負擔不起。」

「你可以申請學生貸款，」溫蓋特老師說，「也可以試著申請獎學金或助學金。」

「我需要考量到凱莉。」齊吉堅定地說，與其說是對老師，不如說是對自己說。畢竟，這已經成為他過去六個月的口頭禪了。

「如果你能獲得一個出色的學位，而我認為你可以，從長遠來看，這情況對凱莉更理想。」溫蓋特老師說。「你的收入潛力能大大提高，想想你可以成為女兒多麼出色的榜樣呀。」

齊吉想要開口反駁，但溫蓋特老師顯然早就習慣這種情況，他並不打算讓持有不同意見的學生有機會插話，他繼續說了下去。

「聽著，我想要每星期放學之後有幾天為你提供課後輔導。我可以協助你填寫UCAS申請表單[12]，我認為，你只要再更專注一點，就有機會獲得獎學金。你好好考慮吧，齊吉。你願意為我考慮一下嗎？」

「當然。」齊吉說。「而且謝謝你。」

拿起書包離開教室的那個齊吉，與不到一小時前進入教室的齊吉，已經有所不同了。在他的世界裡，至少還有一個人沒有全然放棄他。溫蓋特老師相信他，甚至願意犧牲自己的空閒時間來幫助他。齊吉暫時允許自己重拾一絲希望，想像老師為他描繪的這個未來有實現的可能。

當齊吉接近曼德爾社區中心時，他刻意轉移視線，刻意避開占據布告欄中間那張充滿厄

12—UCAS是指「大學與學院入學服務」（Universities and Colleges Admissions Service），為英國的官方大學入學申請系統，學生透過UCAS表單的提交申請來報名大學。

運的海報。他根本不敢去想托兒所關閉的情況，因為其他壓力早已讓他喘不過氣來了。

托兒所和老年銀髮俱樂部的活動同時結束後，走廊裡擠滿了各個年齡層的人，形成了一幅「從搖籃到墳墓」的真實寫照。

「剛才在人行道上，我差點被一個穿著皮衣、頭髮染成淡紫色的老奶奶撞倒，她騎著一輛經過改裝的電動代步車。」他一邊告訴珍寧，一邊把凱莉安放在她的嬰兒車裡。

「那應該是安娜。」另一位老太太說，她穿著不協調的喇叭牛仔褲，將她的白髮高高盤成髮髻，髮髻中似乎藏了一支圓珠筆，脖子上繫著一條圖案鮮豔的絲巾。她正從牆上的鉤子上取下一件翠綠色的花呢大衣，領口還有動物皮毛。齊吉猜想那皮草應該是假的，畢竟現在誰會真的穿上死去動物的毛皮呢？

「安娜曾經是一位長途卡車司機，」她又繼續說，「在工作時，她的腰部受了重傷，留下一整個衣櫥裡充滿男子氣概的衣物，以及幾乎算得上病態的路權要求。她使用室內的附輪助行器時也一樣可怕。她剛才出去時，差一點把一個孩子撞向牆壁。」

齊吉不知道該如何回應，所以什麼也沒說。在他失去勇氣之前，他一口氣說出想對珍寧說的話，放學回家的一整段路上，他都在心裡排練著。「呃，珍寧，不知道凱莉能不能多待一個小時，每星期只會有幾天。我的老師希望我申請大學的計算機科學科系。他願意在放學後幫我進行課後輔導。」他匆忙地把話說完，然後屏住了呼吸。

「哦，齊吉，親愛的。」珍寧回答道，透過她的語氣，他早已知道答案會是否定的。「老實說，我真的很想幫你，但我們使用活動廳的時間就是早上八點到下午四點。之後還有一系列的活動——空手道、NCT產前課程[13]、匿名戒酒會，什麼都有。而且，我也不能再工作得更晚了。我也有一些重要的事要忙，我很抱歉。」

齊吉知道她確實有自己的事要忙。他知道答案一定是如此，但他至少對得起溫蓋特老師了，也對得起那個曾懷抱著那些夢想的自己，至少他曾給自己一個機會。

「當然，沒關係的。」他說。「我只是覺得應該問問看。」

「等一下。」他身後傳來一個聲音。他轉身看見那位大衣領口上有動物皮毛的老太太。

「計算機科學呀，我猜你對科技很在行吧？網際網路呢？那些諸如此類的東西呢？」

「嗯。」齊吉說。「我想是的。我絕對是班上最優秀的學生。」

「我是達芙妮。」她說。「我或許可以幫你照顧一下你的妹妹吧？」

13　National Childbirth Trust（NCT），一個英國的非營利組織，提供產前教育課程協助準父母為育兒過程做好心理準備，並提供實際的技巧和知識。課程包括分娩知識、親子關係及情感支持，並促進父母間的社區互助關係。

「是女兒。」齊吉和珍寧同時開口說。

「我的天呀，你的年紀還沒大到可以當爸爸吧，連剃鬍子都不夠資格呢。」老太太說，恰好說出齊吉明知大家心裡想著，卻不敢直接說出口的話。

「那麼，你也沒有年輕到可以穿上那條褲子吧。」齊吉回應道。「你的年紀已經大到很勉強了吧。」

齊吉又一次咒罵自己那張大嘴巴。如果他沒有聽錯的話，這位老太太都主動提議要為他解決問題了，雖然不知基於什麼原因，但他卻如此冒犯她。

「對不起。」他說。「我剛才說的話真的太無禮了。你剛才說什麼？」

那位老太太怒視的眼神稍微柔和了一些。「我是說，我每星期有兩天可以從托兒所帶你女兒回家，陪她一起等你放學回來。」

「達芙妮，你有照顧嬰兒的經驗嗎？」珍寧問道。

「親愛的小姐，我年紀這麼大了，怎麼可能沒有照顧嬰兒的經驗呢？更何況，我也只需要照顧她一小時而已，不是嗎？她不就是個小小的生物，能有多難呢？」達芙妮說。

「呃，我不確定這是不是一個好主意。」齊吉說。他總不能將自己的女兒託付給一個完全不認識的陌生人吧？「而且，我真的負擔不起保姆費。」

「我絕對不會向你收取任何費用……」達芙妮說。

齊吉權衡了一下，在不明確的擔憂和免費托兒服務之間掙扎。珍寧幾乎難以察覺地點了點頭，使得達芙妮的提議占了上風。

「好吧，成交。」他說，希望自己不會後悔做出這個決定。

「太好了，不過你得要為我做一些事作為回報。」達芙妮說。

「呃，像是什麼事呢？」齊吉問道。他也許可以幫她除草，或者幫她去藥局拿藥，或者，去圖書館幫她跑腿借書吧？

「你了解關於網路交友的事嗎？」達芙妮開口問。

達芙妮

「魔鏡啊魔鏡，誰是世上最聰明的女人呢？」達芙妮對著她那一面華麗的鏡子說，它曾經懸掛在某個宏偉宅邸的壁爐上方，每當它發現自己出現在漢默史密斯時，總是顯露一絲微妙的驚訝。事實上，達芙妮對於自己現下的處境也感到幾分驚訝。

十多年來，這是她第一次為自己感到驕傲。在過去幾個星期以來，她達成了不少成就。她一直堅信，她這個人只要下定決心了，就必定可以迅速且有效地**完成目標**。而如今，她再次證明了這一點。

在達芙妮七十歲生日的那一天，她身旁沒有朋友，也沒有愛她或需要她的人，更沒有孩子或孫輩。不過，在短短的兩星期內，她成功地建立了每星期三次的社交生活，偶爾還要照顧一個嬰兒，甚至還有一位幫她找尋戀愛對象的專家。這樣的進展很不錯吧？

甚至，達芙妮主動提議照顧寶琳那隻醜陋的狗。顯然，她會這麼做並非出於單純的善意，而是一個狡猾的策略行動。她發現，當人們帶著狗出去散步時，就會得到**關注**。路過的人會停下來撫摸狗兒、詢問牠的名字，並和彼此分享自己過度寵愛寵物的故事。因此，達芙妮既然都下定決心要融入這個世界了，帶著一隻狗似乎是一個明智的附加計畫。

而且，在表達愛意這方面，狗是出了名的不挑對象，因此這算得上是一種練習，一種試試水溫的初步關係。這隻狗可以給予達芙妮無條件的愛，同時還能充當誘餌。反正這也只是暫時的短期安排，如果效果不如預期或牠開始令人厭煩時，她隨時可以將牠退還回去。

唯一一個美中不足的小障礙是：市議會將會威脅到社區中心的未來。對她來說，銀髮俱樂部根本不是她會出入的那種場合——那些老人喝著茶，彼此客氣禮貌到令人惱火的程度——但事實證明，這地方是個有用的墊腳石，光是目前她絕佳的進展來看，就證明了這一點。而且，如果她真的決定不再參加了，她也希望這是**自己做出的選擇**，而不是被視野狹隘的官僚體制所擺布的結果。

曼德爾社區中心裡托兒所的區域擠滿了人，關於這棟建築物及其使用者未來的一場辯論早已進行一個多小時，卻欠缺明確的方向及目的，更別提任何合理的解決方案了。牆上掛著色彩鮮豔的兒童畫作，空中懸掛著動態的裝飾物，而花俏的玩具和家具都被推到角落，將空間退讓給好幾排的折疊塑膠椅，這一切卻讓整個現場顯得格外荒謬。與此對比的是，一群穿著黑白西裝、舉止自以為是的市議會成員們正坐在高台上，面對著現場的民眾。

截至目前為止，達芙妮已釐清了以下幾點：

1. 自成立以來，曼德爾社區中心就一直面臨資金短缺的問題。事實上，它最初以尼爾森·曼德拉的名字命名，但在一九九〇年代的末期時，招牌上的字母「A」掉了下來，於是只好改名，因為這比更換招牌便宜。

2. 該棟建築物似乎同時面臨潮濕和乾腐的問題。人們本以為這兩種問題應該可以達成平衡並互相抵消，但顯然並非如此。修理這些問題至少需要花費八萬英鎊。

3. 由於建築津貼已經花在了某位慷慨捐助者的雕像上，根本沒有進行修繕的預算。就在慷慨捐助者的雕像揭幕的幾個月後，他因挪用公司退休金而被捕入獄，原來他將那些錢花在賭博和吸毒。現在，他在福特開放式監獄裡編織籃子、種菜，但他的雕像依然矗立著，直到市議會負擔得起更換雕像的費用。

4. 市議會的負責人是一個自以為是的蠢蛋。

現在，讓達芙妮感到驚恐的是，他們正在討論直接拆除整座社區中心並將土地賣給開發商的益處。

達芙妮舉起了手，卻沒有人注意到她。達芙妮站了起來，手仍然高舉著，他們仍然無視於她。

達芙妮不喜歡被人們忽視。在她職業生涯的早期，她因為性別而受到忽視，時常被一群自以為是、毫無才能，又有厭女症的小男人打斷且輕視。在接下來的幾年裡，情況有了很大的改善，她很高興看到參加會議的幾位市議員是女性。然而，現在的她卻又因為年齡被忽視了。她似乎從性別歧視的煎鍋，跳進了年齡歧視的火坑中——這是各種歧視中的最終疆界了。

達芙妮用拐杖在木地板上重重敲打了幾下。她並不需要拐杖來行走。事實上，她為自己的靈活性和活動能力感到驕傲，她每天早上做二十分鐘的皮拉提斯，睡前做一小時的瑜伽。有多少七十多歲的老人能做瑜伽頭倒立，並盤坐好幾個小時？然而，她發現年齡是一個很好的藉口，她能合理攜帶著一根金屬尖頭的粗壯拐杖，在各種情況下都可能派上用場。它非常適合用來清除路上的人們，揮舞或重擊來引起注意，必要時表現出脆弱的樣子，但在緊急情況下也能作為一種危險的武器。

有時，達芙妮會故意走在黑暗的小巷裡，期待能遇見一個懶散無能的年輕人，若他試圖要搶她的手提包，她就能拿拐杖給他一記重擊，搭配她經過皮拉提斯訓練的強壯右臂將他打倒。然後，她就能一邊看著他被抬上救護車的擔架，一邊淚流滿面地聲稱是一切都是出於自衛。

達芙妮再次敲了敲拐杖，所有人都轉過頭來，尋找出聲干擾的來源。她感到一陣興奮，回想起自己有多麼享受吸引全場注目的高光時刻，尤其是那些錯誤低估她的人們面前。

「曼德爾社區中心是我們當地社區的**心臟地帶**。」她在會議室前方清楚地發言，停頓了一下，讓話語在眾人心中引發共鳴。「這裡有一個很棒的托兒所、一個非常受歡迎的銀髮俱樂部」——她希望這些市議員沒看過莉迪亞的出席記錄——「還有匿名戒酒會、NCT產前課程，以及一個空手道社團。我根本無法想像，如果這些幼童、無事可做的長者、成癮的人、懷孕婦女及訓練有素的殺手，就這麼被趕到街上閒晃，會造成什麼樣的混亂情況！你們打算把我們送去哪裡呢？」

「呃，我相信我們可以利用出售所得的部分資金來找一個替代場地。」首席市議員一邊說，一邊不自在地扭動著，在達芙妮的冷酷目光下，他就像鉤子上的一條蟲。當她表現特別出色時，就時常會有這種氣場——而今晚，確實是如此。

「但是，你們真的打算這麼做嗎？」達芙妮反問。「你們剛才不斷談論著這地區高昂的房產成本，也花了半小時討論如何將出售的所得分配給各個部門，卻沒有一個人提到將資金投入於全新社區中心的場地。」

「我們先不要急著談這件事，等到問題出現再來解決，好嗎？」那位市議員回應。「與此同時，我們先看看能否找到修繕及維護現有建築所需的資金，並同時向開發商徵求提案。」

凡妮莎，請在會議紀錄中註明這件事！」

一位胸部豐滿、金髮的中年女士坐在角落裡，討論過程中似乎都在打瞌睡，突然間驚醒過來，老花眼鏡滑落下來，隨後掉進她的乳溝裡。她把眼鏡撈了出來並重新戴好，接著在筆記本上急忙寫下文字。

達芙妮發現自己無法認真看待這個男人和他可笑的威脅，因為他站在一幅以數字為主題的大型壁畫前，頭部正好遮住了「COUNT」[14]這個單字的字母「O」。她拿出手機並拍了一張照片，心中暗想，這張照片肯定會引起地方報社的興趣。達芙妮一向樂意在適當的時候推一把，讓因果報應發生。

14 譯注：當議員頭部遮住「COUNT」單字中的「O」，便成了「CUNT」（英文中是極其冒犯的詞彙，指「女人的陰部」，也是指「討厭鬼」、「蠢人」），顯現了達芙妮的幽默，也反映她對這位議員的不屑和輕視。

達芙妮從包包裡掏出了一包香菸，取出一支放入菸嘴中，點燃後吐出一連串挑釁的菸圈。然後，她聳聳肩便把外套披上，拿起了包包。她認為，人在被驅逐出去之前，總得先主動離開才對。

這些令人惱火的行政人員或許贏了這一場小戰役，但她已決心要取得這整場戰爭的最終勝利……

亞特

「坐下！」亞特說。瑪姬抬頭，用渾濁的眼睛看著他，一動也不動。他可以發誓，她對他微微揚起了一根鬍鬚般的眉毛。然後，瑪姬慢慢繞著他的廚房桌子轉了一圈，彷彿是在說，我會按照我自己的節奏完成，非常感謝你，然後牠才轉身面對他——終於呀——坐了下來。

「做得好！」亞特說，又給牠一片香腸。他非常確信，瑪姬已經掌握一切的基本指令了，在牠承認這件事之前，牠只想要搞清楚還能騙到多少香腸。照這個速度下去，還沒到試鏡選拔的階段，牠就會變得肥胖到不健康的程度了。不過，你不得不欣賞這隻精明狡黠的母狗。

「好了，M。」他說，「我們需要去商店了。」

依照莉迪亞的指示，亞特本來試著叫他的寵物——也是未來的表演搭檔——「瑪姬」，但當他喊出這個名字時，隨著那一刻的停頓，牠的姓氏像有毒廢料般潛伏著。亞特是一位驕傲的社會主義者。他曾和礦工一同並肩遊行，也拒絕繳納人頭稅，當柴契爾夫人最終被自身政黨從背後捅了一刀時，他更是大聲歡呼。他不能讓那女人的姓氏出現在他家裡。因此，亞特決定了，要將他的狗簡稱為「M」，就像龐德電影中的茱蒂．丹契一樣，都是年長的女性，生性冷靜理智，卻不能隨便招惹。

他發現，與M在一起的生活，更像是一場冒險。即使是短暫地去書報亭一趟，牠也總能讓一切看起來如此迷人有趣。他們必須每兩分鐘就停下來好好聞一聞，或小便一下。牠會無憂無慮地把鼻子伸進其他狗狗的屁股上，隨意吃掉人行道上任何想吃的東西。坦白說，這種對世界、衛生和個人空間充滿熱愛又不拘小節的心態，相當鼓舞人心，也具有感染力。亞特發現，自己對於熟悉的環境多了一些不同的新鮮感，而每當有陌生人停下來輕拍瑪姬的頭時，他也會對他們微笑。

「牠是什麼品種？」當他們經過時，有一位女士問道。

「是傑克羅素㹴犬。」他回答。亞特心裡很清楚其實不是，但他一向認定自己是具備傑克羅素㹴犬特質的人，詭計多端、不屈不撓，還有一點無畏的魅力。

即使她背對著亞特站在地鐵站外，亞特也能立刻認出那是莉迪亞。她總是擺出一種**帶著歉意**的低姿態，微微駝背蜷縮著，好像試著在這個世界上占據更少空間。她微微向前傾身，輕輕吻了身旁那個男人的臉頰，她就像是一個輕柔隨意的逗號，依偎在一個自信強勢的驚嘆號身旁。

亞特發現，這個男人看起來完全不像他預期中莉迪亞丈夫的樣子。不同於莉迪亞自我貶低的姿態，他一副自鳴得意的樣子，身穿華麗的西裝，手腕上戴著厚重的手錶，腳上踩著光亮的雕花皮鞋。

「別忘了我們今晚要去強森家吃晚餐。」亞特聽見那個男人開口說，完全是發號施令的口氣，毫無一點愛意。「所以，請你用點心，讓自己看起來更體面一點，你知道的，這也會影響到我的形象。」

亞特停頓了一下，希望莉迪亞能以同樣侮辱人的話語回應。他心想，**你這個自以為是、體重過重、虛張聲勢的混蛋，怎麼有臉講這種話啊**，如此回應就很合適了。

「當然了，親愛的。」她回答，讓自己顯得更為渺小了。

亞特躲在公車的候車亭裡，這樣莉迪亞就不會知道他聽見了。亞特看見附近有個年輕女孩緊張地斜眼瞥了他一眼。她該不會以為他是個變態吧？上了年紀之後，穿著風衣時就得要注意一點。

當亞特確信莉迪亞離開了之後，他才過馬路來到書報亭。由於店家窗外貼著「狗禁止入內」的警語，亞特便將瑪姬的牽繩繫在店外的燈柱上。雖然牠不太可能成為偷狗者下手的目標，亞特還是確保牠不離開視線。

「今天天氣不錯，不是嗎？」亞特對著櫃檯後方的男人說，但對方只是隨便地瞥了他一眼，低頭嘟囔了一聲「嗯哼」，又繼續盯著手機。

亞特早已經習慣這種態度了。他不確定自己什麼時候開始變得無關緊要，甚至變得隱形——在過去幾年之中，這種感覺悄然降臨在他身上。他常常覺得自己像個幽靈一般。雖然他與一般人身處同一個世界，但多數的人似乎能透視他，對他視而不見。對此，他曾感到憤怒不平，但後來他發現，隱形也是有好處的。

亞特低頭看著眼前那一排色彩繽紛的糖果，伸手拿起了一包 Fruit Gums 水果軟糖，然後放進他那件寬鬆外套的口袋裡。

其實，亞特根本就不喜歡水果軟糖，這幾十年來，他的牙齒根本承受不了這種挑戰了。

「再見！」他對店主大聲叫著，對方卻顯然沒有回應。

一開始，商店行竊讓亞特感受到一種強烈的刺激感。他在六十五歲後才開始做這件事，腎上腺素突然激增，充滿危險的快感出現，他一直非常想念這種久違的感覺。這讓他對四周的環境變得極為敏銳，心臟跳動得更快，全身充滿了能量，感覺自己又活過來了。

通常，他只會去大型的店家偷竊。他特別喜愛去那些逃避合理稅賦的企業那裡大撈一筆。例如，他有一整個櫥櫃裝滿了從星巴克偷來的東西，因為他們在收銀台前擺了許多小物品，正好在口袋的高度。只有在受到不公正的對待、被忽視，或者知道店主是種族主義者或厭女者的情況下，他才會去一些獨立小店裡放縱地偷東西。

亞特知道，當地有一家水果商家曾經指控威廉偷竊，只因為他是黑人。威廉當然是完全無辜的，但亞特多年來每星期都會去那家店偷水果，作為一種侮辱的補償。他的偷竊行為先是從幾顆櫻桃開始，逐漸發展到整顆鳳梨及哈密瓜的規模。店主從來沒注意到他，只因為他年紀大，而且還是個白人。

威廉完全不知道亞特背著他展開這場復仇行動。這些年來，亞特將一切的祕密告訴了威廉，最遠從二年級時他對貝琳達的暗戀開始，她是當時的跳房子衛冕冠軍，擁有長長的金色髮辮。不過，他絕不向威廉透露這件事，獨自承擔著這種習慣性犯罪的重擔。

然而，亞特這個祕密嗜好有一個問題，那就是，它所帶來的刺激感越來越平淡，隨之而來的空虛感卻越來越快地向他襲來。這種空虛感愈加強烈，像一個吞噬四周一切的貪婪黑洞，直到下一次購物之旅再度到來。

亞特真的努力過要停止這一切，他真的試過了。然而，那就像是築起一堵沙牆來阻擋潮水，無論他多麼努力要鞏固防線，那股衝動最終都會將他淹沒。

亞特彎下腰，解開了瑪姬在燈柱上的牽繩。牠抬頭望著他，眼神似乎正在說，**我知道你做了什麼，我對你太失望了**。

「別再這樣批判我了，M。」亞特說。「昨天你在公園偷了那個小男孩的三明治時，我可沒有說什麼吧？我們之間其實沒有太大的差別。」

他知道他不得不面對這個問題，但他不知道該怎麼辦才好。目前，他發現保持忙碌、不去思考這個問題，就是解決問題的最佳方法。因此，他決定了，怎麼都不能讓新成立的銀髮俱樂部解散。在他看來，迴避問題的這種策略，遠比多數人想像的更為有效。

當亞特和瑪姬經過曼德爾社區中心時，剛好看到那些孩子們被送進托兒所。幾秒鐘之內，瑪姬就被一群小孩包圍了。當他們輕拍牠、拉扯牠的尾巴、玩弄牠的耳朵時，牠卻只是耐心地站著。

只有一個男孩退縮在後方，他靠著牆面，低頭看著自己的腳，但亞特看見他偷偷地瞥了一眼瑪姬。亞特總是會被邊緣人所吸引，這也是他和威廉最初成為朋友的原因。

「不好意思，孩子們。」他一邊說，一邊慢慢地擠進人群之中去拯救瑪姬。「M想要認識一個人。」他抱起了瑪姬，輕輕地將牠放在小男孩的腳邊。

「你叫什麼名字？」他問男孩。他沒有答覆，也沒有抬頭。

「他從不開口說話。」那位身材圓潤、將黑髮紮成長辮子的女士說，她正握著男孩的手。她有著非常溫暖的笑容，這真是現代牙齒矯正醫學的功勞。他確信，當他還是個孩子的時候，沒有人有這樣的牙齒。「心理治療師稱之為『選擇性緘默症』[15]，」她繼續說，「他是一個寄養兒童，成長環境比較……複雜。他的名字叫樂奇，至少，我們是這麼稱呼他的。我叫珍寧，負責管理這個托兒所。」

「好吧，樂奇，牠是M，而我是亞特。」他說。樂奇靠了過來，用一根小小的、被咬過的食指輕輕碰觸瑪姬的頭。他等了一會兒，接著用平坦的掌心撫摸牠。他笑了笑，頓時變得像個孩子了，彷彿之前緊繃的表情與他的年齡太不相稱了。

「哇。我想我從沒見過他這麼微笑，他通常對四周的事物都不太有反應。」

「牠會表演什麼嗎？」另一個小男孩說。

亞特想著，**要是真會表演就好了**。

15　選擇性緘默症 elective mutism，是一種特定情境下的溝通焦慮障礙，尤其在兒童階段更為常見，患有這種症狀的兒童和成人能正常說話和理解語言，但在某些社交場合卻無法開口說話。

「那我們試試看，好嗎？」他說，準備進行挑戰。「坐下！」瑪姬坐下來了。

「躺下！」亞特說，與其說預期牠聽從照做，不如說是基於一種盼望的心情。

瑪姬躺了下來。

「停留不動！」他一邊說著，一邊向後退了一步，伸出了手，而瑪姬耐心地躺著並注視著他。

過了幾秒鐘後，他喊道：「來！」牠站了起來並走向他，尾巴搖得飛快。

事實證明，瑪姬和他非常相像。牠所需要的，不過是一位懂得欣賞的觀眾。

「有人想吃水果軟糖嗎？」亞特說。

莉迪亞

莉迪亞已經不記得，上一次玩得這麼開心是什麼時候了。她想，應該沒有人會稱她為「派對上的靈魂」，但她確實覺得，自己完全能夠獨當一面。多年來，她在晚宴上總是感到格外不安。她總是能想像，當女主人安排餐桌座位時，心裡想著：「我們到底該把這位沉悶的妻子安排在哪個位子呢？」

莉迪亞能談的話題一向只有兩個，就是房子和孩子——隨著歲月的推移，這些話題有所變化，從在插座上加裝安全蓋的方法，到尋找最理想的小學，以及地下室所帶來的種種可怕困擾，再到如何說服青少年為中等教育證書考試進行準備。

她時常清楚地感覺到，當她的晚宴夥伴問起「你的工作是什麼？」時，他們的目光在幾分鐘內便會立即變得呆滯無神。甚至，在一次難忘的場合中，當她講述自己擔任家長志工，參與帶領學童前去參觀動物園的經歷時，她確信她左邊的男人低聲嘀咕了一句「史考提，把我傳送上去吧。」[16]

然而，這個晚上卻有所不同。為了工作需求，她最近閱讀了一本叫《恐懼OUT：想法改變，人生就會跟著變》（*Feel the Fear and Do It Anyway*）[17]的書籍，也決定要突破自己的舒適區，面對著一整個餐桌的人，講述自己與頑固老人打交道時所遭遇的種種挑戰。

隨著她自信心增強，還有上等夏布利白葡萄酒的助力，是傑瑞米從自己那個龐大酒窖裡帶來的（莉迪亞不禁懷疑，他對這瓶白酒的愛，甚至比對她的愛還深），她的聽眾們笑得越來越大聲了，而她也幾乎可以肯定，他們是在和她一起大笑，而不是把她當成笑柄。

甚至，莉迪亞可以暫時忘記傑瑞米上星期傳給她的一則簡訊，簡訊上寫著：**我七點會到餐廳。我想你了，×××**[18]。當天晚上，他們並未約好要去餐廳用餐。事實上，自從她的生日之後，他們已經有好幾個月沒有一起去餐廳用餐了。但根據傑瑞米的說法，他當天晚上會加班。

收到那則簡訊後，有另一則簡訊緊隨在後：**抱歉，莉迪亞，剛才那一則簡訊發錯了，是要傳給一個同事的，談生意的晚餐。**

一個同事？談生意的晚餐？那為什麼還要說我想你了？還附加三個吻呢？

莉迪亞試圖不在那些長者面前情緒崩潰，幸運的是，他們並沒有注意到她有任何異樣，但自從看見那些字句後，它們就一直在她腦海中盤旋不去。她不斷從各個角度分析思考，試著尋找一個合理解釋，或是某個重大的情節轉折，這樣故事結局就不會以她的丈夫是個可悲的背叛者及騙子收尾。

傑瑞米起身去上洗手間，經過她的座位時，他俯身在她耳邊輕聲低語。難道是因為她從容面對自身恐懼，他因此感到驕傲嗎？還是因為她能如此優雅地招待他的朋友和同事？

「WIC。」他低聲說，嘴裡帶著白蘭地的濃烈氣味。莉迪亞驚嚇地在座位上一縮，心情就像太早從烤箱取出的海綿蛋糕，失落且無力。那句是傑瑞米的暗號，意指「Words in Car」（**進車內再說**）。在她的經驗中，這句話向來不是好事。

「你喝那麼多酒，到底在想什麼？」在他們搭乘的黑色計程車後座，傑瑞米在一片黑暗

16—這句知名台詞出自美國科幻電視劇《星際爭霸戰》。史考提在星艦企業號上擔任總工程師，艦長常會對他喊出這話，要求史考提使用傳送器將他傳送回宇宙飛船，這句話一般表示想要逃離目前的困境、快速離開當前的地方，或是進行某種行動。

17—久石文化二〇一〇年出版繁體中文版，目前已絕版。

18—「×」通常用來代表親吻，尤其是在書信、簡訊或社交媒體上，表示情感上的親密或愛意。

中問她。當計程車快速駛過堤岸時，阿爾伯特橋的燈光映照在他們旁邊的河面上，宛如淹沒於水中的星星。「這真是太丟臉了。」

「**每個人**都在喝酒，傑瑞米，連你也不例外。」莉迪亞回應道。「我只是想要開心一下，讓自己好好放鬆。最近幾個星期以來，我的壓力真的很大，你知道的，關於這些市議會的事務。我的工作岌岌可危，更別提那些長者的福祉了。」她隱約發現自己有些口齒不清，或許她真的喝得有點多了。

「你的**工作**？」傑瑞米帶著嘲諷的語氣說出那個名詞。「那根本算不上是一份工作，莉迪亞。你的薪水比我的每個月的開支報銷還要低，根本不夠我們買白蘇維濃葡萄酒，更別提教皇新堡（Châteauneuf-du-Pape）了。」

「這件事肯定反映了你買葡萄酒的花費有多高，而不是我的薪水有多低。」莉迪亞說，但傑瑞米似乎像是沒聽見一樣繼續說下去，或許她真的沒說出口。

「你一直忙著照顧那些如寄生蟲般領退休金的老人，卻忽略了其他事情。我們上星期有**三頓**晚餐都是義大利麵，家裡也一團亂。」

「那麼，既然我們兩人現在都有工作了。」莉迪亞決心要捍衛自己的立場。「或許**你**也可以幫忙做飯和打理家務。」

傑瑞米在黑暗中堅定地盯著前方，莉迪亞看不清楚他的表情，只看見了他緊繃的下巴，並感受到他身上那股怒火如海浪般襲來。

計程車在他們家外停下，傑瑞米下車去付錢。莉迪亞在溫暖且黑暗的後座等著，將外套裹得緊緊的，盡量拖延著無可避免卻即將發生的爭吵。傑瑞米朝著家門走去，甚至沒有回頭確認她是否跟上了，她伸手去拉開計程車的門把。

「親愛的，別讓他這麼隨便欺負你。」司機用溫暖的倫敦口音對她說，並在後視鏡裡對她眨了眨眼。

在白葡萄酒及陌生人的善意鼓勵下，莉迪亞隨著傑瑞米走進那個冷漠且無愛的家中，直視他的眼睛，說出了她心裡懸浮已久的話：「傑瑞米，你是不是有外遇了？」

傑瑞米的目光從她身上移開，將手伸進頭髮中撥弄著，這是他緊張不安時會有的習慣。莉迪亞仔細捕捉眼前的每一個細節，心想，也許她會永遠記住這一刻，當作她人生就此瓦解的起點。

莉迪亞想知道，傑瑞米是否會崩潰，是否會泣不成聲地懇求她的原諒，請求她不要拆散他們建立的家庭，並承諾以一生來彌補她。

但他並沒有這樣做。

「莉迪亞，」他轉身，背對著她並朝著樓上走去，「你醉了，不但情緒不穩定，還滿腦子的幻想。希望你明天一早就恢復理智了。」

莉迪亞盯著傑瑞米緩緩離去的背影，接著看向牆面上的磁性刀架，擺放著一排傑瑞米引以為傲又閃閃發光的日本廚刀。有那麼短暫的一秒，她想像著自己將其中一把刀扔上樓梯，不偏不倚地插進傑瑞米的脊椎。

隨後，她給自己倒了一杯水，打開了洗碗機，然後上床睡覺。傑瑞米側身背對著她，戴上了眼罩和耳塞，離妻子遠遠的，閃避任何不必要的對話。

傑瑞米昨晚無情貶低的那一份「工作」，如今變成分散注意力的最佳工具。他們不討論那個顯而易見的棘手問題——他們即將面臨的拆遷威脅。不過，他們卻也不進行那些莉迪亞精心計畫的、經市議會批准進行的活動。不過，亞特帶來了一個新遊戲，名叫「真心話大冒險疊疊樂」，顯然不打算遵照外盒上的使用說明。每當有人把疊疊樂高塔弄倒——這種情況頻繁得驚人，因為有不少參賽者患有手部關節炎——他們就得回答一個問題或接受懲罰。在過去幾輪的遊戲中，關於俱樂部成員的一些驚人事實浮出水面。

「該死！糟糕！真是爛透了！」露比喊道，當疊疊樂倒在桌面上時，有一塊還掉進了莉迪亞尚未喝完的茶杯裡。露比的樣子看起來如此端莊，讓她咒罵的字句顯得格外有衝擊力。

「要真心話還是大冒險呀？」亞特興奮地大聲喊道。

「真心話。」露比說，這應該是明智的選擇。安娜選擇了「大冒險」，結果他們給她一把橘色的塑膠玩具槍、一頂從隔壁托兒所偷來的牛仔帽，然後要她騎上她的電動代步車衝向路人，一邊大喊著：「高舉你的雙手！大白天就要來搶劫！」他們全都在窗邊看著，像小學生一樣咯咯地笑著。

「你曾在哪個最冒險的地方發生性關係呢？」亞特問道。

「嗯。」露比說，絲毫沒有顯露一絲尷尬或顧忌。「那應該是我婆婆的儲藏室。」

「那聽起來並不特別危險。」達芙妮輕蔑地說。「肯定不會對生命造成威脅吧。」

「你之所以這麼說，是因為你沒見過我婆婆。」露比說。「首先，那儲藏室裡全是死掉的雉鳥和松雞，從天花板上懸掛下來，四處是羽毛，甚至還滴著血。她從不相信食物有什麼有效期限，所以裡面充斥著沙門氏菌和大腸桿菌。她可凶狠了，她討厭我，是因為我誘惑了她完美的獨生子，永遠不會原諒他娶了一個來自孟加拉的深膚色女性，而不選體面地馬術俱樂部的金髮女孩。在一九七〇年代的初期，這在她的家鄉可算是非常丟臉的事。她顯然成為了婦女聯誼會茶餘飯後的話題。」

露比放下了編織針，用雙手掩住臉，彷彿要將那一段回憶阻擋在外。她及肩的黑色長髮夾雜著幾根銀絲，像帷幕一樣垂了下來。她的膝上擺著一頂幾乎快完成的紅白相間帽子，做工精美，針法工整，但比例完全不對。這頂帽子可以輕鬆地覆蓋四個成人的頭部。莉迪亞一度考慮要指出這一點，卻又認為現在不是時候。也許露比認為編織本身就是療癒的事，最終的成果根本無關緊要。

「很遺憾你得要應對這種事，露比。」威廉說，伸手拍了拍她的手臂。「不過，儘管要面對那些偏見，當時你和丈夫幸福嗎？」

「哦，是的。」她說。「我們結婚快五十年，我總是覺得自己被深深愛著。你知道嗎？他每個星期一都會買花送給我。即使當他住進安寧病房的那段時間，他還是會請護士從花園裡為我摘來一束花。我每天都很想念他。」

莉迪亞努力要回想，傑瑞米上一次買花送他是什麼時候，或是讓她感覺被愛的時候。他現在是否只買花送別人了呢？這個念頭就像打在她胃部的一記重拳，讓她幾乎無法呼吸。

「莉迪亞，怎麼了？」亞特問道。這句話似乎打開了她的心防，所有的話語都像洪水一般湧了出來。

「我覺得我丈夫有外遇，但他告訴我，是我太多慮了，而他使用的字詞是『幻想』。他說這是我更年期的關係，是我荷爾蒙失調、失去理智。但是荷爾蒙不會發送送上愛心、吻以及餐廳約會的簡訊，對吧？或許我真的快要瘋掉了吧？我現在真的不知道該怎麼看待這一切了。我仍然不信任他，但我現在也不信任自己了。」莉迪亞說。

她的話語戛然而止，取而代之的是一陣如洪水般的淚水。這一切太糟糕了，也令她覺得無比羞愧。她本應該是掌控全局的人，是一**位領導者**。然而，她卻在這些長者面前崩潰了。寶琳說得沒錯，她沒有天生的領導者魅力，這份工作完全不適合她。

這個念頭讓她哭得更厲害了。

「嗯，你需要的是一個能去調查他是否真的在亂搞的人。」亞特一邊說，一邊將自己瘦削的手臂搭在她顫抖的肩膀上。「只需要一個擅長暗中跟蹤的人，或許手上還有幾個長鏡頭。我們認識這樣的人嗎？」

莉迪亞感覺到另一隻手臂從另一側擁抱著她，隨後聽見一個聲音說：「我是威廉．詹金斯，退休的狗仔隊攝影師，隨時為您效勞。」

「還有我！別忘了我！我也要去！」亞特說。「威廉去哪兒，我就去哪兒。」

莉迪亞

一直以來，達芙妮從來就不理解狗，對貓卻頗為欣賞。貓一向照著自己的步調行動，獨立而狡黠，對情感的付出也十分謹慎，想要達成特定目的時才會表現親暱。相較之下，狗則顯得過於黏膩依賴，只要能被摸摸肚子，隨便一個路人都能讓牠們倒地翻滾，這種行為可不是獲得尊重的好方法。

儘管對狗有這些顧慮，達芙妮卻相當享受瑪姬．柴契爾在家中一同相伴。事實證明，這隻狗是個絕佳的聆聽對象，回饋給達芙妮的情感遠遠超過那盆蜘蛛吊蘭，也比那盆絲蘭更值得信賴。

「瑪格麗特，要多加一些煙燻鮭魚來搭配炒蛋嗎？」達芙妮問。她拒絕叫她的狗「瑪姬」，因為瑪格麗特聽起來更有尊嚴，並且會讓達芙妮想起自己視為榜樣的一位偶像——瑪格麗特公主，即已故女王的已故妹妹。她還真是一個不留情面、從不妥協的人物，擁有如此獨特的**個人風**

格。

當瑪格麗特享用早餐時，達芙妮查看「我們的鄰里之家」網站上是否有更新內容。她向下滑動，看到討論曼德爾社區中心市議會的文章，再次閱讀那一篇讓她感到興奮的字句。感謝老天，雖然文章中沒有提到她的名字，但毫無疑問是在描述她。

那位老太太也太了不起了吧！她是誰呀？我們要讓她成為市議會的一員！

她上下滑動，瀏覽那些評論，沉浸於那些形容她的字詞：「精力充沛的」、「古怪」，還有——奇怪的是——「火爆炸彈」。這是她第一次被比喻成一種爆炸裝置。不過，仔細想想，這似乎也不算是第一次了。

達芙妮突然想起來，在她的另一段人生，傑克曾形容她是「爆竹」。那時，在煙霧繚繞的地下俱樂部裡，他口中帶著溫暖的威士忌氣息，一邊輕聲在她耳邊說著這句話，一邊將她拉近，兩人隨著爵士樂一同翩翩起舞。她笑了，他則將她的紅褐色長髮纏繞在手指間，輕輕拉住她的頭部向後傾，吻上她頸間的凹陷處。她眨了眨眼，試圖要擺脫那段回憶，專注於眼前的螢幕上。

當然了，也有一些頗為粗俗的形容詞，達芙妮對此早已習慣。重要的是，她受到了人們的關注，再次吸引了人們的目光。儘管如此——至少暫時是如此——她仍然可以安全地隱身人群之中。

達芙妮並不傻，她知道這一切可能會以災難告終。她點燃了一根導火線，卻不知道它最終會引爆什麼。這是個新手才會犯下的過錯，但是，不再需要躲藏讓她感到無比快樂。如果她真的要失足落敗，那麼就讓她像一串爆竹或一枚炸彈一樣，倒落在爆炸的火焰中吧。

正當達芙妮準備關上筆記型電腦時，她注意到了一張照片，拍了市政廳外頭的那個郵筒，而郵筒正戴著一頂巨大且毛茸茸的聖誕老人帽，那頂帽子看起來相當眼熟，照片上的斗大標題是**「漢默史密斯的神祕毛線炸彈客再次出擊！」**

她心中暗自想著，**哦，露比，你這隻狡猾的黑馬，你真是針織創作界的街頭藝術家班克西**（Banksy）。看來，隱藏祕密的人，達芙妮也並非唯一的一個。

達芙妮關上筆記型電腦，轉向那隻狗說：「好了，等你吃完之後，我們就要去接那個小寶寶了。」

對於要照顧齊吉的小孩，她感到有些緊張。她一時想不起來，那孩子到底是叫金？還是克羅伊？她敢肯定是卡戴珊家族成員之一的名字。對達芙妮來說，關注「卡戴珊家族」

（The Kardashians）幾乎成了她一個不健康的癮頭，她十分欣賞作為這位家族的女家長克莉絲，覺得她有如當代的瑪格麗特公主。她知道，如果她和克莉絲在現實生活中相遇，肯定會成為最好的朋友。

儘管達芙妮向珍寧再三保證，事實上，已經七十歲的她完全沒有照顧嬰兒的經驗。不過，讓一個小小人類好好活過一小時，應該沒那麼難吧？她的父親齊吉自己也只是個孩子，卻把這件事做得很好。

社區中心的走道裡擠滿了來接孩子的家長和照護者。某一張桌子上顯眼地擺放著一個募捐箱，上頭貼了「拯救我們的社區中心」的標語，這種樂觀在此顯得相當不切實際。光靠人們將零錢投入那個箱子內，要花上多少年才能籌集到所需的八萬英鎊呢？只靠募捐零錢的捐款，無法解決他們眼前的困境。

幾秒鐘內，瑪姬．柴契爾就被一群孩子給包圍了。

「你們看！是M！」一個孩子喊道。

「別說傻話了。」達芙妮說，「M只是個縮寫，才不算是個名字。牠的名字叫瑪格麗特。」

「牠是什麼品種？」其中一位母親問。

「牠是一隻玩具貴賓犬。」達芙妮說。

「真的嗎？」那女人說，懷疑地挑起了眉毛。

「是的。牠只是喜歡以獨特的方式來打理毛髮，不同於一般的貴賓犬。」達芙妮說，「牠有自己的風格。」達芙妮凝視著那位無禮的女士，她身穿老舊又毫無剪裁的聚酯運動服。

「凱莉！」珍寧叫著她一手攬在腰間的小寶寶，解開了那個卡戴珊家族的謎團。「今天你要和達芙妮一起回家，這一定會很有趣吧？」

凱莉冷靜地打量達芙妮一下，就突然哭了起來。顯然，關於人品的判斷能力，她比珍寧更有本事。

「瑪格麗特也會一起來喔！」達芙妮指著狗說，凱莉看起來稍微安心了一點。公平地說，瑪格麗特可能比達芙妮更常和嬰兒相處。

達芙妮彎下身子，想為嬰兒車裡的凱莉扣緊安全帶。她看過齊吉做了好幾次，他通常用一隻手就能完成，做得輕而易舉，但事實並非如此。達芙妮試著將各種塑膠零件和帶子以各種組合進行調整，但無論如何都無法搞定。達芙妮可以在三分鐘內解開魔術方塊，破解保險箱也幾乎沒問題，這件事卻讓她束手無策。

「達芙妮，自你們那個年代以來，這項科技產生肯定變化了不少了吧？我敢打賭，你之前使用的是銀十字品牌的嬰兒車吧！」珍寧說。「你看，你只要將這兩部分這樣放在一起，然後再扣進這裡就好。明白了吧？」

「那我怎麼讓她下來呢？」達芙妮問。

「你只需按下這個紅色按鈕。」珍寧說。

「就像飛機的彈射座椅一樣！」達芙妮說。珍寧小心翼翼地看了她一眼，然後將齊吉家的鑰匙交給她，向他們揮手告別。

達芙妮低頭看著手中那本破舊的A－Z倫敦地圖集，試著不讓自己停下腳步，免得凱莉又開始放聲尖叫，讓旁人發現她是個完全不適任的照顧者，然後報警。她明白，現在這個時代，使用真正的實體地圖已是過時的方法，多數人都用手機導航了，但她就是喜歡她的地圖集。達芙妮喜歡在上面標記走過的路，沿著路線滑動手指，並且在邊緣處做一些小小的註記：很棒的花店——用高麗菜製作創意十足的作品；販售商品及濃郁濃縮咖啡的咖啡館；而那一條小巷，是我和傑克曾在完成某一筆交易後以狂野性愛來慶祝的地方。

這本她已經擁有數十年的地圖集，曾經是她最信任的指路明燈，現在卻已經不再那麼準確了。不過，它讓她想起了自己曾走過的路、未曾走過的路，還有即將進行探索的地方，其中一處就是齊吉的公寓。

達芙妮彎進一處頗具爭議的大型社會住宅，在六十年代時所建造，當時低價的高樓住宅相當盛行。雖然過去的一個星期之間，社區街道上開始掛起了聖誕燈飾和各種裝飾，這一區仍然顯得灰暗荒涼，四處都有滿溢出垃圾的垃圾桶。唯一的節日燈飾纏繞在一台被遺棄且壞掉的冰箱上，顯現至少還有人保有一些諷刺的幽默感。

她感覺到脖子後方傳來一陣刺痛——是那種奇怪的第六感，告訴她有人正打量著她，這種第六感曾為她避開危險不止一次。她一轉頭，看見一群穿著連帽運動衫的年輕人靠在牆上，打量著她。她那雙訓練有素的眼睛，立即注意到他們身上戴了厚厚的名牌手錶和粗獷的金飾，這些奢華物件與四周的破敗環境格格不入。他們什麼也沒說，目光卻緊緊追隨著她，就像鬣狗追蹤受傷的牛羚一樣。

達芙妮並不是牛羚，當然也絕非受傷的牛羚。如果她前世真的是一頭牛羚，那麼她就是一群牛羚之中的克莉絲．詹納（Kris Jenner）。她仔細觀查這群人，想找出其中的領導者。透過那些男孩的肢體語言，她發現他們的身體全都不自覺地傾向某人的方向，就像向日葵追隨著陽光。她直視著那個男孩的臉，他下巴微微揚起，眼神毫不閃爍。他對她挑了挑眉，幾秒鐘後便輕輕點了點頭。

她仍有掌控全場的本事。

達芙妮推著嬰兒車，瑪姬．柴契爾在她旁邊小跑著，走向寫著「一一五至一五九號公寓」的門牌，然後將嬰兒車推入一扇旋轉門內，進入一個陰暗的電梯大廳，大廳裡只有半邊被閃爍的燈泡照亮，牆上則布滿了塗鴉的簽名圖案。達芙妮按下了電梯按鈕，等了好一會兒，當電梯終於到達時，裡面瀰漫著濃烈的尿味和大麻味。電梯門關上了，達芙妮在有限的空間裡前後搖動著嬰兒車，試圖不讓凱莉尖叫。瑪姬．柴契爾則在角落裡蹲下並小便。

「如果你無法打敗他們，那就乾脆加入他們吧，瑪格麗特，對吧？」達芙妮說。她心裡想，瑪格麗特公主永遠都不會在電梯裡抽大麻吧，或者也有可能，那女人實在深不可測。

一四三號的門牌就在電梯右側。達芙妮翻找著手提包裡那把齊吉的鑰匙，並打開了門。她大大地鬆了一口氣，齊吉的公寓與大樓的公共區域的環境截然不同，乾淨、明亮且充滿溫馨的氛圍。小小的玄關擺滿了各種尺寸的外套、靴子及鞋子——有大的（齊吉的）、中的（毫無疑問是他媽媽的）及小的（凱莉的）。達芙妮覺得自己像童話裡的金髮女孩，心想著廚房餐桌上是否會出現三碗粥[19]。她讓凱莉在靜止的嬰兒車裡哭鬧和掙扎了幾分鐘，自己

19　在童話故事《金髮女孩與三隻熊》（*Goldilocks and the Three Bears*）中，金髮女孩不小心在森林深處迷路，走進一個屋子裡，無意間發現餐桌上有三碗粥，她因為飢餓便喝了餐桌上的粥，第一碗太燙，而第二碗又太涼，最後一碗是小熊的粥，她嚐了發現溫度剛剛好，便將這碗粥吃光。

則走向走廊，往每一扇門裡逐一窺探。這一切雖發生在現實生活中，卻好像在「英國房產網」上偷偷觀察別人家。

自從二〇〇八年以來，這是達芙妮第一次進入別人的房子裡。她感到一陣莫名的興奮，被一堆不是她自己選擇的物品給包圍，也不知道打開每一扇門後會發現什麼。

房子裡有兩間臥室，有一間非常整潔的雙人房，另一間則包含了一張單人床及一張嬰兒床，牆上有一側貼滿了英國切爾西足球隊的照片，以及幾張衣著暴露的實境節目明星照片，另一側則裝飾了五顏六色的旋轉玩具和夜光星星。她發現一間小浴室，相當乾淨，卻堆滿了男女的盥洗用品，還有一籃塑膠的沐浴玩具、尿布、濕紙巾及乳霜。最後，是一間大小適中的客廳，另一頭還有一個小廚房。

達芙妮按下嬰兒車那個彈射座椅的按鈕，凱莉被釋放出來的動作如此輕微安靜，讓她有些失望，隨後她將這個哭鬧的孩子抱了起來，讓她坐在客廳地板上那條明亮條紋地毯上。

「你想要什麼？」達芙妮問她。「你得學會好好地溝通，不然你的人生將會一事無成。」

凱莉哭喊得更厲害了，她原本那張漂亮的小臉漲得通紅、皺成一團，憤怒得像是那個五官皺成一團的表情符號。達芙妮最近發現她的新手機上有這個表情，正好希望有機會用得到。

瑪姬·柴契爾正舔著凱莉的臉，想拭去她所有的鼻涕和眼淚，這倒是一種新穎且相當有效的方法，比使用濕紙巾還要環保。凱莉暫時停止了哭泣，毫無疑問是因為她太震驚了。達芙妮心想，被一個幾乎和自己頭一樣大的舌頭舔著，肯定是一種奇特卻又不太愉快的經歷。在這個快樂的時刻，達芙妮享受著短暫的寧靜，接著凱莉很快地又開始大聲哭叫，聲音甚至更大了。

達芙妮坐進凱莉旁邊的那張扶手椅上，把手提包放在地板上。她只需要等待四十五分鐘左右，齊吉就會到家了，但這幾分鐘對她來說像是漫長的幾個小時。

凱莉伸手去抓達芙妮的手提包，用牙齦緊咬住了其中一條皮革背帶。四周靜默無聲。

「你知道的，你不該吃這個東西。」達芙妮說。「更何況，這可是 Prada 的經典款式。如果你真的想吃手提包，至少也挑一個平價連鎖店普利馬克（Primark）販售的吧。這包包是用來裝東西的，你看看。」她拉開手提包的拉鏈，讓凱莉看看裡面的東西。

凱莉抓住了達芙妮手腕上的手鍊。

「啊，我的朋友，你的品味真好呢。」達芙妮說。「給你吧——如果你喜歡的話，可以拿去玩。」

達芙妮解開了手鍊，把它遞給凱莉，沒想到凱莉居然對她**微笑**了。

讓達芙妮大吃一驚的是，她感受到一股難以言喻的幸福感湧上心頭。
或許，她和凱莉之間，至少能達成某種共識。

齊吉

齊吉驚恐地盯著眼前的場景。

達芙妮舒適安穩地坐在扶手椅上，翻閱著他母親的《Hello!》雜誌，而凱莉坐在地板上，嘴邊裡掛著一條鑽石手鍊，正準備把一包香菸倒進她的腿上。她散發著一股極其糟糕的氣味，他不知道該從何開始，於是決定要從下半身著手。

「達芙妮，我覺得她需要更換尿布了。」他說。

「哦，是嗎？」達芙妮說，那種不夠明確的答覆令人感到惱火。

「你沒有聞到味道嗎？」齊吉問，試著不讓自己的語氣聽起來過於煩躁。

「親愛的孩子，你不要誤會我的意思，」達芙妮說，「但我不太清楚你家平時聞起來是什麼味道。我確實有思考過她哭泣的原因，但那種不分青紅皂白的尖叫聲，實在令人難以理解。她需要改善自己的表達能力，也要學會不要隨意發出那種狼來了的警報，這樣太危險了。」

「而且，我不確定讓她玩香菸是一個好主意。」齊吉接著說，心裡暗自慶幸自己可以保持冷靜地發言。他母親若是看到這一幕，一定會為他感到驕傲，儘管即便是她，面對這種情況也可能忍不住罵上幾句粗話。

「哦，你別擔心，我已經拿走她手上的打火機了。」達芙妮說。她是在開玩笑嗎？他顯然無法理解老人的幽默感。「你的課後輔導如何呢？」

齊吉的惱怒心情立刻轉為內疚。畢竟，達芙妮是在幫他的忙，或許她那一個世代的育兒方式確實不太一樣。

「還不錯，謝謝，你願意幫忙我真是太好心了。等一下，我幫凱莉換一下尿布，等一下你再告訴我需要我幫什麼忙。」他說。

「哦，你不必幫凱莉換尿布了，她這樣就很完美了。」達芙妮一邊說，一邊翻著手上的雜誌。

「你在開玩笑，對吧？」齊吉說，他真的無法判斷這個女人話中的意思。

「我**當然**是在開玩笑呀！」達芙妮大笑著說，那笑聲更像是一位圓圓胖胖的中年男人，而不是一位嬌小的老太太。「她距離完美顯然還有一段路呢。」

齊吉在浴室地板上鋪開尿布墊，開始脫下凱莉的衣服。是他的錯覺嗎？還是她真的因為他回家了而鬆了一口氣？凱莉對著他露齒一笑。小小的一個人，怎能可以引發如此強烈的情感呢？一種複雜的糾結情緒，包含了怨恨、恐懼及困惑，全部包裹在最強烈的原始愛意中。

齊吉打開凱莉小小的拳頭，將達芙妮的手鍊拿了出來，不再讓她放進嘴裡。一想到她吞下的那些細菌，齊吉不禁打了個寒顫。儘管如此，情況還是比想像中要好，至少她沒有被那隻患有慢性口臭的老狗舔過。

「呃，達芙妮！」他叫道。

「怎麼了？」

「你把手鍊拿給凱莉之前，上面是否早就缺了一顆寶石了呢？」他問道。

「沒有。」達芙妮說。

「我很抱歉，但我覺得她可能吞下了那顆寶石了。」齊吉說。她不會因此而生氣吧？畢竟，本來就是她自己把手鍊拿給凱莉的。「那應該不值錢吧？」

「親愛的，如果那是一顆**真的**鑽石，你覺得我會在曼德爾社區中心度日，而不是在薩丁島海岸的遊艇上曬太陽嗎？不可能吧。」達芙妮說。

「你覺得這會有什麼健康上的危害嗎？」齊吉問。「它還不小呢。」

「我相信她會順利把它排出來的，沒事的。」達芙妮說。

「達芙妮，你有醫療相關的專業知識嗎？」齊吉問，他從小就被教導，絕對得注意時常被忽略的微小細節。

「我目前還沒有害死任何嬰兒或小孩的經驗。」達芙妮說，這答覆聽起來並沒有比她想表達的更令人安心。

齊吉將散發著香甜氣味、笑容滿面的凱莉帶回客廳，將她放在玩具箱旁邊，盡量遠離達芙妮的手提包和那一隻骯髒的狗。

「那麼，」他說，決定儘快進入正題，自己就能開始做作業並準備凱莉的晚餐，「你需要我幫忙你建立一個網路交友的個人檔案嗎？」

「差不多就是這個意思。」達芙妮說，一邊取下了一根莫名奇妙地插在髮髻中的筷子，並拿它的尖端撓了撓鼻子。她之所以把筷子放在那裡，是為了想吃中式料理時以備不時之需嗎？

「我曾試著搜尋了一下，但一切都讓我感到不知所措，」她繼續說，「而且自從那次以後，那些可怕的、過於甜膩的交友廣告就不斷地**騷擾**我。不過，比起那些常見的殯葬計畫、樓梯升降椅以及失禁墊的廣告，這個倒是新鮮多了。我想，你從來不會收到那些廣告吧？」

「呃，沒有。」齊吉說，心想著失禁墊到底是什麼，但也不打算開口問。「我做了一些研究，找到了這個網站，它是免費的，看起來也相當簡單，而且專門針對……」他停頓了一下，斟酌適當的用字，「……成熟的客戶。」

「成熟?!」達芙妮說，「天啊，我可不是一塊起士，也不是花園的綠草帶。好吧，把那個網站給我看看吧。」

齊吉把打開的筆電遞給了達芙妮，她開始在包裡翻找東西。她會拿出什麼呢？一包大麻？還是一瓶迷你伏特加？當她拿出了一副閱讀眼鏡時，他鬆了一口氣。達芙妮向前俯身，仔細查看螢幕上的網站。

「你有一些不錯的照片嗎？」齊吉問，「這真的很重要，這就像你的店面櫥窗一樣。」

「這是我唯一一張比較近期的照片。」達芙妮說，又從包包裡拿出一張實物照片。那是一張稍微褪色、起了皺褶的白邊照片。照片上的女人相當迷人——紅褐色的頭髮，帶著幾絲白髮，剪成波浪狀的短髮，綠色的眼睛，臉上帶著一種挑釁的表情，看起來似乎在說著**我要挑戰你**。而且，比坐在他對面的達芙妮，這照片至少年輕了二十歲。他心裡想，對於她這個年紀來說，二十年前的照片應該算是比較近期的吧。他該怎麼處理這件事呢？

「呃，這張照片真的很漂亮，達芙妮。」他小心翼翼地說。

「謝謝你！」達芙妮說，「你的內在魅力也很迷人呢。」

「但我覺得你可能需要一些**較為近期**的照片。」他說。「你可不想因廣告不實而違反《商品說明法》吧。而且，你還需要多幾張照片，一些可以展現你個性的照片，例如和朋友、家人相處的照片，像是快樂參與一場派對、去度假之類的。」

「那麼，這倒會是一個問題了。」達芙妮說。「我已經好多年沒讓別人拍照了，我沒有朋友，也討厭派對，而且自從一九九九年之後就不曾出國了。古巴真的很有意思，你一定要去。」

古巴？在什麼樣的情況下，他能隨意去**古巴**呢？至少現今的狀況是不可能的。

「不過，你知道社區俱樂部的那個威廉嗎？他曾經是一位攝影記者。聽說，他似乎這一輩子都在聖洛倫佐餐廳（San Lorenzo）[20]外面逗留等待，試著要拍到戴安娜王妃和她當時新男友的照片。或許他可以幫我拍一些照片。你覺得怎麼樣？」她說。

「好主意。」齊吉說，他真的希望這個威廉願意配合，因為那是他非常不願意承接下來的工作——無論她提供多少免費的托嬰服務。「好吧，我們開始來填寫你的檔案吧。前幾個問題有下拉選單，你想要的話，也可以選擇**不想要透露**。然後，後面還有一些較有趣的開放式問題，我們來試試看吧？」

達芙妮點了點頭，顯得相當地興奮。

「名字？」齊吉問，雙手懸在鍵盤上方待命。

「我不想要透露。」達芙妮回答。

「這是必填欄位。」齊吉試著壓抑著自己的不耐煩。「你的姓氏是什麼？」

「我需要姓氏嗎？不能只用名字嗎？就像瑪丹娜一樣，或歌手王子（Prince），甚至是柏拉圖那樣？」達芙妮說。

「網站規定你不能這麼做。」齊吉試著不表現出自己的挫折感。

「那麼，他們的客戶群就會大幅地減少。」達芙妮說。「如果瑪丹娜想找一個新的小鮮肉男友怎麼辦？她的對象似乎換得很快。」

「姓氏。」齊吉盡量用堅定的語氣說。

「史密斯。」達芙妮說。一個如此……不尋常的人，怎麼會有一個如此普通的姓氏呢？齊吉在名字的欄位中輸入了**達芙妮．史密斯**。

20　San Lorenzo，聖洛倫佐餐廳是位於倫敦的一家知名義大利餐廳，自一九六三年開業以來，吸引了許多名人，包括戴安娜王妃，以其優雅環境和美味菜肴受到社交圈的喜愛，成為不少名流的聚會場所。這家餐廳因疫情於二〇二一年關閉，最終宣告永久停業。

「年齡？」齊吉問。

「我真的不想要透露。」達芙妮再次說。

「這也是一個必填欄位。」齊吉說。

達芙妮嘆了一口氣，然後說：「七十歲。雖然這也不太重要。」

「你是在哪裡長大的？」齊吉問。

「我不想要透露。」達芙妮回答。

「達芙妮，這並不是聯邦調查局的審問。你現在聽起來，就像是一個行使「第五修正案」拒絕答覆的危險罪犯，而不是一位尋找浪漫愛情的可愛女士。」齊吉說。

「哈哈！」達芙妮突然大聲笑了起來，凱莉驚慌地抬起頭看著，緊緊握住一個芭比娃娃的頭，那個娃娃看起來就像她的保姆一樣，都早已過了最佳的青春狀態。

「你需要讓潛在的配對對象多了解你一點，不然這樣根本沒辦法繼續進行，好嗎？」齊吉說。

達芙妮翻了翻白眼，然後點了點頭。

「好吧，讓我們來試試一些比較有趣的問題吧。我有史以來最喜歡的一次約會是……？」齊吉提出了建議。

「看一場拳擊比賽，然後在午夜時分的蛇形湖（Serpentine）[21]裡裸泳，接著在警車的後座上同時戴著手銬並親吻。」達芙妮說。

「好的。」齊吉說，努力不去想像達芙妮裸體的畫面。這樣的畫面可能會毀了他的一整個星期。「這樣的描述確實很詳細，但可能太過頭了。那這個問題怎麼樣：我最討厭的事是……？」

「哦，這一題太容易了。」達芙妮說，她靠在椅子上，手指交叉著，臉上露出微笑。「繫上滑稽圖案領帶的男人、在侮辱別人之前先說『我無意冒犯』的人，以及任何不當使用『字面意義上來說』的人，這些事都讓我火冒三丈，真的，就字面意義上來說。還有，人們叫你『冷靜一點』的時候、前首相強生、開車時剔除牙縫裡食物的人、剪下腳趾甲後隨地亂丟的人，那一堆小山真的滿是ＤＮＡ耶，誰會做這種事啊？」

達芙妮深吸一口氣，齊吉一時以為她已經說完了。不過，還有更多。

「提拉米蘇、『濕潤』和『襯料』這兩個字詞，特別是兩個字放在一起的時候，以及開白色廂型車的的人。狐獴，他們看起來很可愛，但實際上非常狡猾，甚至有一點邪惡……」

21 Serpentine Lake，多譯為「九曲湖」或「蛇形湖」，是位於英國倫敦海德公園內的一個人工湖，面積達四十英畝。

「達芙妮。」齊吉打斷了她，心想怎麼會有人對狐獴或提拉米蘇抱持如此激烈的反感。

「你必須要縮小範圍了！」

這個晚上，看來會相當漫長。

亞特

亞特無法入睡。凌晨三點時，他被一場可怕的惡夢驚醒，夢中出現了銀髮俱樂部的安娜。她騎著經過改裝的電動代步車，裝扮成一個牛仔，手裡拿著一把亮橘色的機關槍，在後頭追趕著他，讓他在森寶利超市（Sainsbury's）的走道間逃竄，口袋裡不斷掉出那些偷來的物品。

此刻，如往常一樣，他在白天能夠強行壓抑的種種問題，在寂靜的黑暗中再次迸發而出。

亞特想到了曼德爾社區中心托兒所的孩子們。他們的生命有如就一張張空白的紙張，等待著故事的開展。唯一例外的是樂奇，他的故事早已寫下一個令人不安的序章，只有樂奇自己能感受到其中的意義。

當亞特在那個年紀時，他曾經幻想自己會有什麼樣的故事？肯定不是現在這個樣子。他曾經夢想過，自己會成為一位受人矚目的演員，身邊圍繞著親愛的家人與朋友，隨時會被瘋狂的粉絲包圍，爭相展露自己的身體部位，搶著要他在身上簽名。可如今，他已是一位年邁的長者，家人拒絕與他往來，職業生涯在真正展翅高飛之前便匆匆結束，甚至他公然違法時，也無法得到人們的關注。

事情必須有所改變才行。雖然他不確定要改變什麼、如何改變，但他知道第一步就是直接面對問題。他必須打開那個衣櫃，那是他一切羞愧與厭惡的具體化身。

亞特打開床邊的檯燈，慢慢坐起來，雙腿垂下來，讓雙腳踩踏在地板上。那些曾經輕盈跳下床的日子，早已一去不復返。他站起來，伸展雙臂，轉動肩膀，逐一搖晃著他的兩隻腿，為這一場如馬拉松般的任務進行熱身，然後緩緩地走過樓梯轉角。

亞特打開那個房間的房門，打開了燈，拖著腳步側身走進去，目光始終盯著自己的雙腳。事實證明，正面應對這個問題，已超出了他的能力範圍。他痛恨這個房間，這裡不斷提醒著他失去的一切，以及他對自己和人生的所有鄙視。

卡莉的單人床仍在那裡等待著，枕邊放著一隻破舊的泰迪熊，似乎在等著她某一天回家。他拿起枕頭，把臉埋了進去。曾幾何時，他能憑藉微弱的記憶想像出她的氣味——Impulse 止汗劑、薄荷牙膏，以及蒂沐蝶的洗髮精——不過，這幾十年來，除了灰塵和潮濕的氣味之外，他再也無法聞到任何氣味了。

牆面上貼滿了海報，有杜蘭杜蘭合唱團（Duran Duran）、史班杜芭蕾合唱團（Spandau

Ballet），以及文化俱樂部合唱團（Culture Club），那些人都有閃閃發光的皮膚、緊實的肌肉，以及炙熱的誘惑眼神。那些美麗的男孩們，現在都去了哪裡呢？可能正在英國國家醫療服務系統的等待名單上，排隊等著進行髖關節置換手術。幾張海報的邊角已經脫落，原本貼住它們的寶貼萬用膠土早已失去顏色和黏性，露出後方更明亮、更鮮豔的壁紙。

亞特抓住衣櫃門上的黃銅把手，深深地吸了三口氣，目光仍集中在地板上。**亞特，你做得到這件事的，你必須要做到**。他猛然推開門，動作過於猛烈，導致門又彈了回來，最後在半開的狀態下停住。各式各樣的**東西**如海嘯般湧向他，十年來偷來的物品，絕大多數還貼著價格的標籤，卻沒有任何一個東西是被需要的，或是被使用過的。

亞特從不使用那些他偷來的東西。當那股獲得物品的快感消退之後，這些贓物就成了羞愧的無情提醒，迅速地被塞進衣櫃的黑暗角落。

亞特坐在床上，床墊凹凸不平暴露了他藏在下面那些偷來的贓物，他呆呆地望著那些東西。

裡面有衣服——絕大部分都不合他的尺碼——還有書籍、一盒盒的巧克力、盥洗用品、五金、軟體、文具、遊戲及雜誌。每當他無法抗拒那一股衝動時，就會像一隻特別躁動的喜鵲，什麼都被他隨手撿走。

他到底該怎麼處理這些贓物？又該從哪裡開始呢？

他目光被一個顏色鮮豔的塑膠玩具吸引住了，那是一輛玩具卡車。自從在臉書上發現了孫子們存在的跡象以後，亞特便開始對兒童玩具和衣服產生了興趣。對於孫子們的喜好和他們的身高尺寸，他都毫無頭緒。現在他們應該都是青少年了，無論如何，已經不再對塑膠卡車感興趣了。

卡莉的臉書和 Instagram 帳號設定得特別私密，這相當合理，卻讓他感到無比沮喪。他開始潛入她那些老同學的社交媒體，希望能獲到一些關於卡莉生活上的細節。他花了幾個小時在網路上搜尋，當他終於找到一些小細節——比如她參加的校友聚會，或是一場慈善活動——那些細節都會刺痛他的心，讓他久久無法釋懷。而他所找到的每一個答案，都只會為他帶來更多的疑問。

亞特伸手拿起那一輛明亮的黃色卡車，將它從一堆積雜物中抽出來。這是他第一次明白自己可以從哪裡開始著手。

「天啊，亞特，**這太棒了！**」珍寧說，從亞特遞給她的垃圾袋中拿出了毛絨玩具、兒童衣物、拼圖及遊戲。「這些東西是從哪裡來的？」

「呃，都是當地商店捐贈的東西。」亞特回答。「這些都是全新的，但都是過時的庫存，一些他們賣不出去的東西。」至少這一點是真的。「我想這些東西可以為孩子們和他們的家庭帶來幫助。」

「你真的不知道這是多大的幫助！」珍寧說，她的眼裡似乎泛著淚光。「這裡的資源主要依賴市議會和慈善機構，資金非常有限。這裡的孩子大多來自匱乏貧困的家庭，完全依賴著社會福利和食品銀行。這些東西一定花了你很長一段時間收集吧！」

亞特點了點頭，感覺自己的臉頰發燙，他希望這種紅暈看起來更像害羞，而不是內疚。事實上，這些物品花了他整整十年，遠比珍寧所想像的時間更長。

「我們不如讓他們每人選一件東西帶回家，其他的衣服就等家長接送小孩時分發，而剩下的玩具就放進玩具箱，讓他們在這裡玩。」珍寧一邊說，一邊召集那些孩子過來。

亞特看著每個孩子在他的贓物堆中挑選，睜大的雙眼閃爍著驚喜，不停地確認他們真的可以把一樣東西帶回家，完全屬於他們。

這是多年來的第一次，亞特感受到的不是羞愧，那微小的驕傲如一束悄然升起的火苗。也許，他不僅僅是一個普通的小偷——他是羅賓漢，偷取富人的資源，給予有需要的窮人。他成了公平再分配稅制的具體化身了。

「孩子們，把剩下的玩具放進玩具箱裡吧，」珍寧說，「然後我們就可以開始準備耶穌降生劇了。」

「劇？」亞特問道。即使經歷了五十年職涯中的失落挫折，「劇」這個字仍然能讓他的脊背發麻。

「是的。」珍寧翻了翻白眼說。「那是市議會的要求。我真不知道，在欠缺預算、服裝及布景，也沒有專業才能的情況下，我們怎麼可能利用接下來三週的時間完成一場演出。這肯定會是一場混亂的局面。我甚至懷疑，這是否就是他們的用意——讓他們有理由關閉我們這個地方。」

「或許我可以來幫忙？」亞特說，他的慷慨大方現在似乎沒有了邊界。「你知道的，我是一位經驗豐富的戲劇演員！也許我可以找銀髮俱樂部的成員一起參與，我會找莉迪亞談談。」

這個理想的機會突然就降臨到亞特身上了！他可以讓自己忙碌起來，遠離種種的麻煩，並為瑪姬創造一個角色。對瑪姬來說，這個寶貴經驗也有助於牠面對大量的現場觀眾。

亞特發現自己站在道德羅盤上正義的一側，心中充滿了興奮和新奇，他穿過走廊，走向銀髮俱樂部的空間，途中從口袋裡拿出一些零錢和剩下的水果糖，放進了募捐箱裡。

莉迪亞

當莉迪亞正忙著分發她自製的咖啡核桃蛋糕時，外頭的街道上突然傳來刺耳的聲音。起初，莉迪亞無法聽清楚那些話語，但隨著聲音越來越近，內容也逐漸變得清晰了起來：

「清理人行道！拯救我們的社區中心！清理人行道！拯救我們的社區中心！」

儘管他們年紀大了，行動不再靈活，但他們仍然急忙地走到窗邊向外張望。出現在大家視線中的人是安娜，她坐在電動代步車上，頭髮不再是淡紫色，而是幾乎接近螢光的鮮豔橘色。她有如一台掃雪機般清理積雪，也一併驅散她眼前人行道上的婦女及兒童。她的手把上裝有擴音器，擴音器連接著一台老式錄音機，車後綁著她的附輪助行器。大家看著她慢慢地下車，關掉播放的錄音帶，接著換上了另一種交通工具。

當她推著附輪助行器走進室內時，亞特同時開口說：「幹得好，安娜。」

「只是盡自己的一份力量。」安娜一邊說著，一邊脫下皮夾克，露出一件 AC / DC 的 T 恤。「幸好，這早就不是我第一次參加牛仔競技演出了。」莉迪亞不明白她說這句話的意思。

「你換髮色了。」莉迪亞說。

「你喜歡嗎？」安娜一邊說著，左右擺動頭部以展示新髮色。幸好，她沒等莉迪亞回應就繼續說下去。「許多人視白髮為年紀增長的象徵，我倒不覺得。我把白髮視為**空白的畫布**，這就是一項挑戰，是吧？嘿！有人看到市政廳旁邊那個郵筒了嗎？它戴著聖誕帽呢！這引起了很大的轟動。真不知道，誰能編織出一頂如此巨大的紅帽子呢……」

大家的目光全都轉向了露比。

露比什麼也沒說，只是默默低頭看著她膝上淡粉色的針織作品，並輕聲低語地說：「平針一針，再反針一針。」

「露比，你現在編織的是什麼？」威廉問道。

「給我孫子的東西。」露比帶著微笑說。

「當然是呀，你這個班克西。」達芙妮說。

「那麼，莉迪亞，今天的活動是什麼呢？」露比巧妙地切換話題。

「嗯，我帶一個巨幅拼圖來了，我想大家可以一起進行。」莉迪亞說，神情有些緊張。她現在知道，這些俱樂部成員們向來直言不諱地表達觀點，也經常抱持著負面看法。

「玩拼圖沒有意義，因為達芙妮都會作弊！」安娜說。

「我才沒有！」達芙妮甩頭瞪視回應安娜。

「我沒有！」達芙妮猛然轉頭，投以一個足以讓脆弱女性瞬間石化的眼神。然而，歷經了三十年的卡車司機生涯，安娜才沒那麼容易被嚇倒。她舉起右手，食指和中指呈V字形，慢慢將手翻轉向自己的雙眼，接著再對準達芙妮，一邊嘴唇動了動，用嘴型無聲地表示**我盯上你了，達芙妮**。

「玩拼圖是要怎麼作弊呢？」莉迪亞問道，試圖平息爭端。

「上星期，她故意藏起最後一塊，好讓自己成為完成拼圖的人。」威廉說。

「拿出證據呀，福爾摩斯。」達芙妮冷冷地回應。

「你的那一塊拼圖，不知從哪裡奇蹟似地冒出來，而且**還是溫熱的**，因為它就被你**坐在屁股下**好幾個小時了。」安娜說。「我一眼就能認出騙子，畢竟我也和一個騙子結婚好多年。」

「我不知道你結過婚。」莉迪亞笨拙地試著轉移話題，以免這些長輩動手拿露比的編織針來刺擊彼此。

「結了五次。」安娜捲起袖子，翻轉她的前臂，露出五個草寫字體刺青的名字。「我比他們都長命，那些窩囊廢。安娜前臂上那些名字都被劃掉了，刺上了整齊的黑色斜線。

「嗯，失去一個丈夫確實是不幸的事，但失去五個丈夫，如果沒牽涉到犯罪的話，大家可能會覺得你太粗心大意了。」達芙妮說。

「聽著，這些事是很有趣沒錯，但無關緊要。」亞特打斷道。「對我們大家來說，我這裡有一項比拼圖遊戲更重要的活動。市議會要求隔壁的幼兒園舉辦一場耶穌降生劇的表演，正好就在聖誕假期之前，他們迫切需要我們的協助。」

大家陷入一陣短暫的沉默，全都在消化這個訊息。

「你知道嗎？你可能沒有我所想的那麼愚蠢。」達芙妮說。

「好吧，但你失禮的程度果然如我所料。」亞特說，但達芙妮沒有理他。

「如此一來就一石二貓了，不僅能幫助隔壁那些孩子們，還可以拯救我們的社區中心。」她說。

「你想說的是『一石二鳥』吧？」莉迪亞說。

「是嗎？」達芙妮說，以怒視作為回應，眼神似乎足以將莉迪亞釘在椅子上，就像把蝴蝶固定在軟木板上一樣。「關鍵在於，想要拯救這個社區中心，我們不可能只仰賴收集大家的零錢、賣幾個蛋糕，或辦一場贊助籌款的步行活動。這需要靠大家的**心與頭腦**。我們必須向議會、選民及當地媒體展現這個地方之於社區的重要性。如果我們成功了，而他們試圖派出推土機前來的話，肯定會引起一陣軒然大波。如果我們能做到這一點，他們就找得到修繕我們活動廳的資金。而且，一場共同製作的耶穌降生劇正是完美的辦法，這其中涵蓋了一切：共同合作、創造力、教育性，最重要的是，還有天使、驢子及耶穌寶寶。這肯定會成功，因為引用電影《福祿雙霸天》[22]其中一句話，我們將『執行上帝的任務』。」達芙妮將指尖相交，成了尖頂形狀並放在桌子上，凝視著大家。

「我不太想這麼說，也很難想像我會再說第二次，但這次我同意達芙妮的看法。」亞特說。「這也是我本人一開始打定的主意。單靠一群老人家，根本無法打動當地鎮民的心，但如果我們能讓那些隔壁的可愛小孩加入……」

22 《福祿雙霸天》（*The Blues Brothers*），一九八〇年的美國音樂喜劇片。一對熱愛藍調靈魂樂的兄弟發現他們曾經長大的孤兒院面臨關閉的危機，決定組成一支樂隊並舉辦演出以籌集資金。這部電影讓藍調和靈魂音樂再次獲得關注，成為流行文化和電影界的經典作品。

「這真是太天才了！」威廉說。「我和倫敦幾家媒體辦公室仍保持聯繫，《倫敦標準晚報》、《地鐵報》、《富勒姆報》和《漢默史密斯紀事報》等，我會請他們喝幾杯，確保他們報導這個故事。」

「那麼，威廉就負責布景吧，因為你很有藝術眼光，還能拍攝宣傳照。」亞特說。「露比，既然你對織物材料非常熟悉，能請你負責服裝嗎？」

「簡單得就像弄引擎蓋一樣。」露比說，這個比喻聽起來有些不合常理。也許她真的打算為引擎蓋織一頂大帽子？

「莉迪亞，能請你負責準備茶點嗎？安娜和達芙妮就當一般性協助的小幫手，我來負責指導。」亞特說。

「你當然會這樣做囉。」達芙妮小聲回應，隨後又說：「一般性協助的小幫手，你說得倒好聽。」

「哦，別忘了瑪姬！我也為她安排了一個角色。」亞特說。

「許多人不是都會說，絕對不要和孩子或動物一起工作嗎？」威廉說。

「哈！」亞特說。「這一定會很順利的。我是說，會出什麼問題呢？」

看著俱樂部的成員們一起合作，而這些活動既不涉及違法，也沒有明顯的危險性，莉迪亞心中感受到一陣溫暖的滿足感。或者說，這只是一陣潮紅？很難區分其中的差異。她正在閱讀一本名為《破解更年期：讓自己優雅冷靜面對變化》（*Cracking the Menopause: While Keeping Yourself Together*）的書，但她仍覺得自己快要崩潰了。她曾經把書擱放在某一處，找了好幾天，最後竟然發現它在微波爐裡。

「莉迪亞，關於我們正在進行的另一個專案……」威廉開口說。

莉迪亞的好心情消失殆盡，取而代之的是一陣噁心。她已經告訴亞特和威廉關於傑瑞米的行程、辦公室地址等訊息，但她寧願他們忘了這個監視計畫。她想要說服自己傑瑞米說得對，是她自己反應過度了，有些歇斯底里。但如果他們真的發現了什麼呢？她真的想要知道嗎？把自己的頭深埋在沙子裡，什麼都別看，不是更好嗎？

「我們跟蹤你的丈夫四十八小時了，這就是我們取得的所有資料。」威廉說，一邊從包包裡拿出一個棕色的Ａ４信封，拿出一系列的亮面照片，熟練地在他們面前攤開，那是他多年來在多位編輯桌上以照片鋪滿桌面的動作。

「這些資料肯定無法滿足《太陽報》或《每日快報》的法律部門，沒有任何證據表明發生了什麼**棘手**的事。」當亞特一聽見「棘手」這個字詞時，意味深長地挑動他的灰色眉毛。

莉迪亞感覺自己的肩膀放鬆了。那些是傑瑞米進出他的高級健身房、與客戶共進午餐，以及他在最喜愛的男士服裝店購物的情景的照片。

「這張是什麼？」她一邊說，一邊用食指將桌面上一張照片推向威廉。照片中的背景是繁忙的人行道，她的丈夫親吻了一位年輕女性的臉頰。她就是那種過馬路時，所有車輛都會為她停下來的女人。不像莉迪亞，前幾天，她都在走在斑馬線上了，竟然還差點被一輛黃色飛雅特轎車撞到，這只能算她運氣不好，居然要面對不小心被一輛廉價黃色轎車撞死的屈辱。

「他只是在辦公室外和她親吻道別，兩人朝著相反的方向走去了。」威廉說。

「我不覺得那個吻有什麼特別意義。」亞特插嘴說。「在我那一行——**之前的行業**——那種親吻對人們來說司空見慣了，每天都會發生數百次，還會叫彼此『親愛的』，甚至模擬接吻時發出的聲音。」

「這是一個很好的例子，說明前後發生的情境有多麼重要。」威廉補充道。「老實說，如果我是你的話，我不會擔心這件事。不過，我們會繼續跟蹤他。如果你想的話，我們可以再進行幾天。」

「不、不，我不想浪費你們的時間了。」莉迪亞說。她覺得自己如此愚蠢又如此尷尬，就算跟蹤傑瑞米不是違法的事，也太不道德了。

她再次盯著那些照片，不明白自己為何無法鬆了一口氣。照片中的一些細節讓她感到不安。照片裡是她的丈夫，紳士地親吻一位女士的臉頰道別，有禮地為共進午餐的客人倒酒，並在離開健身房時向門禁人員微笑。

他上一次這麼對待她，是什麼時候了？上一次用那種眼神看著她，是什麼時候了？什麼時候開始，他不再那麼在乎她了？什麼時候開始，她也習慣了他不再在乎的事實？什麼時候開始，她也覺得自己不值得他在乎了？

別再這麼沉溺下去了，她告訴自己。一切都會沒事的。傑瑞米並沒有外遇、他們可以拯救社區中心及她的工作，而女兒們很快就會回家共度聖誕假期。一切都會完美地朝著理想方向前進。

為了小小慶祝一下，莉迪亞又拿了一塊蛋糕來吃，蛋糕可能有助於撫平她的一些皺紋——這就像醫美的填充物一樣，只是更加美味。

亞特和威廉協助莉迪亞把椅子堆放回角落，達芙妮則站在門邊徘徊，神情一反常態地緊張與尷尬。

「達芙妮，有什麼問題嗎？」莉迪亞問道。

「我有一件事想要請威廉幫忙。」達芙妮說。

亞特和威廉各自握著桌子的兩端，驚訝地停下動作並盯著她看。

「不知道能不能請你幫我拍幾張照片。」達芙妮說，不停地換腳站著，顯現她對於向人求助這件事不太習慣。

「拍什麼樣的照片？」威廉問道。

「拍我的照片。」達芙妮說。「是要用在某個網站上的，齊吉說我需要看起來很開心、親切又友善的樣子。這些照片得要展現我的興趣，和朋友、家人一起玩樂的樣子——大概就是這樣了，你覺得你做得到嗎？」

「這麼說吧，**我**當然做得到。」威廉說，「不過更重要的是，**你自己**做得到嗎？」

齊吉

齊吉走出教室，彷彿來到了一個逐漸變得開闊的新世界。剛才的那一小時，他和溫蓋特先生一起解決了那些讓他腦袋飛快運轉的程式問題，隨後又上網瀏覽了幾所他有意申請的學校的招生簡章。齊吉看著那些有高聳天花板的華麗圖書館，有大型高科技電腦的實驗室，及一群看起來真心**想要**學習又笑容滿面的學生。他真的可以融入這些場景嗎？像他這樣的人，真的能有個容身之處嗎？那凱莉呢？

齊吉完全沉浸於這個可能帶來新機會的閃亮新世界中，差點撞上艾莉西亞。

「抱歉。」他低聲說，心想她一定會迅速避開他。

齊吉從未完全融入過校內任何一個小圈子。他是一種奇特的混合體，基於他對程式編碼及數學的熱愛，他一方面像是個宅男；另一方面，他也像是個酷炫的人物，由於他在足球場上展現的才能，根據女生們的說法，再加上他迷人的外貌，他就有引人注目的特質組合：深栗色的雙眼、從髮根就自然捲曲的金髮，好像他曾經將手指插入插座中一樣。不過，即便他以前並未刻意要融入群體，總會有許多人想成為他的朋友，甚至是女朋友，還曾有一次，有人想成為他的男朋友。

但現在情況不同了。小凱莉讓他跨越了一條微妙卻關鍵的界線，從一個**獨特**的個體，變成一種**奇異**的存在。他是高三學生中唯一的一位父親——甚至是全校唯一的一位父親。然而，那些曾經聚集在他身旁的女孩們，現在都躲得遠遠的，彷彿他的超強精子能跨越他們之間的距離，就像急切尋找繁殖地的高地鮭魚一樣，會害她們和他一同跌入那個冷漠孤立的宇宙裡。

然而，艾莉西亞未像其他人一樣迅速逃離，反倒和他一同並肩走著。

「嘿，齊吉。」她說。「這麼晚了，你怎麼還在這裡？」

「我有計算機科學的課後輔導。」他說。「你呢？」

「雙簧管課。」她一邊說，一邊擺頭指向掛在肩上的藍色長箱。

「雙簧管。」齊吉說。「太酷了。我以為大家都會選擇小提琴、吉他或鋼琴之類的。」

「所以我才要選擇雙簧管呀。」艾莉西亞邊說，一邊吹開一束擋住視線的螺旋狀捲髮。

齊吉聞到她氣息裡淡淡的薄荷味，讓他感覺到一陣不尋常的暈眩。「這是一項挑戰，但它也是相當獨特的挑戰。如果你願意的話，可以來看我下一場管弦樂團的表演。我是首席單簧管，因為我也是唯一的單簧管。」

「當然好，謝謝你。」齊吉說。「我相當樂意。」當艾莉西亞走出校門時，她稍稍停下腳步對他揮手微笑，他將這個畫面在腦海中做了些調整：他自己在大學的圖書館裡，身旁有個玩單簧管的女孩，一個既具有挑戰性又獨特的存在。

就像他自己一樣。

齊吉口袋裡手機震動了一下。他拿出來，讀了一則訊息。齊吉發現，達芙妮的訊息文字，就和她說話的方式一模一樣：完整的句子、正確的文法，還帶著一種居高臨下的優越感。這種訊息，不像是出現在手機螢幕上的文字，更像是應該手寫在卡片上的句子，並由管家親自送達。

「齊吉，請你前去布魯克綠地的狐狸與雪貂酒吧，我和凱莉會在此。毫無疑問地，我們很快就會見面了。達芙妮。」

達芙妮帶凱莉去一家**酒吧**？

齊吉再次心生懷疑，達芙妮是否真的是適合照顧他女兒的人選……

好吧，看來達芙妮並沒有教凱莉直接拿著酒瓶大口喝伏特加。至少，目前還沒有。事實上，相對來說，一切看起來都很正常健康。

凱莉坐在達芙妮的膝蓋上，達芙妮正揮舞著一個搖鈴玩具，並且……還露出了微笑？事實上，看起來更像是哭笑不得的鬼臉，一個試著模擬人類臉部表情，卻相當不太自然的虛擬化身。或許，由於達芙妮負責微笑的肌肉缺乏使用，就萎縮得比其他身體部位還快。啊，這顯然是為了交友網站所拍攝的照片。還不是他自己出的主意，是他自己的錯。

他認出曾在社區中心見過的亞特，他正坐在桌子的另一邊，而另一位老男人——齊吉猜測，那一定是達芙妮曾提及的威廉——正在拍照，手裡拿著一台看起來極其昂貴的相機，那個鏡頭又巨大又嚇人，就像個男性生殖器一樣。

「達芙妮，你確定我以前沒有幫你拍過照片嗎？」威廉說。「我一向很擅長記住人臉，我相當確信以前見過你。」

「完全不可能。」達芙妮說。「我可是一位隱士，五官平淡無奇，是一張可以輕易互換的大眾臉。」

齊吉努力忍住笑意。達芙妮這個人的平淡程度，有如一道印度雞肉咖哩，隨時會爆發出驚人的火力。

「假裝你有那麼一點點喜歡孫女的樣子吧。」威廉說，然後退了幾步，這顯然是明智之舉。

「呃，她其實不是達芙妮的孫女。」齊吉說。「你覺得說謊是個好主意嗎？」

大家都轉過頭來盯著他看，包括凱莉，而她得知眼前有一條逃生路線，向他伸出雙臂，開始哭鬧。

「這不算謊言，親愛的孩子。」威廉說。「我們不會真的說凱莉和達芙妮有血緣關係。照片其實是不會說謊的，只是鼓勵人們看到自己想看到的真相。如果人們選擇相信達芙妮有一個美好、上鏡又充滿愛的家庭，那也無妨吧。說到這個，你可以坐在桌子旁邊的位子嗎？你可以當凱莉的哥哥。」

威廉指著達芙妮身旁的空位。

「我是她的爸爸，不是她的哥哥。」齊吉說。

「嗯，我知道那是事實，但這不太符合常理，不是嗎？」威廉說。「而且也不符合我們想要創造的故事情節。」

「當齊吉在學校進行課後輔導時，我就幫他照顧女兒。」達芙妮說，而齊吉對這句話背後的解讀是，**別忘了你欠我一個人情**。達芙妮真是一個狡猾又善於操控人心的老太婆。齊吉嘆了一口氣，坐了下來。

「對了，我找到你手鍊上的那一顆寶石了，達芙妮。」他說。「你想要拿回去嗎？」

「天呀，不用了。」達芙妮說，顯得有些不太自在的樣子。「我知道它一路經歷了什麼樣的旅程！不過，你得要好好保留，放在安全的地方。等凱莉長大之後，這就會是一個好故事，那顆鑽石曾經一路穿越她的消化道呢！」

「微笑一下，說聲『你好，奶奶』，假裝你們愛著彼此的樣子！」威廉說，說得真是容易。齊吉感覺自己冒充達芙妮的假孫子已經長達數個小時了，威廉叫達芙妮移動至壁爐旁的扶手椅。

「我們需要讓照片看起來像是不同的時間和地方。」他說。「達芙妮，你能將外套脫掉，然後加上一條絲巾嗎？太完美了。對了，我們也讓瑪姬．柴契爾加入吧。我發現，人們更信任愛狗人士。」

亞特在瑪姬的耳邊輕聲說了一些話，然後不情願地將牠放在達芙妮膝蓋上，並做了個**對不起**的嘴型示意。被當成一個活道具使用，狗看起來很不滿，而齊吉也明白那種感覺。

「亞特，你坐在達芙妮的一側，而我會坐在另一側。齊吉，我已經設定好鏡頭，你只需要按下快門就行了，好嗎？」

「當然。」齊吉回答，讓他感到意外的是，他也開始享受這些過程了。凱莉坐在他身旁的地毯上（他真希望他們會定期清潔），愉快地咀嚼著一塊紙製的杯墊。

「好了，達芙妮，」威廉說，「你要說一些非常風趣的話，我和亞特就會放聲大笑，然後齊吉就可以拍照了。開始吧。」

「所以，你們兩個是我最好的朋友嗎？」達芙妮說，威廉和亞特開始大笑了，看起來是發自內心的捧腹大笑。

「那個問句並不是一個笑話。」達芙妮說。「不過呢，這就是我們想要達到的效果，對吧？」

他們笑得更厲害了。齊吉移到另一側，想要找到更好的拍攝角度。

等威廉稍微冷靜下來後，他接著說：「對了，我和我在當地報社的老朋友奈德聊過關於耶穌降生劇的事了。」

「太好了！」亞特說。「他會來嗎？」

「是的。」威廉說。「不過，他覺得這不會產生太大的影響力。他在市議會規畫部門裡有一些人脈，他說他們已經有一份提案了，會將曼德爾社區中心的地點改建成豪華的公寓大樓。」

聽了這番話，齊吉感覺像是將望遠鏡顛倒拿反了，他的世界——在短短一個小時前，感覺似乎正逐漸地變得開闊——又瞬間縮小至一個小小針尖的大小。

如果曼德爾社區中心消失了，那就意味著沒有托兒所、沒有學校、沒有大學，也沒有嶄新的人生。

亞特

亞特走向漢默史密斯圓環[23]，三條不斷流動的車道在漢默史密斯高架橋下穿行，圍繞著一個現代化的購物中心、聖保羅教堂，以及漢默史密斯阿波羅劇院。他閃身進入陰暗的地下道。

一個男人蜷縮在牆邊，裹在一條破爛的睡袋裡，睡袋上滿是破洞、污漬和燒傷的痕跡。他要不是熟睡了，要不就是醉得不省人事，對於熙熙攘攘的通勤者全然不覺。他不過是倫敦人選擇忽視的眾多景象之一，生怕這些景象讓他們安逸的生活失色。

亞特從包包裡拿出三件喀什米爾毛衣，每一件都還掛著標價。他將毛衣塞進睡袋底下，又繼續往前走去。每走一步，心裡的負擔似乎輕了一些。

23 漢默史密斯圓環 Hammersmith r oundabou 位於英國倫敦位於哈默史密斯區的一個重要交通樞紐，這個圓環連接多條主要道路，公共交通也相當便利，包括多條巴士路線和哈默史密斯地鐵站。

幾十年來，亞特第一次感覺自己的人生走上了上升的軌道。他正在逐步清理他的衣櫃，並且再也沒有更多的戰利品添置進去。儘管他還沒找到解決問題的根源——他完全不知道要從何著手，也懷疑自己可能需要花很長時間深入挖掘——但現在的他也**忙到沒時間**去偷竊了。

亞特每星期有三天下午去銀髮俱樂部，當瑪姬和他同住時，他也會對瑪姬加強訓練。他還要和威廉暗中監視傑瑞米，儘管他們還沒有當場抓到他行為不端的證據，但他看起來顯然是個討厭鬼，也毫無疑問做了些不正當的事。此外，最重要的是，亞特正在編寫並執導一部戲劇作品，或許有機會打動那些冷血無情的市議會成員，進而拯救他們的社區中心。

亞特有了一個**人生目標**。事實上，有好幾個。

亞特仔細觀察著眼前的觀眾。實際上，是他多年來規模最大的一群觀眾，也是最專心的一群。這裡有十八名孩子，年齡從八個月（凱莉）到將近五歲（樂奇）的孩子不等，在他四周坐下並圍成了一個半圓。房間裡飄散著海報顏料和培樂多黏土的氣味，還有淡淡的尿布味道，讓他不禁想起了自己的童年，雖在同樣的一個街區，卻已是另一個世紀及完全不同的世界。

「孩子們，向安德魯斯先生打個招呼。」珍寧說。

「安德魯斯先生好。」孩子們齊聲說著，完美同步。

「安德魯斯先生會協助我們排練耶穌降生劇，因為他是一位真正的演員。」珍寧用一種令人滿意的崇敬語氣說。突然，有一隻手舉了起來。「是的，柴克？」她問。

「你有演過任何一部漫威電影嗎？」柴克說，雙眼裡閃爍著敬畏的光芒看著他。亞特思考了一下是否該說謊並聲稱自己曾演過《鋼鐵人》，但不確定自己能否瞞過這群孩子。

「沒有。」他說，眼見柴克眼中的光芒逐漸消失。「但我曾在《東區人》（*East Enders*）[24]中演出！有沒有人看過呀？」三十四張臉孔注視著他，但樂奇一如既往地低頭盯著地板。柴克開始挖鼻孔，似乎發現鼻孔裡的東西，比亞特平淡無奇的肥皂劇更有趣，顯然還更加美味。

「噢，我超愛《東區人》！」珍寧說，出於對他的同情。「你演了哪一個角色？」

「嗯，我曾在一場酒吧鬥毆中被菲爾．米謝爾打了一拳，有一次在亞瑟的市場攤位上買了兩顆蘋果及一顆梨子，有幾次和多特．柯頓在同一家自助洗衣店裡洗衣服。」亞特說。珍寧對他微笑，雖然帶著感興趣的表情，卻也透露出一絲失望。多年來，亞特對這種表情已經

24　故事發生在虛構的東倫敦沃爾福德區，故事背景有酒吧、傳統市場、夜店、社區中心、咖啡廳、各種商店及公園，主題涵蓋家庭糾紛、友情、愛情以及社區間的緊張關係，自一九八五年首播以來就深受英國觀眾喜愛。

習以為常了。

「現在，我們要做的第一件事，就是決定誰要扮演什麼角色，這就叫『選角』。有沒有人特別想扮演什麼角色呢？」他問。

「是的，塔露拉。」珍寧對一位漂亮的黑人女孩說，她有一頭精巧的髮辮，正興奮地舉起了手。

「我可以當明星嗎？」塔露拉帶著口齒不清的可愛語氣問道。

「在我們的表演中，**每個人**都是明星。」亞特說，心中暗自希望現實生活中也是如此。他曾參與的每一場演出都有極其嚴格的階級制度。

「不，我想要當那個真正的大明星！」塔露拉嘟著嘴說。「我可以閃閃發光、亮晶晶的，也可以尖尖的。」

「哦，對的，你當然可以。」亞特說。「如果你願意的話，你還可以同時當天使加百列。」塔露拉露出了一個燦爛的笑容。

「樂奇。」亞特說。樂奇坐在圓圈外約五英尺的地方，正緊抱著瑪姬．柴契爾，頭抬也不抬，但他確實將頭微微轉向亞特的方向。「M將會扮演一隻羊，但她需要一些協助，因為牠以前從未演過戲，你願意當牠的牧羊人嗎？」房間裡的人似乎都屏住了呼吸，靜靜等待回應。樂奇的頭幾乎只是很輕微地點了一下，那或許是亞特的幻想，但無論如何，亞特還是說：「太好了。」他繼續問，「現在，有沒有人想演聖母瑪利亞呢？」

一隻手迅速舉了起來。

「諾亞，瑪利亞是女生的角色。」珍寧說。諾亞身上穿著那件亞特從特易購超市偷來的艾莎（Elsa）服裝，現在這件衣服被放在大家共用的戲服箱裡。聚酯纖維材質的藍色裙子堆疊在他交叉的雙腿上，他看起來垂頭喪氣的。

「我不明白，我們的演出為什麼不能做到性別中立。」亞特說。「這正是現在的潮流。有人看過格蘭達・傑克遜[25]飾演的李爾王角色嗎？那真是開創性的表演！哦，我猜你們沒有看過。總之，天使加百列是男性，但這次將由塔露拉來扮演，而凱莉將會扮演耶穌寶寶，因為她年紀最小，雖然技術上來說，耶穌是個男孩。」

「而且還是個新生兒。」珍寧說。「凱莉太大了。」

「這是一場戲劇表演，親愛的。」亞特說。「這本來就是虛構的內容，我們可以保持中

25 英國女演員和政治人物，五〇年代開始表演，自踏入影壇界後陸續勇奪兩屆的奧斯卡最佳女主角獎，更獲得兩座艾美獎和四項東尼獎提名，演技備受肯定，曾一度棄演從政，代表工黨在倫敦北部參選並擔任國會議員多年。

立，不分大小、也不分性別。我相信你會是很棒的聖母瑪利亞，諾亞！」諾亞對他露出了笑容，拍了拍自己胖胖的雙手，而亞特覺得，今天可能是他這幾年來過得最愉快的一天。

亞特和威廉分別坐在長椅的兩端，就像他們小時候在公車站等車時一樣，腳邊擺放著皮革書包，準備去上學。他們清楚看見了莉迪亞的丈夫的辦公室，就在隔一條街的對面。

巨大高聳的玻璃摩天樓在他們頭頂上方，讓亞特覺得自己特別渺小。他不禁想，為什麼他這麼久以來都不去市中心了呢？他竟然忘記自己居住的這座首都有多麼宏偉壯麗。在這座城市裡，這些巨大的現代化辦公室緊靠著彼此，每一棟都試著展現自己之於鄰近建築的優越感，無論較量的是體型或象徵意義。他們身旁有古老的倫敦塔及壯麗蜿蜒的泰晤士河，見證了這座城幾個世紀以來的演變，歷經了大火及黑死病，它們悠久的年歲超越了數以百萬計曾在此生活的居民，而這些人在其短暫的一生中只能自欺欺人，認定自己無比重要。

他們喝著從保溫瓶裡倒出來的咖啡，完美同步地舉起兩個錫杯。威廉熟練地盯著那道玻璃旋轉門，將一隻手放在藏在大衣底下的相機上。他們面前有川流不息、快速流動的汽車、計程車、騎自行車的人及行人。

「我今天和那些孩子們玩得很開心，威廉。」亞特對他的朋友說。

「那就太好了，亞特。」威廉說。「但是，這難道不會讓你覺得，你應該要進一步認識你自己的孫子、孫女嗎？我敢打賭，你甚至連他們的名字都不知道。你應該要去找卡莉，向她道歉，並努力修復彼此的關係。」

「我道歉過了，一遍又一遍。」亞特說，盡量讓自己的口氣聽起來沒有內心感覺那麼沮喪。難得有這麼一次，他對自己的生活感到正面積極，威廉卻要潑他一大盆冷水。現在，他感覺到有一滴水滴在他的前臂上。哦，太好了，現在倒真的下雨了。

「我知道你已經道歉了。」威廉說。「但你需要再試一次。你是當爸爸的人，時間都過了那麼久了，再試一次吧，別等到無可挽回時才後悔。我不希望你一直這麼孤獨。」威廉伸手越過他們之間的距離，想要抓住亞特的手。亞特迅速把手抽了回來，隨即感到一股愧疚。

「我不孤獨，我有你啊。」他說著，輕輕握拳捶一下朋友的手臂，那是他們之間的習慣動作。

威廉是疾風世代[26]的孩子，一九四八年，當他還是個嬰兒時，便隨著家人從格瑞那

26—疾風世代（Windrush generation）為英國二戰後至一九七〇年間的一批移民，由於首架接載他們前往英國的軍艦為「帝國疾風」號，因此得名。他們從加勒比海的英聯邦屬地及前殖民地前來協助戰後重建，起初英國政府承諾他們無限期居留，卻一直得到正式移民文件而沒有合法居留身分。

達[27]搭乘船隻來到英國。他的父親曾在英國鐵路公司工作，一家人住在亞特家附近的一家旅館裡，這裡是唯一一家沒有貼著「不接待狗、不接待黑人、不接待愛爾蘭人」標語的出租住所。

他們在小學時期認識，當時亞特曾經打了一個在午餐排隊時揮舞著香蕉，並模仿猿猴叫聲的男孩，從那以後，他們一直扶持彼此，一同經歷了七十年的歲月。

「亞特，我不會永遠都在。」威廉說。「我擔心你之後怎麼辦。」

「別說傻話了，威廉！你還比我年輕呢！」亞特說。

「比你小三個月而已。」威廉說。

「要選車禍或火車事故？」亞特問道，急切地想要轉移話題。

「火車事故更具戲劇化，車禍太常見了。」威廉說。這個遊戲從一九五八年開始，最初是爭論最棒的足球員是誰；隨著青春期荷爾蒙的到來，話題變成最性感的女孩是誰；現在，又轉變成相對消極病態的「最好的死法」。他們發現，面對即將到來的死亡，直視它的存在就是唯一的方法。

「要選火車事故或飛機事故？」威廉問道。

「還是選火車。」亞特說。「絕對是火車，飛機失事的過程**太漫長**了。想像一下那種急速下墜的狀態下，天花板垂吊下來的氧氣面罩甩來甩去的，所有人都在尖叫，空姐們卻大喊著『**防護姿勢！防護姿勢！**』，只因為他們也無能為力了。不了，謝謝你。」

「嘿，你還記得有一次，你拼命想要給那位選角的大牌導演留下深刻印象，你就出現在他參與的一場活動上，而我拿著相機跟在你後頭，大聲喊著『亞特．安德魯斯！我超愛你的作品！』的情景嗎？」威廉說。

「記得！」亞特說。「經過好幾天的努力，結果我只拿到了去屑洗髮精電視廣告中『使用前』的角色。」亞特做了一個拂去肩上頭皮屑的動作。

「你看，那不是莉迪亞的丈夫嗎？」威廉說，點頭示意著對面，有個男人出了旋轉門並走在行人道上。「他又和那個女孩在一起了。」

他們看著傑瑞米，正從辦公室外的自行車架上解開一輛銀色金屬滑板車的鎖鏈。到底什麼樣的成年男子會騎**滑板車**呀？真是一個笨蛋。

傑瑞米一邊推著滑板車，慢慢地沿著人行道前進，和旁邊的女孩並肩行走。那個女孩，他們曾經給莉迪亞看過她的照片，就是那個和傑瑞米親吻的女孩。他們曾堅稱那完全是朋友

27─格瑞那達 Grenada 是位於美洲西印度群島中向風群島南部的大英國協國家，西臨加勒比海、東臨大西洋。

之間的親吻而已。亞特聽見威廉快速按下快門的聲音。

「我要去跟蹤他們。」威廉說。「你留在這裡。如果我單獨跟蹤他們，比較不那麼明顯。當他們到達目的地時，我會傳訊息給你。」威廉站了起來，匆忙地離開，亞特多年來從未見過他如此靈活、如此輕盈，這證明了穩定的工作對人有正面的影響。

亞特喝完了最後一口咖啡，那杯冷掉的咖啡已變得苦澀，他將杯子放在身旁的長椅上。坐在毛毛細雨中，他的思緒深陷於過往的那些日子，當時的他手裡有劇本和拍攝通告單，拍攝的空檔會有一位跑腿的人員為他送來司康與果醬，而家裡會有家人等著他，桌面上已擺設好餐具，烤箱裡則有煮好的燉菜。

亞特看著十幾歲的女孩並肩走過，低頭靠在一起，為了一個笑話而笑得不亦樂乎。這一幕讓他感受到一陣熟悉的哀傷，痛苦已隨著時間流逝不再如此強烈，卻永遠無法抹滅。

一陣響亮的聲音突然讓他驚醒過來，他回到了現實。他低頭看向那聲音的來源，原來是有人將一把銅幣扔進他杯子裡。

齊吉

在溫蓋特先生的課後輔導結束後，齊吉恰巧碰到管弦樂團成員們正在收拾樂器。他選擇了走前方的樓梯，而不是平時習慣走的較短路線的後方樓梯。當他走到音樂廳敞開的大門前時，正好注意到自己的鞋帶鬆了。他原本**不打算**在此碰見艾莉西亞，但她正好走了出來，手裡揮動著她的雙簧管箱，並他還站在那裡，因為他的鞋帶比平時更棘手難解。

這種巧合發生的機率有多高呢？

「哦，嗨，艾莉西亞！」他說。「我沒想到會在這裡碰見你。」

齊吉在心裡狠狠地踹了自己一腳。我沒想到會在這裡碰見你！一個在管弦樂團中演奏首席單簧管的女孩，除了在管弦樂團的排練地點之外，你還指望他出現在哪裡呢？**笨蛋**。

「哦，嗨，齊吉！」艾莉西亞微笑著看著他說，對他的笨拙似乎一點也不介意。「你要去哪裡？我們要去附近一家咖啡館，你要一起來嗎？」

「呃，我得要回家了，凱莉的保母正在等我——抱歉。」齊吉說。

「沒關係。」艾莉西亞的語氣比剛才冷淡了一點。

「其實呢，她不只是一個普通的保姆。」齊吉說，迫切地想和艾莉西亞繼續交談下去，免得她認定他只是找藉口不和她相處，對他留下壞印象。「她真的是一位瘋狂的老奶奶，擁有一系列令人驚嘆的仿製珠寶，還像老電影明星一樣用菸嘴抽菸，用髮髻當成額外的收納空間，最近還開始在網路上交友約會。」

「她聽起來挺酷的。」艾莉西亞說。「就像伊芙琳．雨果[28]一樣！」

「完全同意！」齊吉回答，但心裡暗自想著自己根本不知道伊芙琳．雨果是誰，是時尚設計師？政治家？還是貴族？誰知道呢？

「我真想見見她，還有凱莉。你有她的照片嗎？」

「達芙妮的照片嗎？」齊吉說。

「不是啦，你這傻瓜，是凱莉的照片。」

齊吉猶豫了一下。如果他還想建立一段關係的話，他真的應該避免提及自己的女兒。畢竟，哪一個正常的少女，會願意和一個需要擔心保姆、還要省下零用錢買尿布的男朋友在一起呢？當然，他現在並不打算要開啟另一段關係。他的生活裡，再也不會有在文具儲物櫃裡——或者任何地方——進行親密接觸的情事了。如果將來真的要發生性行為的話，他全身都穿上保險套也不為過，他得確保那些東西不再鬆脫了。

「在這裡。」齊吉一邊說，一邊給艾莉西亞看他手機主畫面上最愛的那張照片。

「哦，她真是漂亮。」艾莉西亞說。她將齊吉的手機還給他，而他注意到她裸露的手臂上布滿了一顆顆的小雀斑。他發現自己不禁想著，要花多長時間才能吻遍每一顆小雀斑呢？

停下來，齊吉！

他們到達了咖啡館門口，管弦樂團的成員們早已占據了幾張桌子。「好吧，我想現在是我們要說再見的時候了。」她說。

他還來不及停下來仔細思考腦中形成的想法之前，這句話就脫口而出了。

「你知道，凱莉的托兒所正在準備耶穌降生的戲劇表演，兩個星期後將於曼德爾社區中心上演。你和樂團的成員們是否方便前來演奏聖誕頌歌之類的呢？孩子們一定會很喜歡的，

28 Evelyn Hugo，泰勒．詹金斯．芮德的小說《銀幕女神的七個新郎》（*The Seven Husbands of Evelyn Hugo*）中的女主角。隱居多年的影星伊芙琳．雨果講述自己幕前幕後的真實故事、與七位丈夫的分合，並揭開她一生的祕密。

大家都一定會很開心的。」他說。

四周只有一陣沉默，在那一刻停滯了好幾分鐘。接著，艾莉西亞說：「當然，那不然你記下我的電話號碼，把詳細資訊傳給我吧？」

真是爆炸般的意外發展。

在回家的路程，齊吉心不在焉。他沒有發現陰鬱的十二月天空落下了毛毛細雨，也沒有留意到人行道上散落的垃圾，或是那些城裡的狐狸正在中式餐館外翻找著垃圾桶。齊吉的腦海裡全是：在陽光明媚的演講廳裡，他的桌上擺著一堆文件，牆上的白板上寫滿了複雜的程式碼。接著，他去大學附設的托兒所接凱莉，那裡充滿了健康活潑、笑容燦爛的嬰兒和幼童，而他的學生宿舍裡，有一位有著紅色螺旋狀捲髮、雀斑，並且吹雙簧管的女孩，為他準備了他母親食譜裡的雞肉炒時蔬。說真的，這些都只是一個巧合。

齊吉完全沉浸在自己的未來生活中，直到一聲刺耳的口哨聲打斷了他的思緒。他才注意到，那個總是在社區入口處盯梢的幫派成員。

一個身影龐大且陰沉的身影擋住了他的去路，是佛洛伊德。

「兄弟，小寶寶去哪裡了？」佛洛伊德說，聲音有如低沉的咆哮。

「呃，在保姆那裡。」齊吉回答。「我得要回去了。」

「你得要好好照顧她呀，兄弟。她可是個小寶貝。」佛洛伊德說著，將讚美變成了一種威脅。

「我明白。」齊吉說。

「我們也會好好看著她的，畢竟你是我們的一員。**你是**我們的人，對吧？」佛洛伊德一邊說，一邊踩著一個空可樂罐，罐子瞬間應聲凹陷，隨即毫無抵抗地被踢進了水溝，發出一聲碰撞的聲響。

齊吉感到一陣不適。這樣的問題，並沒有正確的答案。「不是」會讓他和家人成為了目標，但說「是」，就可能會讓他陷入無法脫身的麻煩。

「你反應也太慢了。」佛洛伊德說，臉上帶著毫不真誠的笑容。「我還以為你很聰明呢，這個問題有那麼困難嗎？」

齊吉站在懸崖的邊緣，猶豫著要跳入哪個無底的深淵。最終，唯一的選擇清晰可見——那個最不會危害到他女兒和他媽媽的選擇。

「是的，我是你們的一員，當然。」他說，低頭看著自己的腳，玩弄著外套上的拉鍊。

「正確答案。」佛洛伊德說，重重拍了拍齊吉的背部，力道之大幾乎讓他差點失去平衡。

「那麼，為什麼我最近都沒看見你呢？兄弟，你沒有盡到自己的職責。明天來找我，我有一些工作要交給你。」

達芙妮

達芙妮覺得自己做得不錯，至少她自信地認定是這樣。自從達芙妮有了 YouTube 影片的協助之後，她學會了如何換尿布，小凱莉不僅全身乾淨，更散發著香氣。

達芙妮發現，在 YouTube 的幫助之下，你幾乎可以學會**任何事情**。她不僅成功疏通了自二〇一三年以來就長期排水不良的水槽，還學會了化妝，知道如何打造一種「狐媚煙燻妝」。如果在現實中辦得到，她很樂意和 YouTube 一起在沙發上依偎，喝著馬丁尼、收看真人實境秀，她一定樂得擺脫約會帶來的一連串麻煩事。

現在，達芙妮和凱莉就坐在齊吉的扶手椅上，和瑪格麗特一起看著達芙妮 iPhone 上的實境節目《愛之島》[29]。

事實證明，凱莉對《愛之島》的喜愛程度甚至超越了

29 — *Love Island*，英國的實境戀愛節目，參賽者們在熱帶島嶼上與其他單身男女建立關係並參與各種挑戰。觀眾可投票選擇喜愛的配對組合，彼此進行競爭，而最受歡迎的一對將獲得獎金並可能找到真愛。

達芙妮。達芙妮懷疑，這是因為節目裡有許許多多的女性胸部。她並不太了解齊吉家裡的情況，但凱莉的母親顯然不常陪伴在她身旁，意味著凱莉肯定沒有什麼接觸乳房的經驗。然而，那節目中卻有無數個完美的（雖然沒有奶水的）的範本在她的小鼻子前晃動著。

「你知道吧，這些並不能代表所有的胸部，凱莉。」達芙妮說，她非常認真地扮演自己作為一位教育者及保護者的角色。「真正的乳房，會有各種的形狀和大小。鼻子、眉毛和牙齒也是如此。這就是真實女性的美麗，他們的美麗都是獨一無二的！這些女人花了一筆巨額費用，接受痛苦且相當危險的整形手術，好讓自己看起來和別人一模一樣，卻很容易被遺忘。你呢，我的好朋友，必須要永遠記住，你本身就是完美的，你明白嗎？」

凱莉轉向她，露出了一個幾乎沒有牙齒的燦爛笑容，達芙妮感覺到一種強烈情感的牽引，一種**連結**。她早已不記得，上一次她感受到自己與他人之間身體上或情感上的連結，是什麼時候了。她會是一位好母親嗎？她一向認定自己不會是，因為她生性過於自私，當然也得考量需要她高度投入的職業，不過，或許她一直以來都錯了。或許，有了孩子就會改變一切，改變了**她**。

這一切的內省，讓達芙妮迫切想要抽一根菸。

「親愛的，我們到陽台去吧，我給你看看我的菸圈。」達芙妮說，她認為齊吉可能會對她在室內吸菸感到不悅。現在的年輕人，動不動就要挑剔一些小事。

達芙妮把凱莉固定在她的嬰兒車上，只用一隻手呢！以她手部關節炎的狀況來說，她表現真不錯。她幫她蓋上毯子，接著將她推到那個小小的陽台上。

「好吧，凱莉。」她一邊說，一邊對著陽台邊緣吹出幾個形狀完美的菸圈。「我們應該好好談一下，如何應對讓人不舒服的追求攻勢。我發現，點燃一支香菸，可以有效地移除屁股上討厭的鹹豬手，這方法屢試不爽，不過，我相信你這麼聰明的人不會選擇抽菸，但那些愚蠢的電子菸也沒有相同的功效。高跟鞋也是個不錯的武器。你想像一下你的敵人，為了方便說明，就叫他亞特．安德魯斯吧。現在呢，把你的鞋跟壓在他裸露的腳踝上，直到他尖叫得像是一隻被刺中的豬。達芙妮做了一個扭動的動作，凱莉對她咧嘴一笑。

「Z世代會穿高跟鞋嗎？還是只穿健身運動鞋？」達芙妮問。「你覺得Z世代之後叫什麼呢？會重新從字母A開始嗎？對了，隨身帶著髮夾也很好用。我會教你怎麼使用髮夾，當我確信你不會吞下髮夾再說，畢竟你有這方面的前科呢。哦，看看！爸爸在那裡呢！」

達芙妮看見齊吉和她之前注意到的那些年輕人聊天，他們總是聚集在社區入口附近。儘管齊吉的處境充滿了挑戰，她還是很高興他仍保有社交生活。雖然她不會建議他和那些男孩交朋友，她對那種人太熟悉了，他們一向是麻煩人物。

一看見齊吉朝著他們走來，「快點，凱莉！撤退！」達芙妮說，立即熄滅了香菸，將它扔進幾層樓底下的灌木叢中。灌木叢中已有幾個塑膠袋、一隻足球鞋，以及一台壞掉的微波爐了，丟一根菸蒂進去也不會造成太大的影響。

達芙妮拿出她手提包裡的香水，對著自己噴了全身，讓凱莉坐在她膝蓋上，拿出一本已翻得有點舊的《好餓好餓的毛毛蟲》[30]，是她特地為了這種情況準備的。

達芙妮開始讀著，「月光下，一個小小的卵，躺在樹葉上……」。世界上有這麼多更重要的事可以教導孩子，家長們竟然要浪費時間閱讀這種故事，關於一隻與食物有不正常關係的昆蟲。而且，她也反對這本書以蝴蝶作為理想的結局，蝴蝶如此脆弱，預期壽命特別短，而且腦袋也小得可憐。這是哪門子的學習榜樣呀？獨角獸會更加合適，至少他們頭上有內建的武器。

就在此時，達芙妮聽到前門開啟的聲音。她繼續用一種熱情過了頭的聲音朗讀，是她從珍寧身上學來的語氣，她總是這麼對孩子們說話。那口氣聽起來就像是對退休人士的問候，親愛的，你今天感覺怎麼樣呀？今天天氣真好呢……還好，目前不曾有人用這種語氣對達芙妮說話。

「嗨，達芙妮！」齊吉說，「一切都還好嗎？」

「我們過得很愉快，是吧，凱莉？」達芙妮說。她注意到齊吉看起來不像平時一樣陽光正向，似乎壓力很大的樣子。課後輔導或許不是個好主意。

「網路交友的進展如何？」齊吉將外套和書包掛在走廊的掛鉤上，還沒有解開鞋帶，便一腳踢掉了他的運動鞋。

「很好。那些照片似乎達到效果了。老實說，在接下來的三天，我安排了三場約會。」達芙妮說。「原本有四個的，但其中有個人傳來一張「下三濫照」（prick picture），我想，你們年輕人是這麼說的吧，所以我不得不取消了。」

「我想，你是要說「下體照」（dick pic）吧。」齊吉說。

「好吧，不論你怎麼稱呼，那看起來就像冷藏櫃裡最後一隻火雞那瘦骨嶙峋的脖子。我真的無法理解，他怎麼會認定這麼做對他有好處呢？這就是我今晚要約會的男人。」達芙妮將手機遞給齊吉，顯示了東尼的照片。

「他看起來不錯。我喜歡他的狗。」齊吉說。為什麼人們總是認定狗可以反映一種正面

30 *The Very Hungry Caterpillar*，是由艾瑞・卡爾所著的經典繪本，於一九六九年首次出版，至今已成為世界各地兒童文學中的經典之一，被翻譯成多種語言，深受各年齡層讀者的喜愛。

的性格呢？「對了，你的手機真酷。」

「這是 iPhone14 Plus，配備了雙鏡頭系統、面部識別和 512 ＧＢ儲存空間。」達芙妮說，根據齊吉的表情看來，這些細節似乎太多餘了。

「現在呢，你知道網路交友的潛規則了吧？」齊吉說，把手機交還給她。

「有潛規則嗎？」達芙妮問，打了一個冷顫。除了文法之外，世上唯一的好規則，就是那些被破壞的規則。

「總是向對方報備自己要去哪裡，又和哪個誰在一起。」

「應該是『和誰在一起』。」達芙妮糾正他。

「你也不要糾正他們的文法，他們會覺得這令人無比惱火。」齊吉說。達芙妮懷疑這一點是他臨時加上的，但她就不再計較了。「約會的地點最好選公共場所，例如咖啡館。初次見面的時間不要太長。哦，還有，要請一個朋友做好準備，以防你需要快速離開現場。告訴他們，如果你需要撤退的話，你會傳簡訊給他們，請他們打來，你就可以開口說，『哦，不，我的朋友美琪摔倒了，她需要我的幫忙，我得要先離開了。』」齊吉說。

「你為什麼會認定我只有叫什麼美琪的朋友，而且還是個平衡感不好的人呢？」達芙妮說。

「對不起，達芙妮。我相信你有許多很酷的朋友。」齊吉說。

「其實，我沒有。」達芙妮說。「我肯定和你說過這件事了，我根本沒有朋友，除了凱莉之外。」這一句話是從哪裡冒出來的？然後，更讓人尷尬的是，她聽見自己自然而然地說出：「齊吉，你願意成為我的緊急聯絡人嗎？」

「當然願意，達芙妮。」齊吉說。

達芙妮感到莫名的溫暖，儘管她的更年期已經過很久了。她非常懷念有個夥伴的日子。

「那麼，我想問一下，你為自己幻想中的朋友取什麼名字？」齊吉問。

「泰勒絲。」達芙妮說。「像歌手泰勒絲．斯威夫特。」

她欣賞這種靠自己力量白手起家的女性。

坐在達芙妮對面的那個男人，繫了一個變形蟲圖案的領結在他有雙下巴的脖子上，口袋裡傲慢地露出一條絲質手帕，看起來至少比網路上的檔案照年長十歲。他的頭髮不僅少了許多，鼻子和耳朵還長出更多毛，而齊吉提及他喜歡的那隻狗，早已埋在他家花園的蘋果樹下很久了。

東尼已經退休一段時間了，當他提及自己曾在外交部工作時，達芙妮原本以為他是一位間諜，如她所希望的那樣，但實際上他這一輩子都在處理護照申請作業，而達芙妮對這方面的認知，早已超過一般人需要知道、或想要知道的範疇了。

達芙妮意識到，自己對他人的虛假陳述感到不滿，即便這如此諷刺。

在約會時的前半小時，達芙妮還想著如何避開任何試探性的問題，但最後的半小時，則是想著東尼到底要不要對她提問。目前為止，她不過是被迫聆聽一段無聊至極的獨白。

女服務生拿起他們面前的一瓶葡萄酒，將酒倒入東尼的玻璃酒杯中。

「停止！停止！」他一邊說，一邊伸手遮住玻璃杯的上方。

「你這個徹徹底底的白癡。酒杯裡的葡萄酒永遠不能超過三分之一，這樣酒杯裡的酒才有足夠空間與空氣接觸。你**完全**沒有受過專業訓練吧？」

服務生慌忙將酒瓶拿開，以免讓葡萄酒倒在東尼的手指上，但有幾滴血紅色的葡萄酒濺在白色的桌布上，她結結巴巴地道歉。

達芙妮真的受夠了。她將手伸進口袋，偷偷傳了一封簡訊給齊吉，這正是針對這種情況進行的準備。幾秒鐘之後，她的手機響了。

「會是誰呢？」她說，故作驚訝的樣子，認為自己演得不錯。

「達芙妮，我是泰勒絲！」齊吉用一種可笑的假音說話。

「我重重摔了一跤了，你能立即離開約會現場來幫我忙嗎？」

「哦，不。」達芙妮對著手機說。「這真是太可怕了，我會儘快趕到。」

「有什麼問題嗎？」東尼說。

「是的。」達芙妮本來要說出預先準備的謊言，但真心話卻不受控制地脫口而出了。「問題在於，你就是一個無禮、自大，還自以為是的虛假之人。」她端起了東尼的酒杯，將大半杯的昂貴葡萄酒倒在他的大腿上，「好了，現在只有三分之一了，足夠讓酒接觸空氣了吧。」她對服務生眨了眨眼，接著轉身離開。

今天都畫了狐媚煙燻妝，真是白費心機了。

當達芙妮轉過街角時，她看見酒吧外有兩個熟悉的身影，正裹著毛毯坐在露台的暖爐下。通常，她會像躲避瘟疫般避開他們，但她不想直接回家，她需要一些時間來平復情緒，以免那個笨蛋的記憶影響她可愛公寓的氛圍，那可是她的安全之地。

「亞特、威廉。」達芙妮說。「戶外又濕又冷的，你們怎麼會坐在這裡？」

「莉迪亞的丈夫在裡面，和另一位女人在一起。」亞特說，他戴著一項軟氈帽，衣領翻了起來，模樣就像約翰．勒卡雷[31]故事中的間諜，卻模仿得特別拙劣。「我們睜大眼睛監視他。」

「你們人還真好。」達芙妮說，努力不讓自己的口氣流露出惱怒。為什麼亞特每一次的善行，總是讓她覺得自己的品格更加……卑劣呢？如果她願意的話，她也可以體貼、友好，但她通常不想這麼做。生命太短暫了，不值得浪費時間擔心別人。

「不過，莉迪亞並不知道我們還在跟蹤他，所以還是請你保密。」亞特說著，輕觸他的帽子來強調重點。「你想和我們一起坐嗎？」

「謝謝。」達芙妮說，將一張椅子拉了過來，用威廉的毛毯的一角擦了一下才坐下。「我來加入你們。」

「說到了眼睛，」亞特問，「你的眼睛到底怎麼了？有人打你嗎？」

「你顯然對最新的妝容流行一無所知。」達芙妮回應道。

「要選伊波拉病毒還是登革熱？」威廉問道。

「什麼？」達芙妮問。

「我們在玩『最好的死法』，樂趣無窮。」威廉說。

「哦，我明白了，那就伊波拉病毒。」達芙妮說。「多麼戲劇化啊，全身流血，連眼球都是。」

「真是有趣的觀點，超出我的預期。」威廉說。「輪到你了。」

「好的。被他人以居高臨下的態度輕視到死，還是無聊到死？」她說。

「無聊到死。」亞特回答。

「好吧，確實如此。」達芙妮說。「所以我現在才會坐在這裡跟你們聊天，而不是和我的約會對象在一起。」

「我真是受寵若驚呢。」亞特說。

「可憐的莉迪亞。」達芙妮說。「那個混蛋真是配不上她。」

「我們到底要怎麼告訴她這件事？」威廉問道。

「至少等到聖誕節後再說吧。」亞特說。「沒有人想在聖誕節前收到這種消息。」

「看來，莉迪亞可能很快就要失業了。」威廉說。「如果市議會接受開發商的提案，用豪華公寓來取代社區中心。」當他說到「豪華公寓」時，語氣就像大多數人說到「老鼠肆虐

31　著名的英國間諜小說大師，本名為大衛　康威爾（David Cornwell），十八歲便被英國情報單位招募並擔任間諜，後續進入英國軍情五處（MI5）、軍情六處（MI6）工作，首部暢銷全球著作為《冷戰諜魂》。

的貧民窟」時一樣。「除非，我們能以耶穌降生劇的演出徹底地震撼他們，並在媒體上引起轟動，否則我們全都沒戲唱了。市議會將於一月底投票決定。」

「嗯，到了那個時候，我們再來燒那一座橋吧？」達芙妮說。

「你要說的是『過那一座橋』吧？」威廉問道。

「不，親愛的。我這個人的做法，就是直接燒掉我走過的那些橋，走回頭路一點意義都沒有。」達芙妮說。儘管如此，她其實玩得很開心，上一次可以如此笑鬧對話，她早已不記得是什麼時候了。

「達芙妮，其實呢，我一直想找你談談。」亞特小心翼翼地說，彷彿他預期她會對他大聲怒罵。這真是太荒謬了，因為白板上有一條明確的規則寫著：「不大聲怒罵或怒視他人」。

「說實在的，我需要多一點時間和瑪姬相處，而我相信，你應該不希望再增添麻煩，讓她住在你家。不如讓我來接替你輪班的時間吧？」

達芙妮驚恐地盯著亞特。**他怎麼膽敢這麼說？**這個男人簡直太厚臉皮了，竟然想要奪走她和這隻狗之間的關係。

「這真是一個令人震驚的提議！」達芙妮大聲喊道，她站了起來，這樣才能低頭斜視亞特了。「很明顯的，瑪姬最愛我了。說真的，每次要送走牠時，我心裡都很難過，那可憐的小東西顯然很痛苦。如果有誰應該成為牠的主要照顧者，那也肯定是我。」

「哈！」亞特說，「其實那隻狗和我在一起更開心。我們不僅僅是寵物和主人，我們是朋友、同事，還是**夥伴**。我們有共同的目標。」

威廉這時噴笑出聲。

「怎麼了嗎？」亞特問。

「你們兩個人，其實比你們所想像的更相似。」威廉說。

「我們才不！」達芙妮和亞特同時說出口。

達芙妮不打算再繼續聽這些胡言亂語了。她轉身背對兩人，朝著夜色大步走去。

「如果你改變主意了，再告訴我一聲啊！」她聽到亞特在她背後喊著。

你做夢。

莉迪亞

莉迪亞又一次擁有一家團聚的熱鬧，心中充滿了幸福。蘇菲亞和艾莉從大學回來了，而這時也輪到她照顧瑪姬了。她環顧一下早餐的桌面，感到一陣滿足。傑瑞米坐在主位，笑著聽蘇菲亞說大學校園裡的趣事，完美展現了溫柔和藹的父親形象。她怎麼會懷疑他背叛自己呢？一定是空巢期、更年期，以及那些無止境的空閒時間，讓她一時失去了理智。

「坐下。」她對瑪姬說，瑪姬便坐下了。「躺下。」她說，這只是出於好奇，而不是基於期望，但瑪姬躺下了。「翻身。」她說，只是為了好玩，瑪姬也翻了個身。

「哇，媽！」蘇菲亞說，「你把她訓練得太好了！」

「是嗎？」莉迪亞笑著說。或許，生活在一個如此井然有序的幸福家庭中，對瑪姬的行為有了正面的影響，可惜莉迪亞就是無法讓瑪姬乖乖吃飯。瑪姬似乎完全不想吃牠的乾飼料。每當莉迪亞將飼料倒入牠的碗裡，牠就只是盯著莉迪亞看，彷彿感到相當失望。然而，奇怪的是，牠似乎越來越胖了。莉迪亞在心裡暗自記著，得要問一下亞特和達芙妮，看看他們是否遇到同樣的問題。或許該帶瑪姬去動物醫院檢查一下了。

莉迪亞的工作發生了一些變化，而家庭生活也是。下午時，銀髮俱樂部的成員加入了隔壁的托兒所，幫助他們進行耶穌降生劇的最後幾次彩排、布景繪製以及試裝。這個地方充滿了快樂及忙碌的氛圍，雖然偶爾會夾雜一些情緒失控的鬧劇。多數情緒失控的主角是小孩，但也並非都是同一個小孩。

亞特坐在一把寫著「導演」的帆布椅子上，他非常認真地看待自己的角色。

「好的，約瑟夫，你需要帶著騎著驢子的瑪利亞，走到旅館的門口！」亞特透過擴音器大聲喊道，儘管孩子們離他只有幾步之遙。柴克，裝扮成約瑟夫的樣子，頭上戴著莉迪亞的格子圍巾，手裡拿著一根短繩，繩子的另一端綁著安娜的行動代步車。代步車上披著露比編織的驢子戲服，上面坐著諾亞扮演的瑪利亞，穿著白雪公主改造的戲服。

「停下來，諾亞！小心別撞到凱莉！」亞特大聲喊道。「這麼一來，我們就沒有耶穌寶寶了，那麼誰要來拯救人類呢？」

珍寧雙手抱頭、喃喃自語，說著關於健康與安全執行機構以及P 45離職稅務文件的事。

「好了，柴克，去敲門，並說出你的台詞，你還記得嗎？」亞特問。

「呃，嗨，可以給我一個房間嗎？」柴克回答，這應該和亞特心中預期的差不多。

「做得太好了，柴克！你長大後想當演員嗎？」亞特說。

「不要，我要當月桂葉（bay leaf）。」柴克自信地說。

「月桂葉？」莉迪亞說，「那比較接近一種香料而不是職業吧？為什麼呢？」

「月桂葉可以走進別人的房子，把他們最好的東西帶回家。」柴克說。

「啊，柴克，我想你指的是查封官（bailiff）吧。」莉迪亞說。

「為什麼不全力以赴，成為一名英國保守黨的政治家呢？」亞特嘟噥著。「現在呢，旅館老闆——塔比，輪到你說台詞了！」

「對不起，我們客滿了，超滿、超滿，滿到屋頂上了。」塔比說，莉迪亞懷疑她可能即興發揮地做了改動。

「好了，柴克，現在你必須要說：「『如果柴契爾夫人沒有在八十年代出售所有的公有住宅，我們就不會陷入這個可憐的困境中了。』」亞特說。

「亞特！」莉迪亞打斷了他。「我覺得，你這裡的真實意圖太明顯了，並沒有你想的那麼隱晦。總之，這一句台詞對柴克來說挑戰性太高了。他才四歲而已。」

「四歲四個月。」柴克憤憤不平地說。

在這個年紀，只想要加上四個月的年歲，而不是想要減去好幾十歲，這有多麼美好啊。

「莉迪亞，要影響一群被迫參加的市議會成員，我們還有更理想的機會嗎？」亞特說。

「我不認為有任何一位市議會成員會參與，亞特。」莉迪亞說。「我顯然也邀請他們了，但他們似乎都很忙碌。」

「忙碌！」達芙妮突然大聲喊道，莉迪亞甚至沒有意識到她正在聽他們對話。儘管達芙妮年事已高，但她有絕佳的聽力，有如一隻正值青春期的蝙蝠。「你說忙碌，是什麼意思呢？』

「呃，意思是指他們有其他的安排吧？」莉迪亞問，想知道自己是否誤解了這個問題。

「然後你就欣然接受了，是嗎？」達芙妮說，早已微瞇的雙眼似乎更加銳利了。

「嗯，是的，不然我還能怎麼做呢？」莉迪亞結結巴巴地回答。排練進度似乎停滯不前，整個空間陷入一片寂靜，所有人都盯著她看。

「莉迪亞，那些令人惱火、自以為是的男人所告訴你的話，你可不能當成不變的真理。」達芙妮說。莉迪亞不禁猜想著，她現在所說的，到底是市議會或是傑瑞米，可能兩者都是。

「你並不是他們用來擦腳的擦鞋墊。你是一個成年女性了，身處權力的巔峰，你只需要發揮自己的力量。」

「嗯，該怎麼做呢？」莉迪亞問，感覺自己的臉頰發燙。即使她無法對抗市議會，她或許能像個電水壺一樣充滿能量。

「你和我現在就去市政廳，帶著瑪利亞、約瑟夫、耶穌寶寶，還有那頭驢子。」達芙妮說。「不、不，別換衣服了，柴克！我們需要你和諾亞穿著戲服！」

這一群人引起了相當大的轟動，他們沿著大街一路前進，同時發送耶穌降生劇的宣傳單，是威廉以孩子們的畫作來製作設計的。莉迪亞和柴克（約瑟夫）走在裝扮成驢子的電動代步車旁邊，而上頭坐著達芙妮和諾亞（瑪利亞）。凱莉（耶穌寶寶）則綁在莉迪亞的胸前，面向街道，興奮地對每一位路人展現燦爛的笑容。

「柴克和諾亞，」達芙妮說，「你知道你們兩個的演技有多棒嗎？」瑪利亞和約瑟夫熱情地點點頭，用力到兩人的頭飾都歪斜了。「好吧，我想我們可以為市議會的人進行小小的示範。那麼，當我拍拍你們的肩膀時，你們就必須要立刻哭出來，就像有人拿槍挾持了你的兄弟姊妹，接著又放火燒了你家房子一樣。」

柴克和諾亞看起來和莉迪亞一樣不知所措，但很快就振作起來。

「你們做得到嗎？」達芙妮激勵地說。

「可以。」柴克說，有點緊張地看著達芙妮。莉迪亞對這個小孩有一種強烈的親切感。

「那我可以表演我的單腳尖旋轉給他們看嗎？」諾亞問。

「今天先不用。」達芙妮說。「最好保留一些表演內容，留待之後加演時使用，你不覺得嗎？」

市政廳的接待人員通常是凶狠的守門人，但一看見約瑟夫、瑪利亞和耶穌突然出現在大廳時，他們大吃一驚，連忙揮手示意他們通過，並指引他們想要前往的辦公室，甚至提出幫忙看管驢子的提議。

市議會代表迪克森先生完全說不出話來，自從莉迪亞認識他以來，她第一次看見他這個樣子。當他驚愕地張大了嘴巴，盯著他們好幾秒鐘後，他說：「這裡的馬廄恐怕都客滿了，得等到下一個財政年度了。」一說完自己的笑話，便自顧自地大笑起來，笑得雙下巴像波浪一樣上下擺動。

莉迪亞感覺到達芙妮在背後戳了她一下，她這才意識到，自己此刻更害怕的是面對她身旁那位七旬老人，而不是對抗迪克森先生。

「迪克森先生，我們並不需要馬廄。」莉迪亞說。「我們只是想請您重新考慮，前來參加星期五於曼德爾社區中心演出的耶穌降生劇，也想一同邀請市議會其他成員。」

「等一下。」迪克森先生說，一隻手翻找著一本巨大的皮革日誌。

「我們堅決要請您參加。」達芙妮說。她不停地看向迪克森辦公桌上的那個工業用的巨大訂書機。莉迪亞太了解達芙妮了，若不是如此，她可能會認定達芙妮的潛台詞是：乖乖照我說的話做，否則我就把你的手釘在桌面上。「這是一個重要的社區活動，會有本地媒體前來報導。」她繼續說著，目光在迪克森先生及釘書機之間來回掃視著。

「嗯，我恐怕不能參加了，而大家也同樣不行。」迪克森先生一邊說，一邊用肥胖的食指戳著日記裡的那個日期。「你看，這天我們要舉辦聖誕午餐。」他把手放在他圓鼓鼓的肚子上，彷彿在為這即將到來的任務做準備。如果說，有誰的肚子準備好迎接一盤充滿膽固醇的食物，那就非他莫屬了。

「那真是太好了。」達芙妮說，「午餐地點在哪裡？」

「在布魯克綠地的波特貝拉酒館。」迪克森先生說。

達芙妮掏出她的手機，手指在螢幕上飛快地滑動，動作更像是莉迪亞的女兒們，而不是一位普通的退休老人。接著，她把手機遞給莉迪亞，莉迪亞知道達芙妮在暗示什麼，達芙妮的存在讓她充滿了勇氣，彷彿達芙妮無形的力場為她帶來了能量。她挺直肩膀，慢慢吸了一口氣。

「你好，我是迪克森先生辦公室的員工。」她說，聽見自己一開始有些顫抖的聲音逐漸變得自信起來。「我們預訂了星期五……對的，沒錯，多功能廳，有十八個人……時間可以稍微往後挪動嗎？下午一點三十分？我們前面還有一個極其重要的活動邀約……謝謝，到時候見。」

她把手機還給達芙妮，達芙妮對她讚許地點了點頭。她從未如此對待莉迪亞，莉迪亞覺得自己彷彿獲得了諾貝爾獎提名，不然，也至少是「藍彼得徽章」[32]。

「但是……但是……」迪克森先生結結巴巴地說。

「迪克森先生，您應該不想讓這些孩子失望的，對吧？」達芙妮說。「如果我們最特別的嘉賓都不來看他們的演出，他們一定會非常難過。」她偷偷地拍了拍瑪利亞和約瑟夫的肩膀，兩人立刻開始哭泣，就像有人拿槍挾持了他們的兄弟姊妹，接著又放火燒了他們家一樣。

32　是英國 BBC 全球最長壽兒童電視節目《藍色彼得》（Blue Peter）為觀眾頒發的獎項，這個全球最長壽的兒童節目以該獎項表彰五至十五歲的兒童或作為節目嘉賓的成年人。

耶穌寶寶的小臉正好從莉迪亞胸前的背帶裡探了出來，正好對著迪克森先生的頭部，開始悲傷地嚎啕大哭。

「啊！好吧，好吧！快把大家都帶走吧，我們星期五見！」迪克森先生說。

在他還沒改變主意之前，大家就迅速離開了，否則達芙妮可能會用那支訂書機造成更激烈的破壞行動。

當他們帶著驢子昂首闊步地走回大街上時，莉迪亞說：「達芙妮，你真是太棒了！謝謝你。」

「你也做得很好，親愛的。」達芙妮說。「老實說，我本來不確定你是否有這種本事。但其實也沒那麼困難，對吧？你只需要深吸一口氣，接著就發揮自己的力量。」

莉迪亞稍微站得更挺直一點，感覺指尖有點麻麻的。那就是達芙妮所說的力量吧，還是只是血液循環不良的徵兆呢？

亞特

自從一九八〇年在《飛俠哥頓》(*Flash Gordon*)[33]中演過瓦爾肯王子的小角色，甚至在那幾天成了布萊恩·布雷斯德[34]的新好友以來，亞特就再也不曾對演出感到如此興奮了。

他從當地的園藝中心借來了一棵聖誕樹，上頭已有漂漂亮亮的齊全裝飾，現在就擺在大廳的入口處。這一次，他和兩個小孩確實**開口詢問**了對方是否能將那棵樹免費帶走，令他大為驚訝的是，他們竟然一口答應了！

或許，往後他走到哪裡，都應該隨身帶著裝扮成旅館老闆的小孩。每當他和這些小孩在一起時，他就不再是一個隱形人了。**每個人**都會注意到他們，對著他們微笑，並詢問需要什麼協助。孩子們就像一扇魔法之門，讓他通往

33—於一九八〇年上映的英國太空歌劇動作電影，在這部受到星際大戰啟發的經典影集，飛俠哥頓承受任務去阻止失控的蒙戈星撞上地球。

34—Brian Blessed 英國演員，以其獨特的濃密鬍鬚、洪亮的聲音以及充滿活力的個性和表演而聞名。

過往的世界。

聖誕樹旁圍繞著一群來自齊吉學校的青少年音樂家，他們身上披著閃亮的金屬裝飾物，熱情地演奏著《紅鼻子馴鹿魯道夫》（*Rudolph, the Red-Nosed Reindeer*）。這幾十年來的光陰似乎一瞬而過，但亞特無法想像自己曾經如此年輕、尚未被生活摧殘打擊的模樣。

亞特不禁想著，如果可以的話，自己是否會好好把握機會體驗那段歲月。接著，他看見齊吉在那位紅髮的雙簧管演奏者身後徘徊著，讓他想起了年少時愛情細膩又深刻的煎熬。還是算了吧。

如此老舊且又不起眼的活動廳，如今被裝飾得溫暖宜人，精美打扮後就像是一位高檔妓院的老闆娘一樣。它獲得了重生的生命，就如同其他長者一樣。

在活動廳的後方，有一張桌子上擺滿了茶、咖啡，以及安娜和孩子們一同烘焙的各式杯子蛋糕（雖然品質參差不齊），還有他多年來從星巴克解救出來的糖果，如一座小山般堆得高高的，這個攤位由幾位時常參加匿名戒酒會的人負責。他們也希望這個社區中心存續下去，並且告訴莉迪亞，他們在茶點方面可都是專家。

前方的舞台已經為表演做好準備了，孩子們熱情地創作了這個布景。天花板上懸掛著一個投影螢幕，正播放著威廉精心挑選的照片，展現快樂的孩子們及長者們一同合作繪製上布景、排練劇本的情景。

「亞特！」莉迪亞說，「這一切看起來是不是很棒？一旦他們看到這一切，他們肯定就不會關閉我們的社區中心了！順便和你說，我去星巴克感謝他們贊助這場戲劇表演。老實說，那位經理看起來有些不知所措，我猜他壓力太大了，因為聖誕節是他們最繁忙的時節了。不管怎樣，他說他會想辦法前來參加，這是不是很棒呢？」

「真是太好了！」亞特回應。顯而易見地，這一點也不太好。

「我得去看看演員們，他們表演前需要一段鼓舞士氣的談話。」

「要死於怯場或是過敏性休克？」威廉開玩笑地說，他坐在舞台後面，穿著天鵝絨披風和皇冠，扮演三王[35]之一。

「當然是怯場。」亞特回答說。「想像一下，在一群專注的觀眾面前死去，多麼有戲劇性啊！那是一種宏偉又崇高的離世方式！相較於因為吃了花生過敏，這死法有趣多了。不過今天不會有那種事發生，對吧？今天一定會勝利成功！」

「我地方報社的朋友帶著一位攝影師來了。」威廉說。「他說我們的故事就是個完美的

35 基督教傳說中的三位智者或三位國王，他們根據星星的指引前往耶穌誕生之處，並帶來貴重的贈禮，分別為卡斯珀（Caspar）、梅爾基奧（Melchior）和巴爾薩薩（Balthasar），在某些節慶和劇碼中，他們的角色常被用來象徵慶祝和奉獻。

節日佳話。他預期，如果當天的新聞不多的話，甚至可能有全國性報紙報導這則消息。而且，現場還有一位《倫敦晚報》的新記者！」

「太棒了！而且底下座無虛席！市議會的人都坐在前兩排，你看見了嗎？」亞特說。

「我現在覺得，我們或許真的會成功。」威廉說。「如果我們能獲得大量正面評價的報導，他們就會很難在我們的支持下出售這個地方，市議會最看重的就是正面的公關形象了。」

「我的演員們感覺如何呢？親愛的大家，你們都會表現得非常出色！」亞特對著聚集在一起的孩子們說，他們緊張且亢奮地坐在地板上，像一座即將噴發的火山般充滿能量。

「賈邁爾和潔西卡，這幾位國王都是好朋友，不會拿著要送給耶穌寶寶的禮物敲對方的頭。請你們專心投入角色，好嗎？而且，有一隻羊在吃別人的米餅！M，吐出來了！好了，我們還有十分鐘就要上場了，有沒有人需要去洗手間呢？」

觀眾席中一片靜默，除了諾亞的爸爸之外，他正在抱怨自己的兒子穿著裙子，對著任何一位願意聽的人發牢騷。聚光燈在舞台上瘋狂晃動著，最後照亮了負責旁白的亞特。安娜的手眼協調能力不太靈活，幸好她已經不再駕駛大型卡車了。至少，她融入了聖誕氣氛之中，將自己頭髮一半染成紅色、一半染成綠色，耳朵上還掛著巨大且閃亮的聖誕球。

「歡迎來到曼德爾社區中心的耶穌降生劇表演！」亞特說。「今天我們將要講述關於耶穌降生的基督教故事，托兒所及長者們代表了各種信仰的人，在此慶祝大家各種重要的宗教及文化活動。」亞特停頓了一下，等待零星的掌聲，以及來自議會成員「你們聽！你們聽！」的呼喊。這一群市議會的主要成員大多為白人中年男性，為自己的包容性感到自豪。

「瑪利亞和約瑟夫住在拿撒勒，在很久很久以前。」亞特說。「遠在我出生之前的很久以前。有一天晚上，發生了一件令人難以置信的事情。」

就在此時，塔露拉出現在聚光燈的焦點下，翅膀和光環都顯得華麗無比。她對著諾亞揮舞了她的魔杖——雖然亞特試著向她解釋天使不會使用魔杖，但塔露拉堅持要用，對她來說，天使和仙女之間的界線不是太明確——並說道：「瑪利亞，你將要懷孕生下寶寶！他是上帝的兒子，名叫耶穌！」

「一聽見這句話，瑪利亞感到非常驚訝。」亞特說，並停頓了一下讓諾亞做出驚訝的表情，看起來有點像畫家孟克的畫作《吶喊》。「由於保守黨政府這幾十年來的緊縮政策、統一福利救濟金制度[36]的不完善，瑪利亞和約瑟夫不得不前往伯利恆，去尋找食物銀行。」

36　「統一福利救濟金」（Universal Credit）是英國政府推出的社會福利制度，旨在取代多種傳統的福利計畫，提供更靈活且簡化的經濟支持方式，將多種福利（如失業救濟金、工作稅抵免、住房補助等）合併為一種支付方式，減少申請程序的複雜性，幫助人們更容易回歸勞動市場，但實施上也面臨諸多挑戰。

其實，亞特並未事先和莉迪亞、珍寧確認這一小段偏離劇本的內容，但他希望她們可以原諒他。他偷偷瞄了一眼座位的前兩排，看看他是否成功傳達了自己隱晦的訊息。

諾亞爬上了驢子代步車，在柴克的引導下，以圓周繞行了一整個活動廳，跟隨著一位年長孩子所繪製的指示牌——上面寫著「伯利恆往這邊走」。

「同時，」亞特說，「在田野裡，牧羊人在夜間守護著他的羊群。」亞特屏住呼吸，暗自擔心樂奇是否能順利登場。珍寧帶著瑪姬走上舞台，瑪姬穿上了露比編織的小羊服裝。

「來吧，樂奇！你一定可以的！」她說，蹲下來，對著站在舞台側邊的小男孩招手示意，而他正緊抱著自己的腹部。

安娜將燈光打向瑪姬，最後，樂奇默默地一步步向前移動，低頭看著腳，身穿牧羊人的服裝出現了。亞特吹響了口哨，瑪姬以後腳站立並轉了一圈，然後對觀眾鞠了一個躬，觀眾為他們熱烈鼓掌。

「你做到了，M！」亞特在心裡說，那些費時的訓練及一堆香腸都沒白費了。

樂奇堅定地站在他的小羊旁邊，緊握的雙拳放在身側，眼睛偶爾瞥向觀眾一兩次。清晰而細長的單簧管開始演奏《平安夜》，亞特的喉嚨裡有一種哽咽的感覺。

當雙簧管的音樂漸止，亞特說：「牧羊人在夜空中看見了令人驚奇的景象！」安娜將燈光移向舞台的側邊，照亮了坐在威廉肩膀上的塔露拉，她閃閃發光，雙手緊緊抓著威廉的耳朵，就像要控制一輛失控自行車的把手。

「我是明星！我是明星！」她大聲喊道，引來觀眾一陣笑聲。接著她又說：「我真的、真的很想要上洗手間。」

威廉非常迅速地把她放到地面上。

達芙妮

達芙妮全然地沉浸於表演中，陶醉得無法自拔，甚至在結尾的《我們祝你聖誕快樂》的合唱時，也和大家一起熱情高歌。自從一九八九年在艾爾頓．強的演唱會之後，她就不曾在公開場合唱歌了。一開始，她的聲音聽起來有點薄弱且顫抖，後來卻漸漸變得堅定有力。

這場耶穌降生劇的演出相當成功，隨著觀眾的歡呼掌聲，她看著孩子們的臉上洋溢著興奮和喜悅，她感到一股莫名意外的驕傲，儘管她和這些孩子、這個劇本都沒有太大的關係。

「非常感謝大家蒞臨曼德爾社區中心，參與我們托兒所和銀髮俱樂部的演出！」莉迪亞說，語氣中帶著平時少見的勇氣。這個女人真的進步了！當達芙妮第一次見到她時，她甚至不敢開口對一隻鵝說話，更別說面對一群市議會成員了。

「也感謝市議會支持這個美麗的社區中心，讓社區內所有成員都能在此齊聚。在未來的幾年裡，我們期待有更多精彩的合作及充滿創意的表演！」莉迪亞繼續說。

達芙妮心想，莉迪亞也表現得太誇張了。她倒不如直接穿上寫著**「我們真的都是好人，請不要驅逐我們」**的T恤算了。不過，只要可以達到效果，她也願意原諒她這種直接粗暴又過度使用華麗形容詞的表達方式。

「請大家為我們的導演、知名的演員亞特・安德魯斯熱烈地鼓掌，沒有他，這一切都不可能實現！」莉迪亞接著說。

亞特滿臉洋溢著成功的光芒，漲紅了臉，站起來鞠了一躬，鞠躬的姿勢如此之低，有那麼一刻，彷彿他再也無法站起來了。

知名演員？亞特當然不算太知名，甚至無法確定自己是否真的是演員。

「請大家享用我們準備的茶點，這些都是我們可愛聰明的孩子們以及我們慷慨的贊助商星巴克所提供！」莉迪亞繼續說。看來，她一旦開始就停不下來了。難道達芙妮真的創造了一個怪物嗎？老天呀，這女人，**拜託你快坐下來吧！**

觀眾們蜂擁而至，朝著茶點桌走去。在擁擠的人群中，達芙妮看見了亞特。他被一群前來恭賀的人們包圍著，臉上帶著那種自滿又假裝謙虛的表情，彷彿他自己一手策畫了整個活動。他是否曾想過一個事實：要不是達芙妮確保這些市議會成員出席，因而見證他的「勝利」，他一切的計畫和努力都只是白費功夫。對此，她抱持著懷疑。

達芙妮看著亞特聽著其中一位奉承者的話大笑著，接著微微鞠了一躬，擺出雙手合十的動作來表達他的感激之意。達芙妮心中感到一陣惱怒。老天啊，比起這種討好賣乖的偽善者，還有更讓人作嘔反感的事嗎？

達芙妮嘆了一口氣，她真的應該親自過去表達祝賀才對。無論她對這些社交禮儀讓她有多麼不自在，如果她想要將白板上那些待辦事項全部一一打勾，她就得要好好練習。她要讓自己有如一片**新生的綠葉**。甚至，不只如此，她要搖身一變成為一株全新的植物。

達芙妮挺直了肩膀，抬起了下巴，熟練地穿過熙熙攘攘的人群，遇到擋路的障礙物時，就用隨身攜帶的拐杖輕輕一戳，這正是它派上用場的時候。就在她終於接近亞特身旁，看著他像一隻自滿的土豚接受各種恭維讚揚時，有個男人突然拿著湯匙敲打著咖啡杯，他穿著不合身的西裝，頭髮略顯油膩。

「大家，**立刻停下來！**」他喊道，飛濺的口水波及身旁的人們，好像他正在清洗汽車的擋風玻璃一樣。**「請不要碰那些包裝食品，它們都已經過期了，其中有些產品甚至在幾年前就停產了！」**

她四周的人都盯著自己手中的食物，有些人甚至把滿口食物吐在餐巾紙上，或直接吐在手中。正當她以為這一天已經不會更糟時，卻發生這種事。

「但這些是我們的贊助商、當地的星巴克提供的啊！」珍寧憤怒地說。

「那麼，我就是星巴克的經理，我可以向你保證我們沒有提供贊助。」那個男人說，事實上，他的西裝上的翻領別著「店經理」的名牌。達芙妮心想，他會戴著這個名牌上床睡覺嗎？頭銜下方清楚印有他的名字：蓋文．格雷夫利。這名字倒是蠻符合他的外貌，他看起來就像你想像中那種蓋文．格雷夫利的樣子：傲慢自大又不快樂。

「亞特。」莉迪亞一邊說，一邊指著他，手指上沾滿了來源可疑的脆餅碎屑。「你告訴我是星巴克贊助我們的。」

達芙妮轉過身來，和其他人一同注視著亞特。

「呃，我其實沒有這麼說。」亞特回答，顯然從高高在上的位置跌回現實。「我說的是，星巴克會**支持**我們，只是他們沒有完全意識到這件事。」

「我們店裡不斷消失的，就是這些收銀台前的商品。」蓋文．格雷夫利說，用堅定的目光死盯著亞特。「我們早就知道，這一區有個多年來盜竊成癮的小偷。我很確定我在監視器上認出你了。」

「你沒有偷那些東西，對吧？」莉迪亞低聲地問。

「我傾向使用『解放』這個詞。」亞特說，他的臉漲得通紅。作為一位所謂的演員，他完全不擅長表現無辜。

「哦，亞特。」達芙妮說，突然感覺心情特別愉快。「你是不是太調皮了呢？」

這真是一個妙不可言的反轉。也許，亞特並沒有她所想的那麼完美無瑕，或許他們之間真的有一些共同之處。

亞特轉過頭面對她，臉上滿是皺紋和斑點，看起來像是突然老了五歲，坦白說，在他們這個年紀，根本無法承受這樣的衰老。「我受夠了，達芙妮，你總是認為自己高人一等。我相信你一輩子都不曾犯過錯，但不像你，我們這些人就只是**普通人**而已！」

達芙妮有些驚訝，也有點失望。正當她開始覺得喜歡亞特這個人時，他卻打破了她對剛萌芽友誼的一切美好幻想。她應該早就知道會有這種結果。

「除非你能出示這些商品的收據，否則我就要去報警了！」蓋文．格雷夫大聲喊道，咄咄逼人地緊貼在亞特的身上。

就在此時，一個小巧靈活的身影快速穿過眾人的小腿之間，然後猛烈地撲向蓋文．格雷夫利的臀部。

「有個東西咬我！」蓋文大聲喊叫。

「放開他，瑪姬．柴契爾！」莉迪亞尖叫道。

「加油呀，瑪格麗特！」達芙妮說。

「哎呀，原來她是一隻披著羊毛的狼呢。」露比說。

「那隻羊為什麼要咬那個大喊大叫的討厭鬼呢？」其中一位旅館老闆問道。

自從寶琳去世以來，這是達芙妮最開心的一刻。

莉迪亞

短短幾分鐘之內，莉迪亞的偉大勝利，瞬間變成了一場災難。

原本充滿慶祝及節日氣氛的活動廳，突然間鴉雀無聲。莉迪亞費力地擠過人群，終於抓住了瑪姬的衣領，阻止她對星巴克男的豐滿臀部造成更進一步的傷害。

「那隻狗應該被消滅掉！」蓋文．格雷夫利大聲吼叫，眼睛瞪得像凸出來一樣，鼻孔擴張，肚子也在顫抖。不過幾秒鐘之內，瑪姬就被一群小孩包圍了，在她四周形成了一個迷你人肉盾牌，全都歇斯底里地哭泣著。

「她只是在保護一位被欺負的老人。」莉迪亞說。

「我敢打賭，她甚至連皮膚都沒咬破。」

當蓋文．格雷夫利拉開了拉鍊，脫下褲子，露出他那灰白的三角褲，以及右臀下方兩個微小的紅點，所有人都震驚地倒抽了一口氣。珍寧立刻以手心遮住她前方兩個小孩的雙眼。

「好吧，既然她嚐過人肉的滋味了，誰知道她接下來會做什麼事呢？」蓋文．格雷夫利說，發現傷口不如預期中嚴重，他似乎感到有些失望。

「我是認為，當她嚐過那種肉之後，會厭惡到這輩子都不想再碰了。」一個毫無疑問是達芙妮的聲音說。

亞特坐在他的導演椅上，雙手抱著頭，像個「@」符號一樣蜷縮著。

「我告訴你，我會打電話報警，說明你有一大堆贓物的事。」蓋文．格雷夫利說，吸氣收緊腹部，再次繫好他的皮帶。

「滾出去，你這個令人厭惡的小人！」達芙妮喊道，揮動著她的拐杖將蓋文．格雷夫利從亞特身邊推得遠遠的。莉迪亞完全不明白，達芙妮為什麼要隨身帶著一根拐杖。她根本不需要用它走路，事實上，她的動作根本靈活得太不自然了。

「你完全沒有**任何**證據足以證明那些是偷來的東西，如果是的話，亞特才是罪魁禍首。所以，你可以帶著那些毫無根據的指控滾蛋了，不要再來，煩、我、們。」達芙妮說著，最後三個字，每當她說一個字，就會拿拐杖戳一下蓋文的屁股，蓋文一邊退後同時不斷抱怨著。

「還有，你膽敢再威脅我的狗試試看！」她在他身後喊道。

她真是太了不起了。而且，和往常一樣，和達芙妮在一起時，莉迪亞發現自己總會變得更加勇敢、更加堅定，甚至更足智多謀。

她必須讓這一天回到正軌。

莉迪亞走向威廉的筆記型電腦。如果她能找出那些戲劇排練及準備工作的愉快照片，再次投影到大螢幕上，至少在市議會成員們離開去吃午餐之前，還能留下一些美好的回憶，總比讓他們記住那些關於瘋狗吠叫和腐爛臟物的印象來得好。

莉迪亞點擊了觸控面板，看到主畫面上有個命名為「照片」的資料夾。謝天謝地，威廉讓這一切變得簡單多了。她點開了資料夾，看到裡面有幾個檔案，其中有一個標註為「莉迪亞」。她點擊它，並選擇了幻燈片播放模式。看吧！雖然她已經年過五十了，可不是一個科技白癡。

莉迪亞抱起了穿著羊毛外套的瑪姬，生怕那個可怕的星巴克男帶著警犬回來，她隨後穿過人群，來到了齊吉學校那一群音樂家面前。

「我知道你們急著回學校。」她說，「但如果你們能再多演奏幾首聖誕頌歌，特別是一些較為歡樂的歌曲，我會非常感激你們。」

當《叮噹！來自天上的喜悅》（*Ding Dong! Merrily on High*）的樂聲充滿了整個活動廳時，莉迪亞退後幾步，抬頭看著大螢幕。她花了些時間才適應眼前看見的畫面。螢幕上有一張她的照片，但地點不是在社區中心，而是在她家門口，她正要向傑瑞米道別，而傑瑞米正倚靠在他的滑板車上。那張照片怎麼會出現在這裡？

接著，又出現了傑瑞米的照片，這次是和一位至少比莉迪亞年輕二十歲的金髮女子，那個能讓車輛為她停下來的女人。首先，他們下了計程車，然後進入一家酒吧裡。然後，兩人坐在一張桌子旁，頭靠得很近，幾乎要碰在一起了。兩人緊緊握著的手擱放在桌面上，隨後開始親吻，接著是更多的親吻、更熱烈投入的親吻，那種既飢渴又充滿熱情的吻，讓莉迪亞想起當年她幫忙籌辦艾莉和蘇菲亞中學舞會時，曾見過的青少年親吻的情景。與此相比，完全不像她和傑瑞米之間那種中年人心不在焉的親吻，當然是指他以前還會偶爾親她的時候。

不止她一個人在盯著那些照片，幾乎整個活動廳裡的人都注視著，照片裡的人是她的丈夫，看起來幾乎像要**吞噬**一個年紀只比他們女兒稍長的女人。而那些沒有看著螢幕的人則是驚愕不已地直盯著她，眼睜睜地看著她的眼淚沿著臉頰滑落，目睹著她眼前的世界一步步崩塌瓦解。

齊吉

齊吉迅速跑向筆記型電腦，用力關上了螢幕，幻燈片播放立刻停了下來。但為時已晚，哭泣的莉迪亞將受驚的瑪姬抱在胸前，衝出了活動廳。

齊吉只見過莉迪亞幾次，每次都是接送凱莉時。她看起來是一位可愛的女士，雖然她有些安靜，對自己也缺乏自信。面對那些更能輕鬆操控局面的長者時，莉迪亞總是不知所措地團團轉。根據她的反應來看，他猜推測照片中的男人一定是她的丈夫，正在親吻一個和齊吉年齡相仿，卻和莉迪亞有年紀差距的女人。

莉迪亞值得擁有更好的待遇，老實說，那位被親吻的女孩也是。那男人居然還騎著滑板車，天啊，真是荒唐。

齊吉短暫地猶豫了一下，是否應該去追莉迪亞。他覺得，總得有人關心一下她的情況，而他又比其他長者更有機會追上她，除了那一位有著鮮豔頭髮和電動代步車的危險人物。不過，他不能把凱莉留在這裡不管，也必須去見艾莉西亞，簡短地向她說一聲謝謝。畢竟，艾莉西亞和她的音樂家朋友們放棄了他們的午餐時間前來幫忙。

齊吉將背包掛在凱莉嬰兒車的把手上。這一場演出帶來的興奮感，讓他在短短的一小時內就忘了裡面裝了一個佛洛伊德的包裹。他本來應該要在表演前送出包裹的，但實在沒有時間。如果再不快點送達，他將會惹上大麻煩，佛洛伊德的顧客可不是以耐心著稱。

齊吉從來沒有打開過自己為佛洛伊德或其同夥送出或取得的包裹。他不想知道裡面裝了什麼，雖然他心裡大概猜得到。畢竟，在這樣的社區裡生活了大半輩子，總不可能對巷弄裡、樓梯間陰暗又惡臭的角落裡發生的事一無所知。

除非必要，齊吉確實不想再多保留這個包裹一刻。他覺得自己就像帶著一顆手榴彈四處走，它隨時會引爆，就此摧毀他整個人生。上星期，他曾在谷歌上搜尋「推諉不知情」[37]這個字詞，雖然他知道這種說法在法庭上根本站不住腳。接著，他又花了一整晚擔心自己的搜尋紀錄是否會暴露出去。

37 一是指一方在面對法律責任或指控時，主張自己對相關事實不知情，以此作為辯護的理由。例如，某人聲稱自己不知道所運送的物品是違法的，如果被告能證明當時無法合理預見某些事情，可能會被法院考慮作為辯護理由。

凱莉現在安全地坐在嬰兒車裡。她非常高興，終於擺脫了耶穌寶寶那個「襁褓」的限制，現在正玩著掛在齊吉背包拉鍊上的超級英雄鑰匙圈。

齊吉推著凱莉，走向那些正在收拾樂器、樂譜架和樂譜的音樂家們。

「剛才的表演真是太精彩了！」他對所有人說，雖然他的目光正好落在艾莉西亞身上。艾莉西亞，過著如此簡單而平凡的生活，最大的挑戰就是將那些線條、點點和曲線轉化為如此美妙的音樂。她究竟是怎麼做到的呢？這實在是一個謎。

「非常感謝你們，這表演真的太出色了，你們太棒了。」他說。

「我們也很享受呢！」艾莉西亞說，臉上表情看起來似乎真心這麼覺得。「希望孩子們沒有被最後那些混亂場面及喊叫聲嚇到。」

「我敢打賭，他們早就忘記了那一切。」齊吉回道，心中卻還在想著艾莉西亞那一對酒窩和雀斑，還有她左右擺動、綁著銀色絲線的馬尾，看起來真是太漂亮了。

「你要回學校了嗎？」艾莉西亞問道。

「不，我得要先送凱莉回家，因為剛才發生的事，托兒所已經關門了。」齊吉說，指著一排排空蕩蕩的椅子及空曠的舞台。

「你的女兒真是太可愛了！」艾莉西亞蹲下來，對著嬰兒車裡的凱莉微笑著說。

「我知道！」齊吉說，艾莉西亞的形容詞並非指他，而是指他的孩子，他試著不去在意。他總不能對自己的孩子心生嫉妒吧，那樣也太奇怪了。

「希望那信封裡沒有重要的東西。」艾莉西亞笑著說。「凱莉似乎在啃它，她是不是在長牙啊？我妹妹長牙時會咬所有的東西。」

齊吉突然覺得口乾舌燥。他向前傾身，試著看清嬰兒車上方的情況。凱莉已經打開了他的背包，拿出了那個他一直不敢看內容物的包裹，而她將包裹的一角咬在嘴裡。

齊吉迅速抓住包裹的另一端，試著要把它拉出來，但紙張已經因為凱莉的咬痕及口水浸濕而變得脆弱，瞬間撕裂，裡面的東西掉到了凱莉的腿上。

艾莉西亞目不轉睛地盯著凱莉，嘴巴不自覺地微微張開，齊吉也張開了嘴。凱莉伸出她圓滾滾的小手，抓著幾個裝有細緻白色粉末的透明小袋子。

快點做點什麼呀！齊吉心裡這麼尖聲大叫著，四肢卻完全無法動彈。

艾莉西亞盯著齊吉，幾種情緒之間在淡褐色的眼神中瞬間切換：先是震驚，隨後是厭惡和困惑，最後凝聚成深切的失望。

「我們得回去上課了。」她的語氣從一開始的溫暖、動聽，然後轉變為冷冰冰且單調的語調。

艾莉西亞沒再多說一句話，站起身來，轉身背對他，拿起她的雙簧管，並跟著其他音樂家一起離開了。

當齊吉無助地盯著凱莉的腿時，一雙長滿肝斑的手開始一一收集那些小袋子，再次塞回那個棕色的信封袋裡，並撬開凱莉的小拳頭，拿走她緊握的小袋子。

「你振作一點，齊吉，老天啊。我們得要趕緊離開這裡，免得有人發現並打電話給社會服務機構。」達芙妮說，不知她是從哪裡冒出來的。

齊吉推著凱莉走向門口時，達芙妮也拿著拐杖清理前方的擁擠人群。他甚至不敢四處張望，看看是否有人目睹剛才發生的事。

「事情不是你想的那樣，達芙妮，那些不是我的東西。」當他們正要離開了活動廳時，他說。

「任何一個傻瓜都看得出來，齊吉。你顯然是個徹底的新手。但你究竟在幹什麼呀？你是一位父親，你有自己該負的責任。」達芙妮說。

「這正是我沒得選擇的原因。」齊吉回答道，並不指望她或任何人會相信他。

「聽著，把你家的鑰匙給我，我送凱莉回家。你最好把那包裹交給預期要收到的人，否則我想你會陷入更大的麻煩。」達芙妮說，展現了一種非凡的深刻理解，完全不感到震驚。

或許，失去對凱莉的監護權會是更理想的狀況。或許會有真正明白自己在做什麼的父母收養她，他們能好好保護她，提供她所需要的一切。這樣一來，齊吉就能回到過去那種單純只是個學生的生活了。

齊吉低頭看著女兒，實實在在地感覺到心頭一陣緊縮，腦子隨之暈眩。

再也沒有回頭路了，齊吉已經不再是八個月前的那個自己了。凱莉的存在已經深深地扎根在他的心中，如果沒有她，他的內心將永遠留下一個巨大的空洞，再也無以填補。

當齊吉拖著沉重的步伐，走向當天早上他記住的那一個地址時，兩個問題一直在他的腦海中盤旋不去：艾莉西亞還願意和他說話嗎？還有，達芙妮到底是什麼身分？

亞特

亞特的雙手不停顫抖著，試了三次才打開前門。室內幾乎和外頭一樣冷冰冰的，讓人覺得不受歡迎。由於燃料的價格高得離譜，再加上亞特除了養老金之外毫無積蓄或工作收入，家裡唯一開著暖氣的地方就是臥室。

亞特爬上了樓梯。這座樓梯，他曾在嬰兒時期向上爬、童年時以睡袋滑下來，而青春期時則第一任女友一同奔上樓梯，那時他們一路脫下衣物，然後匆忙地將衣物一一撿回去，以免被媽媽發現。他也仍然記得，他年輕的妻子當年一手將嬰兒攬著在腰間、一手提著一堆待洗的衣物走上樓梯。最近，爬上這座樓梯的感覺，就像是攀登一座小山一樣。今天，比以往任何時候都更加吃力。

亞特甚至連鞋子都沒脫，就直接躺上了床，將散發著霉味的羽絨被拉在頭上。

一陣噪音打斷了亞特無夢的睡眠。他的房間裡漆黑一片，只有破舊窗簾的邊緣有路燈的微弱光線透了進來。床頭櫃上的電子數字鬧鐘——於一九八六年時被視為尖端的科技商品——顯示著八點零二分。時間還這麼早嗎？

隨後，他又聽見了那個噪音，是東西撞擊玻璃的聲音。自一五九〇年代以來，為了引起亞特的注意，威廉一直都會朝著這扇窗戶扔石頭。這棟房子是上次戰爭結束後不久建造的，當時屬於市議會，並由亞特的父母租住。在一九八〇年代，亞特透過柴契爾夫人推動的購屋權[38]政策買下這棟房子。

還有一件讓他感到內疚的事：儘管他個人從這項政策中受益，這政策卻徹底耗盡了當地可供租住的住房單位總量。如今，有這麼多大家庭擠在狹小的公寓裡，亞特卻獨自一人住在這裡，他真是太自私了。如果他還有一點良知的話，他就應該將這個房子讓給一個阿富汗或烏克蘭難民家庭居住，然後入住某個老人之家。

「亞特！我知道你在家！」威廉說著，按了好幾次的門鈴。「你可以讓我進來嗎？」

亞特將羽絨被拉到頭上，把頭埋了進去。

38　前英國首相柴契爾夫人任內率先推出的購屋權政策，主要是讓地方居民得以用遠低於市價的價格購買房屋產權，從而增加工人階級對她的支持，但社會住宅被買下後便流入自由市場，甚至被投資客炒作，現今已執行多年卻難以實現居住正義，爭議不斷。

「艾美為你做了一份砂鍋燉菜，我就放在你家門口。」威廉說。

艾咪是威廉的媳婦，她的存在讓亞特意識到，他與威廉的生活有多麼不同。威廉一整個大家庭都住在幾英里的範圍內，經常到彼此家中串門子。他們友好地將亞特當作家中的一員，也竭盡所能要讓他感受到愛與包容，卻不知道，儘管亞特非常喜愛他們一家，他們的存在卻不斷地、痛苦地提醒著他所失去的一切。

如今，既然得知亞特是怎麼的一個人了，不僅是個騙子、一隻榨取他人錢財的水蛭、一隻寄生蟲，還是個平庸低劣的小偷，他們還願意讓亞特圍繞在他們和他們那些孩子們身邊嗎？面對這一切，他怎麼可能再回到銀髮俱樂部呢？畢竟今天的這場災難，讓他背負了這麼多恥辱和屈辱——甚至，今天過後，俱樂部還有可能存在嗎？

這一段時間以來，他的生活似乎一片光明，像是在高空飛翔一樣！他忙碌、受到人們讚賞和感謝。他記得當時心中湧起的那一陣興奮感，不論是鞠躬時聽見觀眾的熱烈掌聲時、為自己那些演員們感到驕傲時，對自己做了正確之事而感到自豪時，還有他們抱持拯救社區中心的堅定信念時。

然而，僅僅幾秒鐘後，彷彿舞台上的一道暗門打開，他突然跌入了另一個完全不同的現實世界。現在，他明白了，自己並未解決任何問題——他只是用ＯＫ繃及一把閃亮亮的金粉遮掩了一切。如今，那些問題再次被攤在陽光底下：他金錢上的困境、一個尚未開始便草草結束的職業生涯、對偷竊的成癮問題，而這些問題背後隱藏的原因，是他多年前對家人們所做的事，讓他感到無比羞愧。

不過，即便是他們，也不可能比他更厭惡自己這個人。

要選羞愧而死，還是丟臉而死？他曾想過要對威廉喊出這個問題，卻無法鼓起勇氣。

亞特以為威廉已經離開了，隨後又響起了長長的門鈴聲。他聽見威廉在窗外喊著：「我明天再回來，亞特。你明天不能再這麼對我了。」

莉迪亞

莉迪亞聽得見她們在她臥室門外對話。

「媽是怎麼了嗎？」艾莉問道，聽起來更像是惱怒而非擔憂的語氣。

「可能有什麼荷爾蒙的問題吧。」傑瑞米回應道。莉迪亞確信，她確信自己聽見了傑瑞米對著天花板翻白眼的聲音。她真希望自己能衝出門外，拿著證據去質問她那說謊成性、風流、擺出高人一等姿態的丈夫，告訴女兒們媽媽到底怎麼了。但她怎麼能選在這個時刻摧毀女兒們的人生呢？在聖誕節的時候？

而且，一個事實在她心頭上揮之不去：阻止她處理這件事的，不僅僅是她無私的利他主義，還有恐懼。當了那麼久的妻子和母親，莉迪亞才剛開始試著接受一個事實：自己作為母親的角色已不再重要。但是，她如果不再是一個妻子，那她到底是什麼身分呢？她的存在意義是什麼？她只是一個薪水微薄、兼職的銀髮俱樂部管理者，而那個俱樂部正慢慢走向衰敗之路。她和曼德爾社區中心，都即將被更新穎、更光鮮亮麗、更吸引人的全新物件取代了。她們都成了多餘的存在，逐漸地崩潰瓦解。

莉迪亞再次回到書本上，她這幾個小時以來試著以此來分散注意力。她買了《讓愛延續的七個方法》（*The Seven Principles for Making Marriage Work*），希望能找出問題的根源，但她一遍又一遍地重讀了相同的段落，卻始終不明白其中的意義。她的視線不斷被那些可怕的照片打斷，盡是傑瑞米和那位不知名的女人，那個**小女孩**，彷彿曼德爾社區中心裡的幻燈片一直在她腦中不斷重播，帶來無止盡的羞辱。親吻、擁抱、摸索、笑聲，一次又一次地上演。

漸漸地，莉迪亞對傑瑞米的憤怒，開始演變成一種不同卻更為熟悉的情緒：內疚及羞愧。她開始懷疑，這一切是否都是她自己一手造成的。過去十年來，她是否用盡全力成為一位完美的母親，卻忽略自己做為一位好妻子的責任？也許，如果她可以花更多時間為他們的婚姻創造一些浪漫——安排更多的約會之夜、購買性感內衣、提升性生活的品質，或者，至少在性生活中投注更多熱情——或許，傑瑞米就不會覺得有必要尋求其他慰藉了？像這種故事，總有兩種不同的說法，不是嗎？

莉迪亞聽到門外有輕輕的抓痕聲，便打開了門，讓瑪姫．柴契爾進來。

「你明知道這裡不可以進來的，這違反規定了。」她說，過了幾天近乎冬眠的封閉狀態後，她的聲音聽起來有些陌生而尷尬。「不過，這次就算了吧，只要你不上床就好了。」

莉迪亞又爬回有羽絨被的被窩裡，拿起她的書。幾分鐘內，她感覺到一個溫暖的小小身體緊靠在她身旁，還有一個濕濕的鼻子貼著她的臉頰。她把瑪姬抱得更緊，將臉埋進她那如鋼絲般的捲髮中，忍不住又哭了起來。

「那隻討厭的狗怎麼會在這裡？」傑瑞米大聲喊道，驚醒了半夢半醒狀態中的莉迪亞。「讓她待在家裡已經夠糟糕了，我絕對不要和她同床共枕。」

莉迪亞心裡想著，你現在倒是會挑剔同床共枕的人了，真是太可笑了。

「抱歉。」她大聲說。「牠今天就會離開了。」但她沒提及牠一星期後還會再回來。

「那真是太感謝上帝了。」傑瑞米說。「聽著，我和朋友出去喝一杯，幾個小時後就回來了。」

最好是那樣子，莉迪亞心中想著，那些幻燈片在她的視網膜上以雙倍速度回放。

莉迪亞看著傑瑞米換上他最喜愛的襯衫，然後站在鏡子前，將他那一瓶昂貴的鬍後水往脖子上輕拍。現在他露出只有照鏡子時才會出現的表情，他會縮回臉頰讓顴骨看起來更加輪廓分明，下巴微微上揚，減少下巴周圍的浮腫。

她聽到前門關上的聲音，透過臥室的窗戶望去，看著傑瑞米騎著他那愚蠢的滑板車疾馳而去。

莉迪亞拿起了手機，她發給亞特的訊息仍未得到回應，但他是要照顧瑪姬的下一個人。他之所以會忽視她，或許是因為她在耶穌降生劇時被徹底地羞辱，使得他們之間的對話變得特別尷尬。謝天謝地，幸好銀髮俱樂部會因為假期休息幾個星期。希望他們到一月就遺忘了，這想法會過於奢望嗎？希望她自己永遠忘掉這一切，這又會過於奢望嗎？

莉迪亞找出達芙妮的電話號碼，傳了一則訊息：「無法聯繫到亞特。你能幫我照顧一下瑪姬嗎？」

她幾秒鐘內就收到了回覆：「沒問題。」

「謝謝，我現在就送她過去。」莉迪亞回應。

莉迪亞一定會想念瑪姬．柴契爾的。在過去的幾天裡，她不得不牽著瑪姬出去散步而走出家門，與其他狗主人與路人互動，也確保了她不全然與外界隔絕。而且，這種感覺真好，感到被重視需要，甚至是被喜愛，就算對方是一隻年邁的小狗。

莉迪亞也很擔心瑪姬。身為瑪姬的主要照顧者，瑪姬最喜愛的人顯然就是莉迪亞。而且，這也並非是自吹自擂，現實就是如此，莉迪亞的家可能比亞特或達芙妮的家要上大許多，還有一個相當大的花園能讓瑪姬自由奔跑。

這一次的被迫分離，對瑪姬和莉迪亞而言都是一種折磨。

她低頭看著手中那張紙上寫著的地址，當她抬起頭望向眼前的建築時，才驚覺自己原本預期的是一棟小而破舊的維多利亞式排屋，配有網紗窗簾和花卉圖案的內部裝潢，而不是這種俯瞰泰晤士河、工業風倉庫改建的住所，這樣的設計更可能出現在紐約的肉品加工區[39]，而不是在漢默史密斯的街區，雖然莉迪亞不曾去過肉品加工區，甚至不曾造訪過紐約。現在，她可能永遠都不會去了，因為她即將成為一位悲傷、孤獨且身無分文的離婚婦女，只能存錢參加每年為五十歲以上長者舉辦的旅遊，造訪馬蓋特的海邊。

由鋼材及玻璃面板製成的雙開門旁，有一排門鈴，她找不到達芙妮的名字。其中有一格沒寫上任何名字，於是她按下了那一戶。

「你好？」對講機傳來一個熟悉的聲音。

「達芙妮，是我，莉迪亞，還有瑪姬。」她說。

「進來吧，搭電梯到三樓。」達芙妮回答說。

入口大廳的牆上排滿了信箱，顯然是用來存放各個公寓的郵件。她看到其中幾個信箱裡塞滿了當地的報紙。她早已知道頭版的標題寫了什麼，「**市議會耶穌降生劇引發的醜聞與恥辱**」，因為她家門口昨天就出現了一份，上頭的那張照片還捕捉到人群目瞪口呆的驚訝瞬間，他們目睹著蓋文．格雷夫利襲擊亞特，而瑪姬攻擊了蓋文．格雷夫利的那一幕。如果這群人尚未跌至谷底的話，那這篇文章也肯定成為他們的致命一擊了。

莉迪亞匆忙拿出所有信箱中的報紙，塞進她的購物袋裡。接著，她又突然擔心自己會被隱藏的監視器拍到，於是又將所有報紙放了回去。

「很抱歉要這麼對你。」莉迪亞對瑪姬說，「但過一星期後，你就會回來我身邊了，一轉眼就過去了。」瑪姬搖著尾巴，顯然是為了莉迪亞才裝出勇敢的樣子。真是太可愛了，狗狗們總是那麼有同理心。

電梯門打開時，莉迪亞看到達芙妮站在公寓門口。她穿著雜誌可能稱之為「時尚運動休閒風」的衣服，一點也不像莉迪亞每星期去上尊巴舞課程時的衣著，那種又舊又寬鬆的萊卡上衣。達芙妮一直都在做瑜珈嗎？她這個年紀運動真的安全嗎？

39 the Meat-packing District，位於紐約市曼哈頓的商業區，歷經二十世紀初屠宰業全盛期、八〇年代治安紅燈區，如今該區保有加工廠老舊的氛圍卻同時有許多時尚品牌、藝廊及酒吧進駐，塑造其既傳統又前衛的樣貌。

瑪姬用力拉扯著牽繩，讓莉迪亞不小心鬆脫了牽繩，而她毫不猶豫地衝向開著的那道門，連回頭看一眼都沒有。

看來，連她的狗也愛上別人了。

在驚愕的達芙妮面前，莉迪亞壓抑了幾小時的眼淚，終於再度潰堤。長達幾分鐘的時間，莉迪亞不停地哭泣，而達芙妮則只是呆呆地盯著她。

「我想，你還是進來吧。」達芙妮最終開口這麼說。

達芙妮

達芙妮驚恐地看著門外的那個女人。這正是她不該讓自己捲入其中的原因。當朋友需要幫助時，往往會變成她得要遠離的對象。

自從二〇〇八年搬進來以來，她從未邀請任何人進入她家，除了偶爾需要入內修繕的工人。在這種情況下，她會花上幾個小時，事先將所有個人收藏的紀念品收起來。

但是，她也不能讓一個成年的女人在她門外哭泣。更何況，鄰居們會怎麼想呢？不久之後，她就會成為整棟大樓住戶茶餘飯後的話題，而她一向會小心避開各種流言蜚語。

達芙妮嘆了一口氣。最近她已經打破太多自己的原則了，再多一項也不會有太大差異了。而且，她已經開始喜歡莉迪亞這個人了，儘管莉迪亞如此脆弱，不斷哭泣的狀態也清楚表明了這一點。

她將莉迪亞帶進她的開放式公寓裡，裡面有落地窗、裸露的磚牆、拋光的橡木拼花地板、混凝土柱子和巨大的水晶吊燈，在廣闊的空間裡折射出數百個微小的閃亮碎片，有如巨大的迪斯可球。在客廳的中央，瑪姬·柴契爾正安穩地坐在她最喜愛的位置上，那是一張巨大且破舊的切斯特菲爾德皮革沙發[40]，上面鋪滿了顏色鮮豔的天鵝絨靠墊。

「下來，瑪格麗特！」她說。「你知道你不可以爬上家具。這是規定，不要忘了。」

瑪姬·柴契爾慢慢地下來，對達芙妮投以一個充滿挑釁的眼神，達芙妮讀懂了那眼神的意思：*你我都知道這不是真的，但我還是會配合這個荒謬的假象假裝下去，因為，我最愛你了。*

「你剛才叫她瑪格麗特嗎？」莉迪亞邊抽泣，一邊用袖子擦拭臉頰。

「是口誤。」達芙妮說，心裡盤算著該怎麼偷偷拿走她放在瑪格麗特碗裡的有機烤鴨胸，免得被莉迪亞發現。

「哇，這裡真的太棒了。」莉迪亞目不轉睛地看著達芙妮的那些珍藏品，像一條金魚一樣張開了嘴巴。「這裡就像是六〇、七十年代的博物館。不，這裡還要更酷一些，更像是一個藝術畫廊，或是一個裝置藝術現場。」

「你期望會看見什麼？蕾絲桌巾、旋渦狀圖案的地毯，還有一堆擺放在壁爐上、積滿灰塵的瓷器玩偶嗎？」達芙妮說。「真是不可思議，大家對老人總是有這種刻板印象。」

「不、不，我不是那個意思。」莉迪亞臉紅得很厲害，這似乎證明她被達芙妮說中了，但至少讓她憔悴的臉龐增添了一些血色。「我只是從來沒見過這樣的景象。」

其實，聽見莉迪亞將她家類比為藝術畫廊，達芙妮感到非常高興。她花了不少時間精心布置她的家——把她最喜愛的年代裡的時尚物件展示於精心佈置的模特兒上，上面掛滿了她的朋友和崇拜偶像的照片，有時候是同一個人，還有她曾造訪那些特殊場合的紀念品。她認為，如果自己要在這種有如自願監禁的狀態下度過一生，那她不妨讓這個家變得更美麗迷人。而且，如果未來看起來極其黯淡的話，她至少可以沉浸於過去那段如此非凡多彩的日子。

莉迪亞盯著那一張裱框的褐色巨大照片，上面是霍普斯貝里莊園，有圓形車道，喬治時代建築風格的優美比例，還有側廳和馬廄。

「這是你長大的地方嗎？」她問道。

40—Chesterfield，是一種起源於英國的標誌性風格沙發，因沙發的絎縫、拉扣以及對皮料的苛刻要求，令其成為精英和富裕階層的不二之選、英式古典沙發最著名的代表作。

「是的。」達芙妮說。

「哇。」莉迪亞說。

「並不是你想的那樣。」達芙妮回答說。莉迪亞如此直白地表露出自己的情感，似乎喚起了她想要誠實以對的一種陌生衝動。「其實，我是管家的私生女。我母親在我七歲時去世了，所以這一家人就收養了我。」

達芙妮伸手去調整那張童年家園的照片，微微把照片一側抬起，接著退了一步檢查是否對齊。然後，她又移動了四周那些照片，一毫米一毫米地調整，並不是因為別人看來會覺得歪斜，而是為了避免眼神接觸。她的誠實獨白只能悄然無聲地流露出來，不被察覺。

「我猜想，他們一定認為我的生父是家裡的某位成員，或者他們某一位賓客，」她繼續說，「我的角色就是他們無私善良的具體證明。因此，我在這種富裕和良好教養的背景中長大，卻一直被提醒著自己只是個外來著，是個被施捨的對象。」

「那一定很辛苦。」莉迪亞說著，伸手握住達芙妮的手。達芙妮忍不住想要把手抽離，卻發現這種皮膚之間的溫暖觸感帶來了意外的安慰。

「我在一個普通的中產家庭裡長大，有一個帶來幸福、支持感及安全感的核心家庭，甚至還養了一隻家家戶戶必備的拉布拉多犬。我一直想要的，不過就是再次複製這一切事物。」莉迪亞說。「我最喜歡的桌遊是《生命之旅》（The Game of Life）。我喜歡在自己那一輛迷你塑膠車的前座放上一個藍色小人，旁邊有個粉紅色小人，然後在後座上放兩個代表孩子的小人。在不久之前，我一直以為自己擁有的就是那樣的理想家庭。」

「我比你要求更多。我想要那些我被教導要喜愛欣賞，卻從未擁有的東西。」達芙妮說。「衣服、珠寶、藝術、尊重、名聲，所有的一切。」

當達芙妮把這些真實的想法說出來時，有一個問題在她心裡不斷催促著，越來越迫切地想要被聽見，就像托兒所的孩子高舉著手說：「叫我！叫我！我在這裡！聽我說！」

她童年時期真正缺失的一塊，並不是那些物質財富及社會地位，而是莉迪亞所擁有的一切——真摯的朋友及充滿愛的家庭。然而，她的成年生活幾乎都專注在一個充滿刺激及挑戰的事業，這讓她很難與他人建立親密關係，近來的十五年更幾乎是完全孤立地度日。她是否徹底搞錯了優先順序呢？如果她過著像莉迪亞的生活，那種普通平凡的生活，是否會更快樂呢？

達芙妮看著莉迪亞，臉上因哭泣而紅腫斑駁，因為經年累月扮演著配角讓她顯得黯淡的樣子，達芙妮明白，那樣的她並不會更快樂。然而，達芙妮心想，介於她和莉迪亞之間，總會有一條幸福的中庸之道，一種理想中的完美生活。

達芙妮讓莉迪亞在她的公寓裡隨意探索，自己則去泡茶。她悄悄地將瑪格麗特的鴨胸肉換成了莉迪亞批准的乾飼料，心裡盤算著晚餐時再好好補償牠。今天的晚餐是菲力牛排，搭配奶油白醬[41]和馬鈴薯千層派。在多年獨自用餐之後，達芙妮充分地享受有固定晚餐同伴的機會。

眼看莉迪亞正在探究自己的過去，達芙妮覺得自己骨頭外的皮膚正被一層層地剝去。在她這個年紀，她的皮膚變得既薄又脆弱，骨頭幾乎快要裸露在外。幸好，在打開大門前，她還記得要擦去白板上的東西，以防萬一，這是她長年養成的老習慣。

達芙妮試著忽略那種不適的感覺，但當她將莉迪亞從她的珍藏品旁拉開，讓她坐在沙發上喝茶時，心裡不禁鬆了一口氣。瑪格麗特躺在地板上那張幾乎不曾使用的床上看著她們，臉上帶著表示抗議的表情。

「那麼，我想這些……」達芙妮揮了揮手，搜尋著正確的表達用字。**戲劇化**？**情緒化**？她最終選擇用「眼淚」這個詞，比較不帶著批判。

「那麼，我想這些眼淚，是因為前幾天耶穌降生劇現場那些不恰當的照片吧？」

「哦，達芙妮。」莉迪亞又開始哭泣了，讓達芙妮感到非常尷尬。她是不是應該擁抱她？達芙妮可不是那種熱衷擁抱的人，只遞給莉迪亞一盒積滿灰塵的面紙。「她那麼**年輕**又漂亮，我怎麼可能是和她競爭的對手呢？我知道傑瑞米一定會離開我，我的女兒們一定會很傷心。我不知道該怎麼辦。」

「親愛的，你根本算不上老呀，看起來頂多六十歲而已。」達芙妮說。

「我五十三歲！」莉迪亞哀號著說，又哭得更厲害了。

真是的！當達芙妮在莉迪亞這個年紀時，才搬來這裡不久，當時的她……還是別再回想那段時光了吧，但至少，她可沒有假裝經營一個注定失敗的銀髮俱樂部，還讓丈夫惡劣地虧待她。

「或許來一些甜食會有幫助吧？我發現這方法通常有效。」達芙妮說著，走向廚房，打開電子鍋的蓋子，裡面存放著她隨意買來的應急巧克力。這個情況是需要一根 TWIX 巧克力還是 Curly Wurly 巧克力棒呢？不，她決定了，這次的緊急情況需要的是 Cadbury flake 雪花脆片巧克力棒。

「莉迪亞，你看待這情況的角度完全錯了。」她說，將巧克力遞給她。「你只考量傑瑞

41 一種法國醬汁，以其濃郁的奶油風味和酸味而著稱，主要成分包有無鹽奶油、白葡萄酒、醋、蔥或洋蔥，在煮沸醬汁乳化後形成光滑的質地。

米想要什麼，還有你女兒們需要什麼。她們年紀到底多大了？」

「十九歲和二十一歲。」莉迪亞一邊抽泣一邊說，撕開 Cadbury flake 雪花脆片巧克力棒的包裝袋，一口就吃下了半根。

「那就對了，她們都已經是成年人了。你真的該問自己的問題是：**你想要**的是什麼？至於你丈夫，你愛他嗎？你甚至有喜歡他嗎？」

莉迪亞一時愣住了，甚至停止了哭泣。「我想是吧。」口氣聽起來並不是太有把握。

「那我還真不明白為什麼。」達芙妮說。「他顯然是個自戀又愚蠢的男人，而你呢，是我這幾年遇過的最可愛、最善良的女人之一。」

這一段話再次觸發了莉迪亞的情緒反應。當然，在過去的十五年中，達芙妮見過的女人並不多，但無論如何，這句讚美完全出於真心誠意，即使她直到此刻才意識到這一點。你無法不喜歡莉迪亞這個人，就像無法對一隻無家可歸的無助小狗心生厭惡一樣。

「總之呢，」達芙妮說，「至於你的女兒們，你需要確保她們明白，永遠不要讓一個男人像傑瑞米那樣對待她們。你也不希望她們擁有像你們一樣的關係，對吧？」

「但是，這不全然是他的錯，達芙妮，這有一部分也是我的錯。我是一個糟糕的妻子，沒有把婚姻放在第一位。這些年來，我幾乎將所有心思放在女兒們身上，也難怪他會去向外尋求慰藉。」莉迪亞說。

「天啊，這真是胡說八道。」達芙妮說。「這更是證明了，你的為人比他好太多了。你覺得他有感到絲毫的愧疚嗎？你覺得傑瑞米有將婚姻放在第一位嗎？針對這個情況，即便你的分析有一點點道理，他也應該要**找你好好聊聊**，而不是選擇和一個少女發生關係吧。」

莉迪亞突然臉色變了。達芙妮在心裡對自己說，**達芙妮，稍微控制一下自己**。

「莉迪亞，我覺得問題在於，」達芙妮更溫柔地繼續說，「其實，你根本不喜歡自己。你花太多時間擔心別人的事，結果完全忽視自己是誰，而自己又需要些什麼。我說得對嗎？」

莉迪亞抽泣著，同時點了點頭，接著將剩下的巧克力碎屑倒進嘴裡。

「根據我個人的經驗，最好的開始，就是進行外型改造，等著看我的衣櫃和一堆華麗的珠寶收藏品你就知道了。」達芙妮說，心中感到一陣興奮。這或許會很有趣，為朋友進行外型改造，簡直就是卡戴珊姊妹會做的事。

「威廉告訴我，你最近在約會。」莉迪亞一邊說，一邊走向達芙妮的更衣區。「進展如何呢？」

「完全是一場災難。」達芙妮輕描淡寫地說。「但我昨天遇到了一位名叫席德尼的傢伙，他確實是那群男人之中最棒的一個，而且似乎對我很感興趣。」

事實上，席德尼不斷地傳送訊息給達芙妮，儘管她心裡有些抗拒，也感到受寵若驚。他甚至邀請她共度聖誕節，一起去一家當地的小酒館。自從搬來這裡之後，達芙妮就不曾和任何人一起共度聖誕節了。這是否進展得太快了呢？她想，在她這個年紀，或許就應該如此。慢慢發展感情，是一種他們已經負擔不起的奢侈了。

「我是在網路上遇到我丈夫的。」莉迪亞說。「那時候網路交友才剛起步，我的朋友們鼓勵我去試試看，而我的第一次約會就是和傑瑞米。」

「嗯，結果並不太好，對吧？」達芙妮說，但一說完就立即後悔了。並不是因為她不是這麼想的，而是因為莉迪亞又開始哭了，就如她所預期。

「我該怎麼處理傑瑞米的事？」她一邊抽泣，一邊說。「你覺得進行外型改造之後，他就會再次愛上我嗎？」

「我根本不在乎那個男人是怎麼想的。」達芙妮說。「重要的是我們能否讓你重新愛上**你自己**。」

莉迪亞嘆了一口氣，又繼續哭泣，明白那將是一場艱苦的挑戰。

「你知道那位優雅的蜜雪兒．歐巴馬吧？」達芙妮問。

「哦，知道！《成為這樣的我：蜜雪兒．歐巴馬》（*Becoming*）是我最喜歡的書之一。」

莉迪亞說。「真是鼓舞人心。」

「那麼，你一定知道，蜜雪兒曾說過，『當別人低劣攻擊』[42]，我們該怎麼做吧？」達芙妮問。莉迪亞點了點頭。

「當別人低劣攻擊……我們就報復。」達芙妮說，帶著一個戲劇性的動作。

莉迪亞皺了皺眉頭。「我覺得她根本沒有這麼說，達芙妮。」她說。「其實，我知道她不是這麼說的。」

「哦，她應該要這麼說才對。」達芙妮說。「看吧，蜜雪兒·歐巴馬也沒有那麼完美。現在呢，我們來看看這些衣櫥裡的衣物，並討論一下策略吧。」

42　二〇一六年，蜜雪兒曾在公開場合喊出這句口號：「當別人低劣攻擊，我們要高尚回應」（When they go low, we go high.）。

齊吉

在過去的十天裡，齊吉一直處於高度警覺的狀態。這是凱莉的第一個聖誕節，為了讓這個節日更加難忘特別，齊吉的媽媽拼命地工作，甚至多值了幾個班，想為凱莉準備一堆如一座小山的禮物。連珍娜也匆忙地來看望女兒，她為凱莉買了一件印有「我媽媽是最棒的」字樣的T恤，但齊吉心裡相當懷疑這句話的真實性，因為珍娜在聖誕夜派對後仍宿醉未醒，身上濃烈的伏特加酒味幾乎要把凱莉熏到暈過去，甚至也沒有包裝這個尺寸顯然太小的禮物。

即使在聖誕節當天，齊吉仍無法放鬆下來。他不時擔心著門鈴響起的瞬間，門外可能站著警察或社會服務機構的人，甚至兩者也可能一起出現，前來帶走凱莉，只因為他完全無法勝任照顧她的職責。或者，出現在他家門口的也可能是佛洛伊德的手下，將另一個有毒品的包裹和地址塞到他手裡。

他一遍又一遍地回想著在曼德爾社區中心發生的那

一幕。凱莉身上灑滿了一級毒品坐在那裡，就像毒梟巴勃羅．艾斯科巴[43]的迷你版一樣，那個瞬間維持了多久呢？是長達幾秒鐘，還是幾分鐘呢？除了艾莉西亞和達芙妮，還有誰注意到了嗎？艾莉西亞是否會決定不告訴任何人呢？

即使這次奇蹟般地逃過一劫，他仍不願再冒險陷入相同處境了。但是，他該怎麼避免呢？由於學校和社區中心在假期時都關閉中，他只能在公寓裡躲著佛洛伊德和他的幫派成員。然而，他也不能一直躲下去。更何況，他和凱莉都快要悶壞了，用積木堆成一座高塔，接著用塑膠卡車將它推倒，這種遊戲再玩也只能玩幾次，而他的耐心遠遠不及凱莉。他還要等幾年才能教她玩《俠盜獵車手》[44]呢？

齊吉緊緊裹住凱莉以抵禦寒冷的氣溫，將她放上嬰兒車，抓起媽媽留在廚房桌面上的購物清單，接著朝著超市走去。

「我們要去執行任務了，凱莉！啟用武器，啟動防護力場！」他說，希望自己這種搞笑

43　Pablo Escobar，哥倫比亞毒梟、毒品恐怖分子，拉丁美洲跨國毒品集團麥德林集團的創始人和領導者，以生產與走私古柯鹼成名致富，甚至一度進入了富豪排行榜。Netflix 原創影集《毒梟》（*Narcos*）便是以他的真實人生故事改編。

44　*Grand Theft Auto*，一款由 Rockstar Games 開發的開放世界動作冒險遊戲系列。遊戲以犯罪為主題，玩家可自由探索城市，參與主線和支線任務，以其豐富故事情節、社會批判、高自由度高以及多樣角色互動著稱。

又樂觀的語氣足以感染到自己的真實情緒，也希望那些武器和防護力場真實存在著。

當他走向出口時，他沒有看見佛洛伊德，但卻注意到一個比他年輕的盯梢者坐在牆上。那個男孩把兩根手指放進嘴裡，吹了一聲口哨。幾分鐘後，他就看見佛洛伊德以他個人的自信步伐向他大搖大擺走來，彷彿一出生時就以這種姿態行走。

「嘿，兄弟。」他說。「我一直在找你呢。給你，聖誕快樂。」他遞給齊吉一疊鈔票，是五張皺巴巴的二十英鎊紙鈔。

「為什麼要給我？」齊吉問道，他的雙手緊緊握住嬰兒車的把手，這樣他就不會被誘惑拿取那疊鈔票，也試著不去想那筆現金對他和凱莉的意義。

「你為我做了那些事，這是你應得的。」佛洛伊德一邊說，一邊揮了揮手中的鈔票。「我一向會照顧我自己的人，不是嗎？」

「謝謝，但我不想要。」齊吉撒了謊，然後他深吸一口氣，把握了這次機會。「事實上，我不能再做那些事了，那對凱莉不安全，你明白的，對吧？」

他們之間的沉默如同實體存在，潛伏在他們之間，齊吉試著不膽怯地退縮，直視佛洛伊德那如蜥蜴般不曾眨眼的目光。

佛洛伊德仍然沒有移開視線，將手中那疊鈔票放回牛仔褲口袋中。

「好吧。」他最後開口說。「你再跑一單吧，然後我們就此結束。成交嗎？」

「成交。」齊吉長長地呼了一口氣。

佛洛伊德對著站在他身後不遠處的人點了點頭，那個人遞上一個包裹，比之前的包裹大上許多，還有一張寫有地址的紙條。這一切真的快要結束了嗎？為什麼他以前無法鼓起勇氣這麼做呢？他沒想到這件事會這麼容易。這些日子以來，他讓自己和凱莉承受那麼大的壓力，難道都是沒有必要的嗎？

齊吉帶著幾乎是跳躍的腳步一路走向那個地址，大約是十五分鐘的步行路程，隧道盡頭透出一道曙光，照亮他這幾個星期以來艱難跋涉的長路。未來的美好在他眼前閃爍著，有如沙漠中的海市蜃樓。只要完成最後一項工作，他便能伸手觸碰到那個未來了。

在遠遠的地方，他就能清楚看見他要走向哪一扇門，是一扇油漆剝落、貼滿塗鴉標籤的門。信箱裡堆積的垃圾郵件及帳單滿了出來。當他接近時，他放慢了速度，試著表現得隨意，同時偷偷地注意四周是否有警察出現，甚至更糟的是佛洛伊德競爭對手的出現。

一旦他確信沒有人在監視他的行動，他就敲了敲門。像往常一樣，很快就有人來應門了，包裹從他手中被奪走，又有另一個包裹交到他手裡，齊吉便將它塞進了背包。他與包裹實際接觸的時間越短越好。

「任務完成了，凱莉。」他說。「我們先把這個交還給佛洛伊德，然後我們就可以去商店了。我們去買一個毛毛蟲柯林蛋糕[45]來慶祝！你覺得好嗎？」凱莉對他咧嘴微笑，這也感染了他的心情。

齊吉把嬰兒車轉進了一條陽光無法照進來的狹窄小巷。巷子裡散發著腐爛食物和尿液的氣味，齊吉加快了腳步，試著儘快回到大馬路上。

有一輛輕型摩托車從後方駛近，他聽見引擎聲越來越大，轟鳴聲在小巷兩側迴盪，他將嬰兒車盡可能地推近牆面，讓摩托車有通行的空間。

齊吉根本不知道擊中他頭部的東西是什麼，也許是一根棒球棍。當他躺在水溝裡，臉頰貼在排水溝的格柵上，耳邊響起高頻的嗡嗡聲時，他看見一個身穿黑色皮衣、戴著頭盔的男人正在發動輕便摩托車，將齊吉的背包甩到肩上，那個裝有佛洛伊德最後一個包裹的背包，那個他得以脫離困境的唯一路徑。

「沒事的，凱莉。」他對著旁邊嬰兒車裡哭泣的嬰兒說，努力讓自己跪著起身，試著讓自己雙眼視線聚焦，水溝裡冰冷的水滲透了他的牛仔褲。他伸手摸著後腦勺，發現有黏糊糊的觸感。「一切都會沒事的。」他重複著，聲音粗啞且含糊，然後對著排水溝裡嘔吐了起來。

然而，不會有沒事的一天，對吧？現在的情況距離「沒事」還有很長的一段距離。他要怎麼告訴佛洛伊德那個包裹被偷走了？即使佛洛伊德相信這不是齊吉的錯，仍然會要他付出代價，總得要有人付出代價。相較與他空手而歸時，佛洛伊德和他手下可能帶來的一陣暴打，他剛經歷的這一擊，根本算不上什麼。

隧道盡頭的那一道微光閃爍了一下，隨後漸漸黯淡，最終熄滅。

45　Colin the Caterpillar cake，是英國 M&S 超市（Marks & Spencer）推出的經典牛奶巧克力蛋糕，有毛毛蟲的外型，是英國家家戶戶御用的生日派對蛋糕，甚至用於各種慶祝場合。

達芙妮

「那麼，這肯定是我耳聞已久的瑪格麗特了。」在聖誕過後的幾天，席德尼這麼說，隨後蹲下來輕輕撫摸瑪姬．柴契爾的頭。對此，達芙妮不得不感到敬佩。在他們這個年紀，能夠好好蹲下來並再次起身，無需攙扶任何支撐物，還不會搖晃不穩，這可真不容易。席德尼只有六十五歲，但他這麼精神抖擻，倒也不是什麼令人意外的事。真是個小鮮肉！但她自己從未有包養小鮮肉的經驗。

瑪格麗特帶著警戒看著席德尼，真是個聰明的女孩。當達芙妮第一次見到席德尼時也曾有類似的眼神，太快卸下心防並不是明智的做法。

「達芙妮，你看起來真美麗，就像往常一樣。」席德尼說著，向她靠近並準備親吻她。令她驚訝的是，他的嘴唇落在了她的嘴唇上，而不是臉頰上。

在傑克之後，這是第一次有其他人的嘴唇吻上她的嘴唇，她發現自己很喜歡這感覺。或者說，至少她並不討厭。他的嘴唇很乾，卻溫暖熱情，感覺就像是分享了一個祕密，或是一個承諾。當然，這與她第一次親吻傑克的那種感覺完全不同。那個吻激發了她內心的火焰。它對她的影響如此地深刻，以至於她稍後照著鏡子時，驚訝地發現自己看起來和以前一樣，臉頰卻多了些許的紅暈，眼中也閃爍著光芒。

如今，想要激發她內心的火焰，光靠一個吻還遠遠不夠，她還需要一罐汽油和幾根火柴，即便如此，也可能只有微弱的火光，不足以燃起熱情之火。

與席德尼約會時，她不由自主地想起關於傑克的過往，那些她曾努力壓抑的回憶。

她十八歲時就認識了傑克。那時，她終於可以離開霍普斯伯里家族的宅邸，拋下那裡令人窒息的一切拘謹禮俗及規定，擺脫要求你持續心懷感激的要求。搬到倫敦之後，她在一家西區的俱樂部找到一份服務人員的工作。

傑克和他朋友們的那張桌子並未發出許多聲音，卻吸引在場所有人的注意力和能量。傑克一向有這種本事，當他走進一個空間裡時，彷彿空氣中的每一個分子都產生了變化，全都凝聚在他身上。

她拿著放滿飲料的托盤走了過去，突然有一隻手撫過她的屁股。一股電流從她的脊椎一路延伸到雙腿，讓她全身顫抖著。她必須集中注意力才能讓托盤保持平衡，卻接著咒罵背叛自己的身體，竟對如此無禮的侵犯有如此激烈的反應。

「再摸一次我的屁股，下一杯飲料就會灑到你身上。」她說。

他大笑不已。「我真喜歡為維護自己立場的女孩。」他說。幾分鐘後，她的經理把她叫到一邊並告訴她傑克的要求，在接下來的上班時間，她必須坐在他們那一桌。她至今仍不清楚傑克到底付了經理多少錢，也不確定他是否只是欠了傑克一個人情。不過，她很快就發現，每個人似乎都欠了傑克些什麼。

那天晚上，只是一個開始。不久之後，她就成了傑克的「女孩」，最終也成為了他的妻子。這是她一生中第一次意識到，自己不再處於社會階層的底層，而是站在了巔峰。她從童年時期就夢寐以求的一切，不論是衣服、珠寶、家具、藝術品、尊重或是仰慕，如今都觸手可及。

然而，她很快發現，站在高處如此孤獨，一切都有其代價。

不過，席德尼怎樣都不是傑克。他無法讓她的心跳加速，卻也不會讓她感到恐懼。他很安全、可靠，而且好看帥氣，雖然歲月的摧殘無以避免。

席德尼握住她的手，他們開始沿著河岸旁的小道漫步，經過那些色彩繽紛的停泊船屋，船屋上擺滿了盆栽植物。他們從漢默史密斯橋走向巴恩斯橋，海鷗在他們頭頂上盤旋。冬天的微弱陽光將渾濁的河水變成了一條閃閃發光的銀色絲帶。

「再次感謝你和我共度聖誕節。」他說。「我已經好多年沒有這麼開心歡度聖誕節了，這也讓我不必時時刻刻擔心著索尼。」

「我也很開心。」達芙妮說，她說的是真心話。聖誕節那一天，她通常會假裝聖誕節根本不存在，這代表她會一整天躺在床上，閱讀一本死傷人數慘重的好書，並避免看電視、收聽廣播或閱讀報紙，直到聖誕節過後的第二天。

達芙妮和席德尼在當地的小酒館享用了豐盛的傳統聖誕大餐，並不斷交流著彼此的生活點滴，甚至有一些不是達芙妮刻意編造的事。

「索尼傳來一張新照片給我了。」席德尼說著，將手機遞給她看。照片上有一位粗獷英俊的年輕男子，身穿卡其色的衣服，蹲著對一群髒兮兮、面帶笑容的孩子們微笑，其中有個孩子的手臂以吊帶固定著。達芙妮知道，索尼是一位人道工作者，在波蘭與烏克蘭的邊境協助難民。

「你一定為他感到相當驕傲。」達芙妮說著，把手機還給他。

他們坐在一張長椅上，俯瞰著河流。

「你真的很美麗，達芙妮。」席德尼說。

「哈！」她回答。「我比亞特的內褲更老、更皺呢。」

「誰是亞特？你為什麼看過他的內褲？」席德尼假裝憤怒地說。

「他是銀髮俱樂部裡一個極其惱人的男人，我並沒有看過他的內褲，但猜想也知道一定很噁心。」達芙妮說。

「不管怎麼說，正是這些皺紋讓你如此美麗。」席德尼接著說。「它們是歡笑、智慧與經歷的印記。」

「真是胡說八道。」達芙妮說，抵制著一種想發出嘔吐聲的幼稚衝動。「我年輕時，皮膚就像桃子般光滑，當時的我漂亮多了。像這樣的話，用來對付你交往的那些女人通常很管用吧？」

席德尼笑了。「對，確實如此。」他說。「而且她們從來不會提到其他男人的內褲。達芙妮，你真是個與眾不同的女人，對吧？」

「老天呀。」達芙妮說著，從她包包裡拿出香菸並點燃，享受著第一口尼古丁在喉嚨裡的感覺。突然，她感覺到頭上有什麼物體逐漸靠近，於是本能地用手一揮，而一旁的西德尼突然尖叫了起來。

「你燙到我了！」他一邊說，一邊跳了起來，向她展示手背上那一塊圓圓且紅腫的香菸燒傷。

「對不起。」達芙妮說。「但你也不應該在毫無警告的情況下碰觸別人的頭吧。」

「我只是要摸摸你的頭髮！」他回應道。

達芙妮明白，自己得要習慣這種親密的舉動，否則可能會把他嚇跑。但是，她現在才意識到，她根本不想要習慣這種事，完全不想。

亞特

亞特已經超過兩個星期沒有踏出家門了。然而，世界仍舊不停地運轉，這又是一個該死的新年。他聽見外頭的鞭炮聲和慶祝的喧鬧，但對他而言，那些聲音彷彿來自另一個世界，另一個平行宇宙。又是新的一年，但他仍是原本的亞特，面對著同樣的問題。

這段時間，他依賴著威廉放在門口的食物維生，而他也明白，只要將滿滿的砂鍋換成空的砂鍋，就是證明自己仍活著的證據，就能讓威廉暫時不撬開他家大門強行進入。然而，最近一次送上餐點時還附上了一張紙條，上面寫著：亞特，你還有兩天的時間可以悶悶不樂。然後呢，你要不就讓我進去，要不我就報警。你的朋友，威廉××。

紙條底下還寫了一條附註，儘管他心情不太好，卻還是忍不住笑了。ＰＳ：死於固執，還是被你最好的朋友憤怒掐死，哪個死法比較好？

是時候出門走走了，他需要買必需品，像是基本的主食，如茶、牛奶、巧克力餅乾，以及威士忌。亞特披上一件厚重的冬季大衣、戴上毛線帽，穿上一雙綁帶的靴子。他走到走廊的鏡子前，看見自己的樣子，臉色蒼白，疲憊憔悴，鬍子長得比頭上所剩不多的頭髮還多。他確信自己肯定有一些體味，因為他為了省錢關掉了熱水器，已經很久沒洗澡了，甚至對自己的體味也早就麻木了。不過，這也無所謂，他只是出門幾分鐘，會盡量避免和人接觸。

亞特路過社區中心，他最近一次顏面盡失的現場。現在的他，根本不在乎這個地方是否可能於幾個星期內拆除。事實上，他希望永遠不要再看到這個地方。他若是更有勇氣一點，或許他就會躲進去，讓自己和這地方一起拆除，被吊臂上的金屬球壓扁摧毀。威廉一定會讚許這種帶有戲劇性卻又不尋常的死法。縱使如此，也總比慢慢地因自我放棄和自我厭惡而死去來得好。

他看到門開著，托兒所和銀髮俱樂部似乎已經恢復運作了。他將衣領拉高，低頭看著自己的腳，繼續往前走，甚至沒停下來腳步，看看活動廳外基座上的不尋常景象，有一群人正拿著手機在此圍觀拍照。他只是很慶幸自己沒有引起他們的注意。真奇怪，曾經他如此渴望被關注，如今卻只想在未來的日子裡被完全忽視。

超市裡人潮洶湧，亞特懶得推購物車或提籃子，因為他只需要買幾樣東西。他一路直奔餅乾區，拿起一包霍布諾斯燕麥餅乾，然後習慣性地掃視監視器的位置。這條走道上沒有監視鏡頭，也沒有其他顧客，除了一位因為小孩發脾氣而分心的年輕媽媽。

亞特打開外套，將餅乾悄悄放進裡頭的口袋。他突然感覺到腎上腺素激增，心跳加速。在耶穌降生劇之後，這是他第一次覺得自己還活著，感到活力四射。他拿起一包奇巧巧克力，接著將它放進另一側的口袋裡。

亞特繞到下一個走道，步伐越來越快。先是巧克力，後續還有Haribo軟糖、青春痘藥膏、一罐香氛蠟燭、一支睫毛膏及一把抹刀，這些東西接連被他塞進了他的口袋裡。他甚至不再掃視那些監視器，也不再留意其他顧客，只是不斷往口袋裡塞東西，直到口袋看起來比進門時大上了兩倍。

亞特知道接下來會發生什麼事，他想要讓這一切發生。他按下了那個自毀人生的紅色巨大按鈕，這感覺簡直太美妙了。這感覺就像青少年時期搭雲霄飛車時，在最高點高舉雙手，而車廂搖搖欲墜的那一刻。也是那一刻，經過漫長而緩慢的爬升，你開始期待那令人眩暈、可怕卻無法避免、無以阻擋的墜落快感。

一走出商店的大門，亞特在幾秒鐘後就感受到那種直墜的衝擊，兩位穿制服的保安人員分別站在他的兩側，而圍觀的人群也逐漸聚集起來。但這一刻的下降並沒有帶來快感，反而只帶來感到一陣令人作嘔的噁心感，隨後是那突如其來、讓人震驚的剎車感。

他們將他帶回商店，穿過一扇他之前從未注意過的白色門。然後，他們脫下他的外套，讓他坐在一把很硬的塑膠椅上，在明亮且冷漠的房間裡，他們將他口袋裡的所有物品倒在他面前的桌面上，有如一份寫滿恥辱的商品目錄。現在，雲霄飛車的車廂在顫動行進時猛然停下了，他全身不由自主地顫抖並滿頭大汗。

「這是怎麼回事？」其中一人問著，對著他揮舞著那一包霍布諾斯燕麥餅乾。

「我在哪裡？我以為我們要去海邊呢。你們是來接我回家的嗎？」他回答，這是他上次扮演失智症老爺爺時學到的台詞。

保安人員們疑惑地對望著彼此，但他們還沒來得及做出任何回應，那房間裡突然響起了《大白鯊》的主題曲。他們低頭看著桌上那支閃著亮光的手機，是他們從亞特口袋裡拿出的。

「看看是誰打來的電話！」其中一個人說，盯著螢幕上來電顯示的名字。

「我想我們最好接一下這通電話，對吧？」另一個人說。

「我這輩子根本沒見過這一支手機！」亞特說。

莉迪亞

莉迪亞朝著曼德爾社區中心走去，心中不禁想著，這裡比聖誕節前更破敗、更加冷清，彷彿早已放棄了生存的意志。與這裡的景象截然不同的是莉迪亞自己，她穿著一九六〇年代迪奧品牌的午夜藍外套，是一款在腰部收緊並於臀部上方微微展開的設計，上頭還鑲著一串雙層的珍珠項鍊，如此華麗、如此閃亮，幾乎讓人覺得它們像真品，只是真的大了一些。

「你總是將自己**埋沒**在那些像帳篷般寬大的衣服裡。」達芙妮告訴她。「就像要閃避這個世界一樣。你應該展現你那迷人的曲線才對！有趣的是，往往得要過了五年之後，我們才會回頭看那些照片，發現自己多麼有魅力。相信我，從我的角度看，你完全就是一個大美人。來吧，試穿看看迪奧的設計，他是一位塑造豐滿身材曲線的大師。親愛的，時尚可一點也不無聊，它是**盔甲**。穿上迪奧吧，你就能挑戰全世界了，你看到沒有？」

接著，達芙妮將莉迪亞的身體轉向全身鏡。鏡中那個盯著她看的女人，是另一個莉迪亞——自信、成功，並充滿迷人魅力。一穿上達芙妮的衣服，莉迪亞的走路方式、說話方式和感覺都徹底轉變了。或許，她無法讓所有車輛為她停下來，但至少看起來不像是會在斑馬線上被黃色飛雅特轎車撞飛的女人。

「我們只需要處理一下那一頭可怕的頭髮。」達芙妮又接著補充說，便破壞了這一刻的氣氛。

儘管莉迪亞極力反對，達芙妮還是堅持要她帶著珍珠項鍊及四、五套的服裝離開。「這些衣服值得更多的出場機會，即使在最理想的情況下，我也沒有那麼多穿戴它們的場合。」她這麼說。

今天早上，莉迪亞出現在早餐的桌前時，傑瑞米差點被可頌噎到。

「那件衣服是新的嗎？」他問。

「不，這是舊衣服了。」她回答，這其實也是事實。

「你應該多穿穿這件衣服。」一說完，他又轉頭回去看報紙。莉迪亞意識到，即使是傑瑞米的讚美，其中也帶著下指令的意味。不過，好久一段時間以來，這是她第一次聽見傑瑞米讚美她，原本她期待著感受那種興奮之情，卻發現自己根本不在乎。好吧，至少是沒那麼在乎。

莉迪亞皺起了眉頭。為何活動廳外頭聚集了這麼多人？肯定有三十個人左右，其中許多人聚集在古柯鹼成癮問題捐助者的雕像旁，並高舉著手機拍照。

莉迪亞推開了混亂的人群，而她發現穿上迪奧的衣服之後，做這件事更加容易，也更能輕易用上「混亂的人群」這種詞彙了。她不僅能面對出軌不忠的花心伴侶，也能強忍住不拿餐刀刺向他頸動脈的衝動。天啊，穿上達芙妮的舊衣服，真的會讓她自己變成達芙妮嗎？

眼前的景象讓她大笑出聲。基座上那位被譴責的傲慢商人銅像，竟然穿著一對華麗而巨大的粉紅色針織毛線乳房，甚至有顯眼突出的乳頭，並且穿著一條荷葉邊、花朵圖樣的針織毛線裙，還有一頭飄逸的金色毛線秀髮。而他——還是要說「她」呢？——甚至拿著一個標語立牌，上面寫著「**為了社區拯救曼德爾社區中心！**」

一位臉色紅潤、看起來很不滿的男人推開了群眾，手裡拿著一把巨大的剪刀。

「讓開！」他大聲喊叫。「清空這個區域！」

他一手抓住那件毛線裙，另一手則打開剪刀。

「你給我住手！你這個愛德華他媽的剪刀手！」遠處傳來一聲喊叫，毫無疑問就是達芙妮。她在眾人的頭頂上揮舞著她的拐杖，像是揮劍一般。

「得要移除這個才行。」那個男人說，人群發出了抗議聲。「這太不尊重人了。」

「這就是**創意！你這個無知庸俗的人！**」達芙妮回擊。「這是毛線藝術界的班克西（Banksy）在漢默史密斯名震一時的作品。如果你想的話，也可以叫他毛線班克西（Yarnsy）！難道，你想成為一位毀壞獨特藝術作品，而被網民圍剿譴責的官員嗎！？」

達芙妮指向周圍人們的手機，所有人的鏡頭都對準了這場衝突。

「啊！」那個男人說著，闔上他的剪刀，轉身就要逃離，將他的外套拉到頭上以閃避那些攝影鏡頭。

人群中爆出歡呼聲。莉迪亞擦去眼角的淚水，這一次是目睹好事發生而激動落下的淚水。她近來這麼頻繁哭泣，居然還有淚水，真是個奇蹟，流了這麼多淚水，她的體重肯定下降了吧？

「你太棒了，達芙妮。」莉迪亞一邊說，一邊打開活動廳的門鎖。不過，達芙妮看起來似乎沒有因為成功而開心鼓舞，反而神色不安，緊張地玩弄著她纖細手腕上的祖母綠手環。看到達芙妮這個人驚慌失措，特別讓人感到緊張。

「怎麼了？」莉迪亞問道。

「你覺得我的影片出現在網路上的機會有多大？」達芙妮問。

「機會恐怕不大。」莉迪亞回答。「你看看拍攝的有多少人呀？你甚至也有可能瞬間爆紅。不過，我理解你的感受，我五十歲以後就不喜歡出現在鏡頭前了。」

「要是事情那麼簡單就好了。」達芙妮低聲說。莉迪亞不確定達芙妮是在回應她，還是在自言自語。「時間迅速地流逝。」

「嘿，在七十歲的人之中，你是我見過最年輕的一個了！你還有很多時間呢！」莉迪亞說。但達芙妮只是茫然地看著她，彷彿聽見了另一種完全不同的語言。

「清空人行道！拯救我們的社區中心！」外頭先是傳來安娜的擴音器傳來預錄好的內容，緊隨在後的是將頭髮染成帶螢光粉紅色的安娜本人，以及露比。露比看起來有些疲憊，像是忙碌了一整個夜晚的樣子。

「女士們，你們看見外面那一座美妙的雕像了嗎？」莉迪亞問道。

「是啊！是不是很美妙呀？」安娜說。

「大家叫那位神祕的毛線藝術怪客「毛線班克西」，你知道嗎？」莉迪亞說。

「是嗎？」露比微微一笑。「我挺喜歡這個名字的。」她坐下來，像往常一樣，從包包裡拿出針和毛線，正好就是雕像上那對裸露針織毛線乳房的顏色。

「我真想知道，他或她會是誰呢？」莉迪亞一邊說，一邊盯著露比看，而露比正專心地編織著。
「我猜他想要隱姓埋名吧。」露比說。「這樣才能保有神祕感，不是嗎？」
「大家新年快樂！」威廉走進房間，帶著一位看起來比莉迪亞年輕的女性。「這位是艾咪。」
「你比我們一般的會員看起來要年輕許多。」安娜說。
「要不然就是她擁有什麼奇妙的護膚方法，請告訴我吧。」露比說。
「不管她有什麼，我都要來一份！」安娜笑著說。
「放過這個可憐的女孩吧。」達芙妮說。「艾咪是威廉的媳婦，是我邀請她前來的。」
「嗨。」艾咪溫柔而謹慎地揮了揮手，這讓莉迪亞想起她第一次見到這些銀髮俱樂部成員時感受到的恐懼感。事實上，她至今仍然覺得這些人很可怕，儘管她已經讀過《相信自己很棒》[46]兩遍了。
「我相信莉迪亞計畫了一些刺激、符合年齡層需求的活動，例如手工編籃或針線刺繡，

46｜*You Are a Badass: How to Stop Doubting Your Greatness and Start Living an Awesome Life*，《紐約時報》暢銷書作家珍・辛賽羅（Jen Sincero）的著作，旨在幫助讀者克服自我懷疑、建立自信。繁體中文版由晨星出版社出版，目前已絕版。

但艾咪是一位髮型設計師，她非常好心地提議，在此為我們所有人打造一個美髮沙龍。而且呢，她會先從莉迪亞開始。」達芙妮說，「這個活動就叫**新的**一**年打造新的你**。」

「我負責洗頭和剪髮。」艾咪說，「我的兩個女兒負責染髮和吹整頭髮。」

「抱歉，我的娛樂預算恐怕無法涵蓋這些費用。」莉迪亞說。

「這由我來買單，莉迪亞。」達芙妮說。「艾咪非常好心地提供我們大幅的折扣。就別跟我爭了，這是我自己的錢。至少，從某種意義上來說，這是我賺來的錢，我想要怎麼花就怎麼花。」

還沒來得及開口說話，莉迪亞就被推到一張椅子上坐下，有人為她披上一件長袍，然後三個女人開始為她洗髮、染髮、剪髮，並吹整造型。不時會有一位銀髮俱樂部的長者成員站到她的面前，發出「噢」或「啊」的驚呼聲。她面前沒有擺放鏡子，因此她完全不知道自己目前頭髮的狀況，但地板上堆積的髮量讓她擔憂不已，這絕對不是她平時會要求的那種「稍稍修剪」的程度。

「如果你不介意的話，可以說說你的丈夫們是怎麼死的嗎？」達芙妮對著坐在莉迪亞旁邊、正在吹乾粉紅色頭髮的安娜說。

「第一個吃了放了毒蘑菇的吐司，真是個傻瓜。」安娜說，指著她腋下第一個被劃掉的刺青名字。然後她順著那個名單逐一點名。「第二個對蜜蜂有嚴重過敏，結果我們在閣樓上鋪設隔熱裝置時驚擾了一個蜂巢。第三個從郵輪上落水，顯然是喝醉了。第四個是卡車司機，就和我一樣，他開在M62高速公路上時剎車失靈。第五個失蹤了，有人在伯恩茅斯海灘上發現了他一整堆折疊整齊的衣服，但他的屍體卻從未被尋獲。」

「哇，真是一系列不尋常的意外死亡事件呀。」達芙妮說。「他們有買人壽保險嗎？」

「達芙妮，你到底想表達什麼？」安娜問。

「沒什麼。」達芙妮撒謊。「只是覺得你真是太不幸了。當然，最不幸的還是他們。」

最後，艾咪宣布她已經完成了莉迪亞的造型。

「等等！」威廉一邊說，一邊把圍巾綁在她的眼睛上。「威廉，別弄亂吹整好的造型！」艾咪大聲喊道。

他們蒙著她的雙眼，領著她走進入口大廳處，讓她站在牆面的落地鏡前，然後全都圍在她身邊，就等威廉摘下圍巾。

「你看看！」威廉說。

站在莉迪亞面前的女人，身穿剪裁精美的外套、戴著珍珠項鍊，驚訝地張大了嘴。她看起來像莉迪亞，卻年輕了好幾歲，看起來更加自信，而且……沒錯，還有點性感。她的淺棕色頭髮上有銀白金色的挑染，剪成層次感強烈的鮑伯頭，襯托出她的臉型，也是多年來第一次顯露出顴骨，更加突顯她的綠色眼睛。

鏡子裡的那個女人落下眼淚，又開始啜泣了。

「啊，我想她應該很喜歡這個造型。」露比說，頭上正裹著一片片的鋁箔紙，拍著手。安娜說服她在黑色和銀色的頭髮中加入了一些藍色的挑染。

「天啊，你振作一點吧。」達芙妮說。「穿迪奧的女人從來不會在公共場合哭泣，甚至根本就不哭泣。她們唯一展現的情緒就是蔑視，再加上一點無聊厭倦的表情。」

「不好意思。」一個身穿西裝的男人突然大聲說話，他們甚至沒有注意到他進來了。「我是市議會規畫部門的人，你一定是開發商那邊的建築師吧。」他直視著莉迪亞。

「不是。」她回答。「我恐怕不是。辦公室的人要我告訴你，她得要先取消今天的行程。很抱歉，我相信她會聯繫你再安排時間。」

那個男人轉身離開，低聲咒罵著。莉迪亞對自己的敏捷反應感到相當興奮，但更讓她高興的是，她被誤認為一位建築師。

「不錯的即興表演，莉迪亞。」威廉說。「亞特一定會很佩服你。」

「看來，他們不打算等到月底的正式投票了。」露比說。「他們已經在擬定計畫了，這件事顯然已成定局了。」

所有人都陷入了沉默。

「那亞特到底在哪裡？」莉迪亞問道，急於轉移這個讓大家情緒低落的話題。「我一直聯繫不上他，他去哪裡了嗎？」

「沒有，他根本哪裡都沒去。」威廉回答。「他一直關在家裡，不肯出門。每當他無法面對生活困境時，他就會這樣。上次發生這種事時，我花了快一個月的時間才把他拖出來。」

「我會試著打給他。」達芙妮說。「我本來打算今天將瑪格麗特——瑪姬交給他的。」她指著那隻狗，牠洗完澡並完成吹整造型，看起來對自己挺滿意的樣子。

達芙妮拿出了手機，打開她的通訊錄。大家都看著她，等著電話鈴聲響起。

「喂。」她說，在等了三、四聲的鈴聲後才開口。「你不是亞特。」沉默了很長一段時間，她才開口說：「哦，我明白了。是的，我是他的妻子。這個愚蠢男人顯然又忘了吃藥。是哪個超市呢？好的，我馬上就到。」

「發生什麼事了？」莉迪亞問道。

「亞特遇到麻煩了。」達芙妮一邊說，一邊拿起掛在鉤子上的外套。「但沒有什麼是我們解決不了的事。」

「我跟你一起去。」威廉說。

「不，你留在這裡，威廉。我知道他在演什麼把戲，幸運的是，我比他更擅長演戲。」

達芙妮說，推開大門走出街道，差點撞到一位女人，看起來像是一位剛被市議會規畫部門放鴿子的建築師。

達芙妮

「亞特，親愛的，我跟你說過多少次了，不要自己一個人外出買東西？」達芙妮對著角落裡蜷縮的男人說。

「他又忘記付錢了嗎？」她詢問那些保安人員，看著桌上擺著一堆奇怪的東西而強忍著笑意。一把抹刀？青春痘藥膏？還有睫毛膏？

「瑪姬．柴契爾！」亞特叫著，狗狗一路跳到他身旁。

「哦，天啊，今天這一幕又重演了。」達芙妮說，「你們也看到了，他有時甚至認不得自己的妻子。不過，這是他第一次用前首相的名字來叫我。」

「我們猜想，打來的人應該是他妻子，因為聽見的是那個鈴聲！」一位保安人員笑著說。

「是啊，如果我把我太太的來電鈴聲改成《大白鯊》主題曲，還把她的名字改成庫伊拉．德維爾[47]，她肯定會

47｜Cruella De Vil，庫伊拉為迪士尼電影《101 忠狗》（101 Dalmatians）中的經典的反派角色，性格冷酷、愛慕奢華並喜愛動物皮毛。

殺了我。」另一位保安人員接著說。

達芙妮瞥見亞特得意的笑容，強忍著不讓自己顯露出惱怒的表情。

「是的，這麼說吧，我的丈夫一直都有很獨特的幽默感。」她說，「很可惜，現在一切都變了。你們也看出來了吧，取而代之的是失智症、大小便失禁、放屁，以及勃起功能障礙。」**接招吧，亞特，你這個老傢伙**。

「那麼，你還是快帶他回家吧。」保安人員帶著警戒的眼神看著亞特，可能正想著店裡緊急情況使用的清潔用品存放在哪裡。「考量他目前的情況，我們當然不會向他提出告訴，但請不要再讓他獨自前來了。」

「請放心，先生們，我會好好地看緊他。」達芙妮一邊說，一邊向亞特伸出手。

「我真的很羞愧。」亞特低聲說，跟著她走出那家超市。

「我一點也不驚訝，畢竟你身上味道那麼難聞。」達芙妮回應。

「不是因為味道的關係。」亞特說，「或者，至少不只是味道。關於被逮捕的這件事，還有我偷竊那些我根本就不需要的東西。你一定很厭惡我。」

「好吧，說到這一點，你就大錯特錯了，老兄。」達芙妮說。「老實說，我比以前更喜歡你了。這並不是說我真的喜歡你，只是大幅地減少對你的厭惡，畢竟你原先那種完美無瑕的形象，如今已消失不見了。我一向喜歡那種有致命缺點的男人，還有對睫毛膏情有獨鍾的男人。那把抹刀是用來抹蛋糕糖霜的，還是代表著某種特殊癖好呢？」

「好吧，我也一樣更喜歡你了，因為你幫了我一個大忙。所以，我們算是扯平了。」亞特說，「為了表達我的謝意，我泡杯茶給你喝吧？」

「當然可以。」達芙妮說，「為什麼不呢？」顯然，她有許多說不的理由，但她並不想錯過任何參觀別人家的機會。

「好吧，那我們只需要去商店買牛奶、茶包和霍布諾斯燕麥餅乾。」亞特說。

「我這麼說你可不要誤會。」達芙妮說，「不如，你和瑪格麗特在外面的人行道等我，我進去店裡買吧。」

亞特的家，根本不能稱之為家，和達芙妮的住處相較，簡直是天壤之別。他那些家具並非經過精心挑選，只是雜亂無章地堆放。幾十年來，那些醜陋且破損的物品隨意地拼湊在一起，上頭還覆蓋了一層灰塵和污垢。男人們真的**看不見**那些蜘蛛網和灰塵嗎？還是他們看到了，卻根本不在乎呢？暖氣上隨意懸掛了一堆難看的襪子和內褲。達芙妮發現，她對於亞特內褲的看法一點也沒錯，她一方面感到欣慰，另一方面也不禁感到厭惡。

「天啊，我是喜歡有致命缺點的男人沒錯，但可不是指這種狀態。」達芙妮說，盯著那沾滿污漬和滿是裂紋的廚房地磚。「亞特，如果你想讓我在你的廚房裡坐下來，你就得讓我先稍微清理一下才行。」

「好的。」亞特說。「這有點奇怪，甚至還有點失禮，但你可以先行清理一下，我去泡茶。」

達芙妮在水槽底下找到一些舊的清潔產品，花十五分鐘清理廚房的一角，這樣她就有個地方好好喝茶，而不用擔心肉毒桿菌中毒了。

亞特為她遞上一杯茶和一盤霍布諾斯燕麥餅乾。

「好吧，你最好告訴我最近發生什麼事了。」達芙妮說。

亞特嘆了一口氣。「我覺得，我已經到了極度厭倦自己與人生的地步了，只想徹底地摧毀一切。」他說。

達芙妮可以理解這種感覺。畢竟，這不正是她十五年前做過的事情嗎？雖然方式大相逕庭，但她可不是那個被逮捕的人。

「我真的不明白，你為什麼會有這種自我厭惡。」達芙妮說。「老實說，我一直覺得你太過於**良善**，甚至到令人惱怒的程度了。看看你，為那些孩子做了多少事——你為他們送上玩具和衣服，還指導他們耶穌降生劇的表演。而且，你一直努力地要拯救社區中心，甚至還照顧瑪格麗特。你應該為自己感到驕傲，不是嗎？甚至還可以有一點自滿吧。之前，我一直覺得你就是過於自滿的人。」

「可是，我做這些事都是基於不對的動機，達芙妮，背後都有自私的理由。」達芙妮對他揚起一邊眉毛，示意他繼續說下去。還有什麼事，會比聽著別人宣洩自己的罪惡感，還更有趣呢？

「顯而易見地，那些玩具和衣服都是我偷來的。我有一整個衣櫃塞滿了這些年偷來的東西，光是知道那些東西在那裡就會讓我徹夜難眠，但我又不忍心扔掉這些有價值又完全沒使用過的東西。能為一些東西找到好歸宿，讓我可以重新找回一些自尊。」亞特停頓了一下，咬了一口霍布諾斯燕麥餅乾，那似乎是他繼續說下去的勇氣。

「至於耶穌降生劇，也只是讓我分散注意力的一個方法，讓我不糾結於職業生涯早已終結的事，也能讓我離那些商店遠遠的。此外，這對M來說也是很好的練習。」他一邊說，嘴裡塞滿了餅乾。

「M？」達芙妮問。

「就是瑪姬。」亞特說。「我之所以會答應幫助瑪姬，完全是因為我有一個荒唐的想法，就是讓她報名參加一個電視選秀比賽。我告訴你，那有十萬英鎊的獎金。而且，我的經紀人也說了，這樣可以增加曝光率。」

「十萬英鎊？」達芙妮驚訝地說。「這筆錢就足以整修社區中心，還能阻止那些開發商的行動！這個計畫太棒了！你怎麼不早點告訴我呢？」

「因為，我做這件事並非為了社區中心，達芙妮。」亞特說。「而是為了我自己，為了我自己的退休生活。有那筆錢，我才負擔得起暖氣費用，甚至還能去度假。不過，這一切都不可能成真。」

「為什麼不可能？」達芙妮問。

「試鏡日就是明天了，我已經有兩個星期沒有和瑪格麗特一塊練習了。」亞特回答。

「胡說八道。」達芙妮說。「這樣吧，我們帶瑪格麗特去參加試鏡。我們一定可以贏得那筆錢，而你要把這筆錢捐給市議會，拯救我們的社區中心，如此一來你就能徹底洗淨你的良知，不再沉溺於這種可怕又無聊的自憐自艾。你還能留一點錢支付暖氣費用，這裡真的冷得要命。現在，帶我去看你那個充滿羞愧的衣櫃吧。」

亞特張了張嘴，停頓了一下，然後又閉上了嘴。他發現，達芙妮總是能讓他感到如此不知所措。然後，他帶領她走上樓梯，進入一個有如一九八〇年代時光膠囊的房間。那是一個覆上厚厚塵埃的少女房間，裡面的一切卻完好如初。

「這是誰的房間？」她問。

「是我女兒卡莉的房間。」亞特說。「她和她的媽媽在一九八七年離開我，我再也沒有見過她們，也從未見過我的孫子孫女。我的妻子吉兒在十年前去世了，臨終時仍對我心懷恨意，聽說是得了癌症。」

「我很遺憾聽見這件事。」達芙妮說，而她真心為他感到遺憾。她真的很想知道亞特的家人離開他的原因，也想追問房間裡為何有另一張床，這裡肯定是兩個孩子的房間吧？但她今天已經逼問太多事了，慢慢來、慢慢來，滾石不生苔，人們都是這麼說的。

「讓我看看這個衣櫃裡的東西吧。」她說。

亞特走到房間角落的大衣櫃前，緊閉雙眼，然後慢慢地打開了門。

「我明白了。」達芙妮說，她確實看得非常清楚明白。「我們需要找人來幫我們搬走這些東西。我敢打賭，莉迪亞一定有一輛 Volvo。」

「你為什麼會這麼說？」亞特問。

「她顯然就是那種會開 Volvo 的女人。」達芙妮說。

「你總是會有一些荒謬的假設。」亞特說。「不過，你的假設總是帶著令人欽佩的說服力。」

「你有備用的房子鑰匙嗎？」達芙妮問。亞特點了點頭。「你信任我嗎？」

「是的。」亞特說。

他實在太愚蠢了。因為，一旦人們開始信任達芙妮了，事情往往會以糟糕的方式結束，正如傑克所發現的事實一樣。

就在此時，達芙妮的電話響了。由於這種情況非常罕見，她花了一會兒才意識到是自己的手機響了，才接著拿出來。

「喂？」她接起電話，語氣中帶著一絲疑惑。

「達芙妮，很抱歉打擾你，我是珍寧。你的名字在凱莉的緊急聯絡人名單上，而我需要你的協助。是關於齊吉的事，你能儘快來托兒所一趟嗎？」

「我馬上就到。」達芙妮說。

天呀，如果沒有她的幫忙，這些人是怎麼好好撐到現在的呀？而且，她如今怎麼變成那種在緊急情況下被召喚救場的女人，怎麼會這樣呢？

齊吉

「齊吉！快起床！你這時間早就該出門了！」齊吉的媽媽大聲喊叫。

「我來了！」齊吉撒了謊，把羽絨被拉到頭上，心裡盼望著有一天醒來時，會發現自己在其他的地方，隨便哪裡都好。

「聽著，上班的路上我會順道將凱莉帶去托兒所，這樣你應該能準時到學校。」她說。「但你欠我一次，因為這會讓我上班遲到，再次地遲到。」

「謝謝。」齊吉說，其實自從新的學期開學之後，他沒去過一次，已經快兩個星期了。他最嚴重的一處瘀傷過了一星期才消退一點，走路時也能不再皺眉了，但到了那時候，他已經看不到回去學校的意義了，回去只會讓他想起自己失去的一切。光是想到會遇到艾莉西亞，就讓他焦慮到頭暈目眩。

在小巷裡被搶劫之後，齊吉一路搖搖晃晃地回到了社區，卻發現毆打自己的人就是佛洛伊德，作為他沒有帶回被偷走的包裹的懲罰。事實證明，裡面裝了大量的現金。

當佛洛伊德用鋼頭工作靴一次又一次地狠踹齊吉時，齊吉將自己的身體蜷縮成一團，暗自希望凱莉嬰兒車面向其他方向，不要讓她看見父親被打得體無完膚的場面。或者，至少希望她因幼小而無法理解或記住她所目睹的一切。

在踢打的過程中，佛洛伊德解釋說，齊吉現在欠他一萬英鎊，在可預見的未來，他必須聽從佛洛伊德的差遣來償還這筆債務。

「你很幸運，我選擇相信你。」他說著，用力地踢了一下齊吉的肋骨。「我不認為你會愚蠢到敢偷我的東西。不過，你這條命現在是我的了，聽到了嗎？直到你欠我的每一分錢都償還了為止。」又快速精準地朝腹部踢了一腳。「明白了嗎？」又有一腳落在後腦勺，因為稍早被搶劫受傷的傷口還隱隱作痛。「如果你明白了，就舉起你的手臂！」

齊吉勉強地將顫抖的手臂抬起幾英寸，那一陣踢打才終於停止。佛洛伊德的一個手下把他和凱莉送回家，他不得不向驚恐的母親解釋，自己是一場隨機搶劫的受害者。他拒絕報警或送他去醫院，她只好盡可能用消毒藥水及OK繃為他包紮，安慰他一切都結束了。

但是，這場惡夢才剛剛開始。

去上學、參加模擬考試，或者是提交那一份他根本無法入學的大學申請表，根本都沒有意義了。因為，他若是在尚未償還債務前消失不見，債務就會轉移到他母親身上，但齊吉不能讓這種事發生。

所以，他完蛋了，真的是完蛋了。

齊吉又回去睡覺了。只是，這也不是逃避的出口，因為他的夢境裡不斷地回放過去幾天發生的事，直到手機接連不斷的通知聲吵醒了他。

佛洛伊德要他去送貨。

當齊吉為佛洛伊德完成送貨後，又接連送貨了兩次了，這時已經是接近正午了。他還有三個小時才需要去接凱莉，所以把媽媽留在廚房桌上的二十英鎊和購物清單放進口袋，然後前往超市。然而，當他路過一家酒吧時，看到了暫時逃避現實的機會，這是他唯一能暫時忘卻生命中重大困境的方式。

齊吉在酒吧找到了一些朋友。說是朋友，其實只是一些他以前不太熟識的男孩，他們因為在 GCSE 考試中表現不佳而輟學。但是，當你想要麻木地忘卻一切時，任何正在做同樣事情的人，都會自然而然成為你最好的朋友，特別是那些願意借你一些錢，讓你點更多伏特加的人。然後，他們還會提供一些古柯鹼給你，讓你稍微放鬆冷靜一點。

「兄弟，你的手機在響。」齊吉才剛認識的一位好朋友說。「現在誰還會真的打電話啊？這肯定是詐騙電話。」

齊吉瞇起眼睛看著手機，螢幕上的字母在他眼前跳動。他用手掩住臉的一側，卻因為手指上沾染的尿液和大麻的氣味而不由自主地畏縮了一下。他的視線暫時聚焦在螢幕上顯示的名字：珍寧。

該死。

齊吉看了看手錶，發現要接凱莉的時間已經過了十五分鐘了。

「嗨，珍寧。我在路上了，真的很抱歉。」齊吉說，他驚訝於自己竟然可以聽起來如此清醒。

「齊吉，你醉到不行了。你不能以那種狀態出現在這裡。你在哪裡？」珍寧問道。

「騾子頭酒吧。」齊吉口齒不清地回答，已經醉到無法說謊了。

「我會打電話給你媽媽。」珍寧說。

即使在這種狀態下，齊吉也知道這麼做絕對不是個好主意。如果他媽媽發現他現在這個樣子，肯定會引發一連串的問題。例如，為什麼他沒去學校參加 A-level 模擬考、為什麼他要這麼白白放棄自己的未來，而他的狀態是否又能對她的孫女負責。

「不，不要這麼做，打給達芙妮。」他說，而他將會後悔做了這個決定。

「好吧。」她答覆，隨即掛斷了電話。

「齊吉在哪裡？」過了幾分鐘後，或許更久，門外傳來一聲吼叫。齊吉對時間的感知變得異常混亂。

「哦，看看是誰惹麻煩了？」齊吉的一個新朋友問道。

「你媽媽看起來不太注重保養呢，齊吉。」另一個朋友補充道。

齊吉站了起來，卻直接摔倒了。

達芙妮走到調酒師面前。「對，就是你！」她說，一邊靠在吧台上，一邊用她的金屬拐杖戳了戳他的胸口。「讓青少年在上課日的下午喝得酩酊大醉的人。」調酒師看起來驚恐不已，他也應該要害怕才對，但他並非是唯一感到害怕的人。「在我處理她父親的時候，你給我照顧好這個小女孩，別讓她也喝醉了。」

達芙妮走了過去，抓住齊吉的後頸。齊吉的新朋友們瞪大眼睛看著，嘴巴張得大開，活像是遊樂場裡的一排靶子，等著人們向他們丟乒乓球似的。

「媽的，你的力氣還真大。」他說，她的握力讓他連話都說不清楚。

「我有在舉重，這樣有助於預防骨質疏鬆。」達芙妮咬牙切齒地說。「走這裡。」

她帶著他走向廁所，是女廁所。接著，她讓他靠在洗手台旁，同時在洗手台裡注滿了冷水。她抓起他一把頭髮，用力將他的臉壓入洗手台裡。

當她把他的頭拉出水面時，他氣喘吁吁、語無倫次，然後她又將這流程重覆了一次。

他應該打電話給他媽媽才對。

「你**膽敢**做這種事？」她說著，一把將他的頭拉起來，強行將他的臉推向鏡子，讓他看看自己的樣子多麼狼狽。「你擁有青春、健康，還有一個美麗孩子的珍貴禮物，卻要搞砸這一切。」他的頭部又被壓入洗手台裡。「有一天，當你到了我這個年紀，前提是你在那之前沒被殺掉的話，你就會意識到自己擁有那些榮耀及特權，而你又是怎麼糟蹋這一切的。」

齊吉深吸一口氣，用袖子擦掉臉上的水，心想他的懲罰已經結束了。他大錯特錯。

「你這個**愚蠢**」——他右臉被狠狠地甩了一巴掌——**「透頂」**——左臉也被甩了一巴掌——**「的王八蛋！」**——隨後頭部又被壓入洗手台裡。

「好了。」她說，用毛巾擦乾雙手，恢復她正常且輕鬆的語氣，好像他們剛才一邊享用茶點、一邊聊天氣一樣。「我們去從那位失職的調酒師手中救出凱莉，接著回去你家，喝一杯濃濃的咖啡，然後想想我們接下來該怎麼處理你現在明顯陷入的混亂狀態。好嗎？」

「好吧。」齊吉虛弱地說。

「嘿，」調酒師把凱莉交給他們，然後說道，「我就知道我以前在哪裡看過你，你有使用 TikTok 吧。」

「別開玩笑了。」達芙妮說。

「你絕對有。」那個男人說著，一邊將手機拿到他們眼前。「你是一個迷因。」

莉迪亞

「關於傑瑞米的事，我該怎麼辦才好？」莉迪亞問達芙妮。

「別擔心，他的事我已經寫在白板上了。我保證會在炸彈引爆之前先找到他。」達芙妮回應道。

這一句回應卻引來了更多的疑問，而不是解答。那個白板在哪裡？上面還寫了什麼？這個炸彈，是指實體的炸彈，還是只是一種比喻？她猜想是後者，但以達芙妮這個人來說，永遠都難以預測。而且，當它引爆時，會有人受傷嗎？這是字面上所指的意思，還是只是一種比喻？

不知道該從哪一個問題下手，莉迪亞只好說：「好吧。」

幸好，她忙得不可開交，沒有空擔心這些事。昨天她接到達芙妮的電話，給了她一系列詳細的指示，她一整個早上都奔波於亞特的家和曼德爾社區中心之間，搬運一袋又一袋從亞特衣櫃裡拿出來的奇怪物品。達芙妮並未解釋這些物品的來源，只說亞特一方面想要整理家中的物品，另一方面也想為社區做些好事。一想到耶穌降生劇現場的種種鬧劇，莉迪亞覺得最好不要深究，免得讓自己成為共犯。

幸好，她開的是一輛 Volvo，這輛車相當實用，特別適合這種工作。

這次，莉迪亞為銀髮俱樂部計畫的活動又被打亂了。她在想，什麼時候才有機會展示她藏在儲藏室裡的編織盆栽吊架手作組合。

她挺直了肩膀，深吸一口氣，覺得是時候來召集大家了。

她不曾看過這個空間如此地擁擠。威廉當然在現場，還有安娜和露比，但這次加入的人還多了八位孕婦。在她們上完產前課程時，莉迪亞攔下了她們，說服她們前來幫忙。

莉迪亞還遇到了提姆，在耶穌降生劇現場負責茶水的那一位，他正要去準備匿名戒酒會的活動。

「你可以來幫忙嗎？」她問他。

「當然可以！我會號召比爾的朋友們，對抗上癮的最佳方法就是建立聯繫！」他回答，同時緊緊地抱了她一下。莉迪亞有點厭倦人們說話時總是拐彎抹角，比爾到底是誰，他也會同時來幫忙嗎？

幸好，雖然達芙妮本人不在場，莉迪亞卻能藉由穿著達芙妮的衣服來感受她的能量，那是一件設計品牌亞歷山大・麥昆的軍裝風格外套，而她懷疑這件外套比自己更有應對這種情況的經驗。

莉迪亞最近在讀一本前海豹突擊隊員寫的書，書名為《整理你的床鋪：小習慣可以改變你的生活……或許還能改變這個世界》（*Make Your Bed: Little Things That Can Change Your Life...And Maybe the World*）[48]，她想像自己站在戰艦的甲板上，在戰事開啟的早晨，她的海軍士兵們整齊地集結在她面前，等著她宣告攻擊計畫。

「非常感謝大家今天的到來，我真的很感激。」她習慣性地說，然後在心裡暗自責備自己。如果是納爾遜將軍[49]，他可不會在特拉法加海戰（Battle of Trafalgar）的戰術簡報中這樣開場，對吧？

「今天我們同時有兩場戰役。」她說，將聲音降低了八度。是她的想像，還是聽眾真的都坐得更直了呢？「首先，從家裡的戰線開始，」——她指向那些鼓起來的垃圾袋，裝滿了亞特衣櫃裡的那些物件——「那些袋子裡的物品要分成三類。第一，是給活動廳另一側托兒所的東西。第二，送去附近慈善二手商店的東西。第三，要丟棄或回收的東西。在露比的協助下，產前課程的學員們進行分類。安娜則會騎著她的電動代步車，負責將東西運送至附近的慈善二手商店。

「是的，長官！」安娜說著，行了一個真正的軍禮。「我特地為了這份工作裝上了拖車，長官。」

「做得好，艦長。」莉迪亞說，卻又擔心自己是不是做得太過頭了。「另外，如果你們發現有什麼想要自己保留的東西，請隨意挑選拿走，就當作謝禮吧，甚至也可以算是你們的戰利品。」

「至於其餘的人呢，」莉迪亞指向匿名戒酒會的成員，「要和威廉一起去亞特家，展開第二場戰役，那裡需要徹底地進行整理和清潔。今天工作結束時，我會把所有的垃圾及回收物放到我的 Volvo 裡。有沒有人有問題？」

「我有！」露比舉起手說。「達芙妮在哪裡？」

「她肯定又在某個地方編織她的毛線了。」威廉說。「但亞特去哪裡了？」

「他和達芙妮在一起。」莉迪亞說。「他們說要完成一個重要任務，會整天不在。」

48　為威廉．麥克雷文上將（William H. McRaven）的暢銷書，書中分享他在海豹突擊隊訓練中學到的原則，這些原則幫助他克服挑戰，並鼓勵讀者在困境中保持堅定，改變自己與世界。此書無繁體中文版，中文書名暫譯。

49　英國海軍中將霍雷肖．納爾遜（Vice Admiral Horatio Nelson），為英國帆船時代的海軍將領，曾經參與對抗拿破崙的尼羅河戰役及哥本哈根戰役，而特拉法加海戰更讓他成為英國人心中的海軍戰神。

「他們兩個人？獨處嗎？在一起嗎？」威廉說，露出驚慌的神情。

「這不就像是將一隻松鼠放入老虎的籠子裡嗎？」露比說。

「最好的死法，是被老虎吃掉，還是被達芙妮逼死呢？」威廉說。

「那我寧可選擇老虎。」安娜回答。

「好可憐、好可憐的亞特呀，」威廉搖著頭說，「他經歷的苦難還不夠嗎？」

一整個下午，莉迪亞在兩個地點之間來回奔波，檢視進度、提供指導，也給予大家鼓勵和茶點。已經好久有好幾年，她未曾感受到如此強烈的成就感了。

在這一天結束時，她向大家道別，她有點情緒化，甚至還淚汪汪的，如此告別顯得不太專業，又接著將所有東西裝進車子裡，準備去垃圾場一趟。

還有什麼地方，能像市政府回收中心一樣，令人感到如此滿足、可以充分釋放情緒呢？莉迪亞從後車廂裡拿出所有物品，分門別類地放進相應的箱子，分別為紙材、木材、金屬，及塑膠等。當她將最後一件物品扔進回收箱時，加上一點助跑和有力的過肩投擲，她感覺自己變得輕盈起來，身上的負擔彷彿消失了。她想像著自己輕鬆地舉起雙臂，一路漂浮回家，但這也意味著要丟下那輛 Volvo。

擺脫那些不再需要、壓得自己喘不過氣的事物，真的是一種美妙的感覺。
在今天的此刻，莉迪亞這才第一次想到了傑瑞米。

達芙妮

達芙妮請齊吉幫她安裝 TikTok 後，她開始瀏覽著手機上的影片。果然，正如那位調酒師所說，她的身影出現在影片中，她揮舞著拐杖，像拿著一把劍一樣，喊叫著：**「你給我住手！你這個愛德華他媽的剪刀手！」**齊吉告訴她，這段影片已經四處流傳了。那影片搭配上音樂，並與名人和政客的畫面剪輯在一起，還加上了各種表情符號。她瞬間成為新一代的賈姬．威佛（Jacki Weaver）[50]。

達芙妮接著打開「我們的鄰里之家」網站，她在網站上引起了一陣熱議。有人寫道，**我想她應該和我住在同一棟大樓裡**。她的那些影片，肯定會和她的名字及住址扯上關係，只是早晚的問題。

她聽見了時鐘無情的滴答聲，倒數計時的速度越來越快了。如果她能確切知道自己還剩下多久時間就好了，她就能更有效地計畫了。

達芙妮凝視著白板上新增的清單項目，手中握著筆。

要做的事情實在太多了。

1. 處理齊吉的幫派
2. 找到亞特的女兒（我在乎嗎？我真心提問）
3. 拯救社區中心
4. 報復傑瑞米（擊碎膝蓋骨如何？太過分了嗎？）
5. 再多買一些衛生紙

老實說，第五項任務簡單多了，但其他的都需要時間。

然後，還有席德尼。達芙妮最近忙得不可開交，這也許是他對她如此熱切渴望的原因。

人們總想得到自己得不到的東西，這句真理一直以來驅動著達芙妮的一生。

達芙妮和席德尼已經約會了四、五次了，卻未曾去過對方家裡，也沒有做過超越單純親

50—賈姬．威佛時常在電影和電視劇中扮演充滿力量及智慧的長者，不僅外表堅韌，還有深沉的情感及內心力量，足以吸引人們的目光並於特定情境中展現強大的影響力。

吻以外的事情。在香菸燙傷事件發生後，儘管席德尼的傷勢似乎很快就痊癒了，他的態度仍顯得有些小心翼翼，這讓達芙妮懷疑他是否過度反應了。

達芙妮開始考慮，也許，只是也許，她可以帶著席德尼一起離開。在過去的幾個月裡，她經歷了擁有朋友的興奮心情，以及踏出公寓外的生活，一想到要將這一切拋開，就有一股難以忍受的悲傷湧上心頭。也許，她根本不該打開這個潘朵拉的盒子，因為她無法確定自己是否有力量再將它關上。

達芙妮拿起一支筆，用牙齒咬開筆蓋，寫下：

6. 問問席德尼是否要和我一起離開？

不過，那是今天之後才需要做的決定。今天，她必須開始面對第三項任務的第一部分：狗狗才藝表演的試鏡。

達芙妮、亞特和瑪姬搭乘地鐵一同前往伊靈區，試鏡在一家大型電視錄影棚舉行。除了幾次短暫出遊去鄰近的巴恩斯、富勒姆和普特尼幾個區域，達芙妮已經有十五年不曾離開漢默史密斯了，這次出門讓她感到特別興奮，幾乎就像以前她飛往東京、紐約或柏林一樣刺激。當然，她不會讓亞特發現的，努力維持著一副冷漠無趣的表情。

「這不是很有趣嗎？」亞特說，當地鐵經過了特南綠地站，朝著奇斯威克公園的方向行駛時。「我們就像在約會一樣！」

「約會？」達芙妮驚恐地說。「天啊，我才不會跟你這種人約會呢。」

「為什麼不呢？」亞特似乎對她的反應感到好奇，卻沒有不高興。她該從哪裡開始說起呢？

「首先，你年紀太大了。我只和年輕小男生約會。」達芙妮回答。「你穿衣品味很糟糕，可能還破產，衛生習慣也令人擔憂。」

「你還沒有提到偷竊、欺騙，以及我最近差點被逮捕的事。」亞特說。

「不，那些反而是我喜歡你的地方。」達芙妮回答。

「達芙，你真是個奇怪的女人。」亞特說。

「以前也有人這麼叫我。」達芙妮心裡一陣興奮，因為她聽見自己有了一個小名。她從來不是那種會被取小名的人，至少不會在她面前直接稱呼。

「總之，我覺得你太壓抑自己了。我知道你心裡其實喜歡我。」亞特對她說，一邊眨了眨眼。

「我之所以不喜歡你的原因清單，我會再加上幾點：你徹底欠缺自我意識、極度自戀。」

達芙妮說。事實上，她對他的厭惡似乎又稍微減少了一點。

顯而易見地，他們抵達正確的地點了，因為排隊的人群和狗兒一路延伸到街道的另一頭。那些狗穿著的奇怪服裝實在令人驚嘆，有超級英雄狗、牛仔狗，以及穿著皮衣的粗獷酷狗，甚至還有穿著蕾絲裙、頭上綁著巨大粉色蝴蝶結的華麗小狗。天啊，牠們居然還戴上了**假睫毛**嗎?!

瑪姬對自己近期的裝扮造型感到自豪，現在卻看起來備感威脅的樣子，讓達芙妮不禁想起了莉迪亞。

「別讓那些小母狗嚇到你了，瑪格麗特。」達芙妮說。「我們會把他們打得落花流水。」

問題是，她開始懷疑這個計畫是否可行，他們或許低估了這次挑戰的難度。

首先，他們得要應對這個大排長龍的荒謬隊伍。隨著年齡的增長，有些事就漸漸不再做了，例如穿上無肩帶上衣、三人行，還有絕不妥協的是……排隊。

「不好意思！不好意思！」她大聲叫著，對著一個剛過青春期的孩子揮舞著拐杖，他的牛仔褲的位置懸在臀部下方，手裡拿著一個夾板，耳朵上戴著他似乎非常自豪的耳機，彷彿自己是總統保安小組的一員，而不是管控著一群形形色色的狗主人。他戲劇性地嘆了一口氣，隨後走了過來。

「有什麼事嗎？」他看起來毫不在意，露出只有年輕人才有的冷漠表情。

「我的同伴行動不便。」——她俯身在他耳邊低聲說，勉強忍住把他褲子拉高的衝動——「有尿失禁的問題。這麼說吧，是關於他攝護腺的事。我想，你能不能讓我們排在隊伍前面一些的位置呢？我的意思是，我們也可以等，但我真的不確定會發生什麼事……」她做了一個鬼臉，對著亞特胯部的方向揮了揮手。

「可是……可是……」亞特在她旁邊大聲說，她隨即用拐杖重重壓在他腳上。

「啊啊啊！」他叫了出來。

那個男孩看起來驚慌失措，立刻將他們從隊伍中拉了出來。

「喂！發生了什麼事？這不公平吧！」前面有一個男人大聲喊著，手裡牽著四隻穿著成套藍綠色亮片緊身衣及羽毛頭飾的吉娃娃。

「尿失禁問題！關於他攝護腺的事！」夾板男孩大聲喊著，直指著亞特，而亞特瞬間臉紅耳赤，怒視著達芙妮。「去排那邊的隊伍吧。」他指著一條只有主要隊伍十分之一長度的隊伍，上面寫著「僅限貴賓」。這樣才像話吧。

即便排在這條隊伍之中，達芙妮也得忍受亞特的悶悶不樂將近半小時，直到輪到他們為止。期間內發生了兩三場打鬥事件，搞不清楚究竟是狗還是主人挑起的事端。

「好了，換你們上場了！」夾板男孩最後說，引導著亞特、達芙妮和瑪姬向前走去。達芙妮突然感到有點緊張。她個人的舒適區其實相當寬敞，但這次經歷顯然遠遠超出她的舒適圈。

「我可以抽菸嗎？」她一邊從包包裡掏出香菸並問道。

「呃，不可以。」夾板男孩說，神情震驚。「現在已經不是八〇年代了。」

達芙妮不情願地把香菸放回包包裡。這些人肯定在休息室裡吸食古柯鹼，或在洗手間裡吃醫生開的鴉片類藥物，卻不讓她抽一根小菸，真是太荒謬了。

「你好！」坐在長桌後面的評審之一開口了。「馴狗師的名字是？」

「亞特．安德魯斯，我是一位演員。」亞特回答。

「那你的狗呢？」評審問。

「M。」亞特回答，同時達芙妮也說：「瑪格麗特。」

夾板男孩輕拍著瑪姬，轉動她的項圈，看了看她的名牌。「呃，上面寫著**瑪姬．柴契爾**。」他說。

「哈哈！」左側一位評審笑著說。「她的表演是什麼？取消學校免費提供的牛奶嗎？向阿根廷宣戰嗎？還是打壓工會呢？」

達芙妮給了他一個蔑視意味濃重的眼神。他臉色變得蒼白，隨即閉上了嘴。

「好了，你們可以上場了。」右側的評審說。「把音樂交給那邊的傑斯就可以了。」

「不用音樂。」亞特說。

「哦，好吧，那也沒關係。」中間的評審說，語氣中暗示著音樂其實相當重要。

亞特和瑪姬走到舞台的中央，而達芙妮站在評審旁邊，想要偷偷看看他們在寫下了什麼筆記。

亞特吹了口哨，瑪姬則表演了他在耶穌降生劇時教會牠的小把戲，用後腿轉了一圈，然後向觀眾鞠了一個躬。左側的評審斷斷續續地拍了一兩下敷衍的掌聲。右側的評審寫下的似乎是一份購物清單，因為達芙妮確信他剛才寫下「一大把香菜」。

「給我擊掌一下，M！」亞特說，瑪姬立即抬起爪子舉向亞特伸出的手。「砰！」他從後口袋拿出一把玩具槍，瑪姬隨即倒翻身仰面朝天，四肢高舉在空中。

她真是太棒了，活生生地證明了，老狗也能學會新的把戲。

「就這樣嗎？」中間的評審說，語氣聽起來覺得無趣。

「呃，是的。」亞特回答。

「好吧，下一個！」中間那位評審說。

「等一下！」達芙妮大喊，突然意識到十萬英鎊的機會就要從眼前溜走了。她走上舞台，站在一臉挫敗的亞特身旁，面對著評審們。「當你們拍攝節目時，不需要一些獲得觀眾同情票的沒用競爭者嗎？好讓其他人看起來更優秀？尤其是這位馴狗師，來自弱勢群體，年紀還是快九十歲的人呢？」

「但我不是……」亞特結結巴巴地說，達芙妮又用拐杖戳了他一下。

「嗯，或許吧，你們覺得呢？值得來爭取一些同情票嗎？」中間的評審揚起了眉毛，對著左側的評審說。

「如果他有一個感人的背景故事，或許就可行。」左側的評審回答。

「你有感人的背景故事嗎？」中間的評審問了亞特。

「他有！他有！」達芙妮說。「他和自己唯一的孩子失去了聯繫，已經有三十年沒和她見面了，他甚至不曾見過自己的孫子們。」

「其實呢，這或許可行。」右側的評審說。

「好吧，你通過了。」中間的評審說。「不要讓我後悔，把你的資料交給傑斯。我們會再聯繫你，下一位！」

亞特

在擁擠的地鐵上，坐在亞特身邊的達芙妮說：「我原本還以為，你會對我更加感激的，畢竟我可是救了你一命。」她剛才逼迫一對中年夫妻讓座，當她那雙銳利的眼睛盯上他們時，他們立刻就放棄了一切反抗的念頭。瑪姬坐在亞特的膝蓋上，看起來得意洋洋，這似乎是她理所應當的。

「達芙妮，自從我認識你以來，你在街道上對我大吼大叫，威脅要報警逮捕我，還公開指控我有各種問題，包括失智症、尿失禁、攝護腺、放屁、行動不便，以及勃起功能障礙。」亞特一說完，立刻後悔自己說話太大聲了，因為他注意到旁邊的女人緊張地往旁邊挪動。「我原本年紀就不小了，你還另外加上了快十五歲，然後，最糟的一件事是，你還拿我生命中最痛苦的事，那個我因為信任而私下坦誠的祕密，來為你自己謀得好處，完全不考慮可能造成的後果。所以，不，我一點也不感激，事實上，我非常憤怒。」

亞特從未遇過令人如此惱怒的人。他等著達芙妮向他道歉，這是任何正常人都會意識到該做的事，但達芙妮顯然不屬於正常人，只是一陣靜默。或許可以說，在擠滿了上百位乘客的地鐵車廂裡，這只是一種相對的靜默，因為許多人都在偷聽他們的對話。

最後，達芙妮開口了。

「反正他們都會在我們身上貼上標籤，我們倒不如好好利用他們懶惰的成見，來為自己謀取好處，你難道還沒有發現嗎？多虧有你裝出來的失智症、高齡和失禁，你才沒有因為入店行竊而被逮捕，而我們也才能排到隊伍前面，並獲得上電視節目的機會。」達芙妮說。

令人惱火的是，亞特認同她的觀點，但他卻不打算承認這一點。他太生氣了，完全不想讓步。

他不想看向達芙妮，堅定地望著前方，卻在對面的黑色窗戶中看見了她的鏡像，她瞪著他。亞特怒視著鏡像中的達芙妮，她則對著他齜牙咧嘴。

「話說回來，我們要怎麼辦理傑瑞米的事？」達芙妮轉換話題的速度如此之快，讓他有些措手不及。

「你為什麼認為自己有權修復莉迪亞的婚姻？」亞特問道。「這根本不關你的事，而且，我從來不覺得你是那種喜歡做好事的人。」

「我的計畫才不是這樣。」達芙妮說，「我根本不打算要修復她的婚姻。以我個人的謙虛見解來看，她離開那段關係會過得更好。」一聽見她用「謙虛」這個形容詞，亞特不禁嗤之以鼻。

「我只是想要折磨一下那個虛偽的小人丈夫。」

「你真的不是個善良的人，達芙妮。」亞特說。

「那麼，幸好，我從來不追求當個**善良**的人。」達芙妮回答，「那種空洞無聊的形容詞比較適合你。如果你想沉浸在這種**善良**的幻想裡，隨便你，但別指望我會參與其中。」

又是一陣漫長的沉默，亞特開始想著，在到達漢默史密斯前，他或許可以不再和她對話。然後，她又開口說：「我覺得，傑瑞米不知道自己擁有莉迪亞有多麼幸運。我敢打賭，如果他真的面對他與輕浮小女友同居的現實生活，他肯定會大吃一驚，發現自己根本是拿柱子砸自己的腳。」

「你指的是『石頭』，」亞特說，「『拿石頭砸自己的腳』才對。」

「不，才不是。」達芙妮怒瞪著他說。「總之，石頭到底算什麼鬼東西？我就是要把那個混蛋吊在柱子上。然後，最理想的做法，就是將他從橋上扔進泰晤士河裡，那麼他就可以和魚兒一起游泳了。」

「我再重申一次，你不是個善良的人。」亞特說。

亞特注意到一群穿著連帽衫的年輕人，正用肘部碰觸著對方，先是低頭盯著手機，隨後又轉向他。難道他被認出來了嗎？在他五十年的「職業生涯」中，這種情形曾發生過幾次，但每一次都讓他感到興奮不已。也許他們只想得到一個簽名，或者一張自拍照。亞特向他們投去一個狡黠的側目，彷彿正說著，*是的，就是我，但不必在公眾場合為此大驚小怪吧……*

他就靜靜等著他們大驚小怪。

火車駛入漢默史密斯車站，他和達芙妮起身準備下車。其中一個年輕人用肘部推了推他的朋友。

「你給我住手！你這個愛德華他媽的剪刀手！」他大聲喊道，揮舞著一把只存在於想像中的長劍。

他不禁懷疑，是否被誤認成強尼．戴普了？嗯，這倒是第一次。他在外貌或氣質上肯定保養得不錯，要不就是強尼．戴普最近真的開始走下坡了。他微笑著，也向他們揮舞著存在於想像中的長劍，優雅地鞠躬，隨後下了火車。

達芙妮一定會對這一幕留下深刻的印象吧？當然，他沒有想要做什麼讓她刮目相看的事。但他究竟為什麼要這麼做呢？他根本不在乎她對自己的看法，事實上，也不在乎她對任何事物的看法。

「滴答、滴答。」達芙妮小聲嘀咕著。亞特完全不明白她在說什麼，卻也無意詢問她。他認為，與達芙妮相處最安全的策略，就是盡量減少接觸互動。

當他們走到街道上時，亞特心想，是否應該送達芙妮回家，以免她攻擊附近街上的搶匪。但是，還沒來得及等到他開口之前，她已頭也不回地走了，隨意地將拐杖扛在肩上。

當亞特和瑪姬走近他家時，他的愉悅心情立即消失了。燈竟然亮著，難道他家被偷了嗎？他推開前門，心裡忐忑不安地猜測發生了什麼事。這裡肯定不太對勁，屋內彌漫著新鮮的松木及檸檬的清香。什麼樣的小偷，會讓你家充滿了清潔產品的氣味？

「亞特，歡迎回家！」威廉從廚房裡走了出來，手裡端著兩杯威士忌。

「發生什麼事了？」亞特問。

「你自己四處看看吧。」威廉回答。

威廉帶著不敢置信的亞特參觀他自己的家，逐一察看每一個空間，但這並不是他的家。

他彷彿一瞬間回到了過去，回到吉兒和卡莉離開之前的日子，當時這裡還是一個家，而不只是一個堆滿雜物的建築物。那個家不僅乾淨、溫暖、整齊，而且舒適。

「我們上樓吧？」威廉說，亞特感到內心一緊。威廉彷彿可以讀懂他的心思——事實上，經過這麼多年，他現在確實讀得懂，他說：「別擔心。我沒有丟掉任何卡莉的東西，只是都小心翼翼地收起來了。」

威廉用力推開卡莉舊房間的房門，裡頭乾淨、清新，而且空蕩蕩的。關於她的記憶依然存在，卻不再讓人感到壓迫且窒息。亞特慢慢走向衣櫃，又回頭看向威廉一眼，威廉點了點頭，給了他一個鼓勵的微笑。他緊緊握住門把手，像撕掉OK繃一樣迅速地打開了衣櫃。

他愣住了，無法理解他眼前看見的景象。那些傷痕已經被清除並止血，多年來積累的戰利品和潰爛的羞愧都消失不見了，取而代之的是整齊收納的少女物品，記憶被清晰有序地整頓安放。

亞特坐在床上——那張床已不再凹凸不平，現在床底下不再藏著任何東西。他感覺心情變得輕鬆，彷彿終於卸下了肩上的重擔。他開始哭泣，這是自從吉兒和卡莉離開後的第一次，是全身都顫抖不止的劇烈抽泣。威廉坐在他旁邊，輕輕地揉著他的背。

「老兄，你不會再開始往那個衣櫃裡塞東西了吧？」等到亞特的抽泣變成一陣打嗝聲後，威廉這麼問。

亞特搖了搖頭。

「你知道，那只是種轉移注意力的方式，對吧？讓你不去想著吉兒和卡莉……還有，你知道的。」

亞特知道，但此刻他最不想談論的就是這件事。

「現在找吉兒為時已晚，但你還是找得到卡莉。拜託了，亞特。我會幫你的，我們可以一起去找她嗎？」威廉說。

「我覺得我們不需要這麼做了。」亞特含著淚說。「達芙妮告訴一家該死的電視製作公司所有的事，所以我猜想他們會幫我搞定，卻也會挖出一堆麻煩的舊事。他們稱之為『我感人的背景故事』，這也是他們讓M通過試鏡的唯一原因，所以已經沒有我可以做的事了。」

「真是糟糕。」威廉說。「但或許那位老太太幫了你一個忙。」

亞特心中有一小部分同意這個看法。他自己沒有勇氣去找凱莉，但如今這件事已經完全不在他掌控之中。如今，他可以將一切交給命運。不過，他不打算要承認這一點，甚至不會對威廉承認，更別提對達芙妮了。

「根本不算是，幫忙的意思是指她是出於好意而為之。」亞特說。「但她完全是出於自私的動機。那個女人太惡毒了。她到底是從哪裡來的？儘管我們玩了好幾小時的真心話大冒險和『我從未做過』[51]，我們對她仍是一無所知。我們在這裡住了這麼久，在銀髮俱樂部之前卻不曾見過她。你不覺得這很奇怪嗎？」

「好吧，漢默史密斯是一個很大的區域。」威廉說。「但達芙妮可不是那種容易被忽視的存在。我們不可能沒注意到她吧？」

「那女人真的要把我給逼瘋了，我真的不喜歡她。」亞特說。

兩人之間沉默了許久，威廉又再次開口了。

「你還記得，當我們升上中學時，你告訴大家你有多厭惡足球，卻是因為你沒被選上A隊的行列嗎？」他突然轉移了話題。「但是，當時你情緒那麼激動，就算是傻瓜也看得出來你有多麼在意。你確定，你對達芙妮有這種感覺，並不是因為你內心深處其實想要融入她的社交圈嗎？」

「你瘋了嗎？」亞特說。「而且她根本不是有社交圈的女人。她是一隻孤狼，獨自揮舞著白板的女巫。幸運的是，她現在盯上的人是傑瑞米，而不是我們。我真不敢想像，她打算要對他做些什麼可怕的事。」

51—Never Have I Ever 為一種社交派對遊戲，玩家輪流說出自己不曾做過的事情，旨在促進交流和分享，常用於打破僵局或增進友誼。

達芙妮

達芙妮坐在書桌前，試著要寫一封道歉信。對於她這個年紀的人來說，很少會遇到這樣的情況，但她現在確實碰到了，而這件事遠比她所想像的更加困難。更何況，她道歉的對象還是亞特．安德魯斯。

最近這幾天，達芙妮一直感覺自己**不在狀態內**。自從他們試鏡回來之後，她始終無法擺脫這種不尋常的不安，在排除了不可能的選項之後，她最終確定這種感覺是**懊悔**。確實，她感到抱歉。畢竟，相較於多數的人，她更能理解隱私的必要性，以及祕密的重要性。然而，她卻輕率且自私地利用了亞特基於信任才透露的祕密。

亞特有充分的理由感到憤怒。然而，讓她感到特別驚訝的是，她意識到她在乎亞特對自己的看法。「一個你確實在乎他有什麼想法的人」，這是否就是朋友的定義呢？或許是吧。而且，身為一個犯錯的朋友，你會向對方道歉，沒錯吧？

因此，達芙妮手裡拿著一支鋼筆，面對一張空白的信紙苦惱不已。

親愛的亞特，她寫道。

親愛的？這樣的開頭是不是太**親密**了？她對他的厭惡感已經不如之前強烈了，但這也不足以讓他成為親愛的。她沮喪地把信紙揉成一顆球，扔進廢紙簍裡。正中目標，太棒了。

嗨！她寫道，口吻如此輕鬆、如此隨意。也許又太隨意了？

關於我對待你的態度，我覺得我必須道歉，她寫道。她瞇起眼睛看著這些字，雖然這些字句都是實話，卻顯得如此軟弱、如此充滿歉意。她嘆了一口氣，又將這些字句揉成另一顆球，扔進了另一個廢紙簍裡。

兩個小時後，當她終於簽下自己的名字時，廢紙簍已經快滿了，但這封信仍然沒有那麼直截了當。獻上愛，達芙妮，她以一種華麗的筆觸寫道，隨即呻吟了一聲。她當然不能用「愛」這個字啊！他可能會徹底地誤解她的意思。而且，連她的署名都是個問題。既然，這是她多年來寫下最真摯的文字，她不想寫下「達芙妮」，以一個謊言結束。

簽名時，她應該採用亞特曾叫她的那個小名嗎？叫什麼來著？達芙？不行，他或許早就不記得自己曾這麼叫她了，她這麼做不是很奇怪嗎？

達芙妮把額頭靠在涼爽的皮革桌面上，試著重新振作再開始。

齊吉

齊吉躺在沙發上，蓋著他五歲時就有的巴斯光年羽絨被，暗自希望自己能「飛向宇宙，浩瀚無垠」。當他用手機滑著TikTok時，凱莉則繼續看著更多的電視節目。他已經快要遲到一小時了，卻還沒把凱莉送到托兒所，而他越是想像珍寧那失望中夾雜擔憂的表情，他就越不想去，而拖延的時間越長，他越是預料會面對更多的失望與擔憂，這簡直是一個惡性循環。

突然，一聲刺耳的門鈴響起，嚇了他一跳。會是佛洛伊德嗎？還是警察、社會服務機構，或者學校的人？最好的對策似乎就是裝作不在，因為沒有任何一個是好選項。

他把羽絨被拉過頭頂。

然而，凱莉卻有自己的主意，並開始大聲尖叫。

他無法在嬰兒的尖叫聲中裝作不在家，這只會讓他們強行破門而入。

「你錯過了一個保持沉默的大好機會。」他對女兒說，這句呼應了母親經常對他說的話。

齊吉把羽絨被緊緊裹在身上，看起來像是《飛天巨桃歷險記》[52]裡的那隻巨蟲，腳上卻穿著十號的鞋子。他站起來，拖著腳步走到門口，透過貓眼望向外頭。是達芙妮。一開始，他先是鬆了一口氣，但隨即意識到，她可能是所有潛在變數中最危險的一個。他的背部靠在門上，也許她不會知道他在家。

「我知道你在裡面，齊吉！」達芙妮在幾英寸的門外喊道，她的聲音響亮得讓大門都震動了。他把大門打開了一條細縫，然而她卻將拐杖的一端插進縫隙，差點刺入他的眼睛，隨後，她用力把門撐開，強行闖了進來。

「好吧。」她說。「我們得好好解決你現在的麻煩。」

齊吉嘆了一口氣。「別費心提出報警的建議了。」他說。「如果我真的被貼上『告密者』的標籤，我和凱莉的生活真的就徹底完蛋了。」

「相信我，我一點也不想靠近那些警察。」達芙妮說，在她去酒吧「解救」齊吉後，她已從他口中得知他身處的困境。「我們跳過那個中間人，直接去找那個該對你這種不負責任行為負責的人。他叫什麼名字？」

「佛洛伊德。」齊吉咕噥道。

「大聲一點！」達芙妮說。
「佛洛伊德。」齊吉稍微提高了音量。
「去換衣服，我會陪著凱莉。」達芙妮說。
當齊吉回來時，達芙妮和凱莉正全神貫注地看著達芙妮的手機上播放的內容。
「你們在看什麼？」齊吉問，不是因為他真的在乎，而是因為他想拖延無可避免的事。
「問問艾歐娜（Ask Iona）。」達芙妮說。「艾歐娜．艾佛森是一位非凡的年輕女性，專門在 YouTube 上幫人們解決問題。她說話總是一針見血，她的影片觀看次數高達數百萬次。凱莉，這太有趣了，對吧？」
凱莉對著達芙妮露出笑容，拍了拍她的小手。齊吉不確定自己的女兒是否真的喜愛達芙妮，或是得了斯德哥爾摩症候群。
「你覺得她有辦法幫助我嗎？」齊吉看著螢幕上的女人，意識到自己和達芙妮對於「年輕」的定義完全不同。

52　《飛天巨桃歷險記》（*James and the Giant Peach*）為英國作家羅德．達爾（Roald Dahl）一九六一年出版的兒童小說。故事中的小男孩詹姆斯在父母去世後，被姨媽虐待。他有一天遇到了一顆神奇的巨桃，並一起展開了一場冒險，旅行到紐約，並在過程中克服了許多挑戰。

「天啊，當然不行。」達芙妮說。「你的小問題需要更多的……專業知識。她是一位女同性戀，你知道的，我一直想試試當女同性戀的感覺。」

聽見達芙妮想當同性戀的這番言論，齊吉被嚇得說不出話來，因而忘了問最關鍵的問題：那些專業知識到底是什麼？

像往常一樣，佛洛伊德派了一個盯梢者駐守在牆邊，那個人擺動著雙腿，呼出一團團的電子菸煙霧，甜膩得令人作嘔。

「達芙妮，你確定這是個好主意嗎？」當他們走近時，齊吉對她低聲地說。「你真的不知道你面對的是什麼樣的狀況。」

「我可以向你保證，我知道。」達芙妮回答。

「結局可能會非常糟糕。」齊吉說。

「對某些人來說也許會，但對我來說不會。」達芙妮說。「也不會影響到你或凱莉，相信我。」

齊吉必須要阻止她。如果達芙妮最終進了醫院——甚至是更糟的狀況——他將永遠無法原諒自己。

「達芙妮，我們還是繼續往前走吧。」他說，抓住她的袖子，試著把她拖過社區的入口。達芙妮卻踩住腳跟不動，抽回手臂，讓他只能握著空空的外套，像一位衣帽間的服務人員。

「喂，你！」她對著盯梢者大喊。**「我需要和佛洛伊德談談。」**

那個盯梢者低頭看著她，笑了起來。「奶奶，他的失智症藥物已經用完了。」他說。

達芙妮對他投以一個凶狠的眼神，若沒有佛洛伊德的強大力量作為後盾，任何人都會瞬間崩潰。

「好吧，我去找他。」他翻了翻白眼，轉過身開始對著電話說話。幾秒鐘後，他說：「佛洛伊德叫你們去他的辦公室，齊吉知道怎麼走。」

齊吉點點頭，儘管他被邀請前往「辦公室」的唯一一次，是因為他弄丟了包裹而被佛洛伊德狠狠地痛打一頓，那是他在這個世界上最不想再度造訪的地方了。他心裡不禁想著，那裡的水泥地上不知是否還有他血跡和嘔吐物的痕跡。

齊吉推著凱莉的嬰兒車，朝著社區後面的車庫走去，達芙妮緊跟在後。當他到達正確的那個車庫時，他敲了敲門。

「我是齊吉。」他強迫自己說出這一句不情願的話。沒有任何回應。「佛洛伊德正在等我。」他把頭靠在金屬門上說。

車庫門打開了一條細縫，剛好讓他們稍微低著頭便能進入，隨後關門又發出一聲金屬的撞擊聲。車庫裡唯一的光源是一盞閃爍不止的裸露燈泡，兩三隻蒼蠅在它四周嗡嗡作響地盤旋，就像圍繞著原子核運行的電子。佛洛伊德坐在一張巨大的皮革躺椅上，正玩著一款充滿殺戮暴力的 PlayStation 遊戲。他或許正在為現實情況進行熱身。

「奶奶，你想和我談什麼事呢？」他一邊說，一邊目不轉睛地盯著螢幕。

「是的。而且，和我說話時要看著我。」達芙妮說。齊吉緊張了起來，等待著即將到來的爆炸事故。沒有人敢這麼對佛洛伊德說話而不付出代價，除了達芙妮，看來她是個例外。

「哈哈！我得要承認，你真有膽量。」佛洛伊德說，將遊戲手把遞給一個手下繼續玩下去，接著轉動椅子以面對達芙妮。「那麼，你想要什麼？」

「我想要你別再找齊吉的麻煩。」她說。「他不能為你工作，他有考試要準備，還有一個孩子要照顧。」

「沒辦法，老太太。」佛洛伊德說。「是他欠我的。」

「難道你不覺得這一切太巧合了嗎？正好在他運送你的包裹時，就有人偷了他的背包？而且，就在他告知你，他不想再做你的跑腿工作的一小時內？」達芙妮說。這個想法也曾閃現在齊吉的腦海，但他早已拋諸腦後了。他就是太倒霉了，畢竟，在一次毫無障礙的親密接觸，某一顆精子中大獎的機率微乎其微，結果卻真的發生了。

「你認為東西根本沒有被偷走嗎？」佛洛伊德瞇著眼睛說。「你認為他一直在騙我嗎？」天啊，這樣只會讓情況變得更糟。達芙妮，閉嘴吧。

「聽著，早在你出生前，我就已經在玩這個遊戲了。」達芙妮說。「而且我玩得比你更厲害、更努力。當年那些在我手下工作的人，足以把你和你的手下嚼碎當早餐來吃，你這個多餘到浪費空間的可悲之人。」啊，別再說了，達芙妮，停止吧。

「跟我說話時小心點，老太婆。」佛洛伊德說，但他看她的眼神卻帶著一絲興趣，而不是攻擊性。

「你一點也不聰明，這都是老掉牙的把戲了。你叫手下去偷走快遞員手中屬於你自己的貨，如此一來，在可預見的未來中，你就能確保他們被你牽著鼻子走。」達芙妮說。「那個包裹根本就沒有被偷，對吧？它被直接送回你手中了。你只是為了好玩才痛打齊吉一頓，現在卻還要毀了他的人生，讓他成為你免費的打工仔。」

齊吉正等著佛洛伊德憤怒的反駁，但他只是往後靠在椅子上，笑了出來。達芙妮說的都是真的嗎？難道他一直被對方牽著鼻子走？

「聽著，奶奶，既然我喜歡你的風格，我就告訴你我打算怎麼做。」佛洛伊德說。「你把那一條項鍊給我，我們就一筆勾銷了。」他指著達芙妮脖子上的鑽石項鍊。

達芙妮停頓了一下，輕輕轉動著喉間閃閃發光的寶石。

「好吧。」她最終開口說。「不過，你得要離齊吉和他的家人遠一點，也告訴你所有朋友們別再來找麻煩了。明白了嗎？」她解開了項鍊，遞給佛洛伊德。

「好吧，隨便。」佛洛伊德一邊說，一邊把項鍊塞進他的牛仔褲口袋裡。那條項鍊像一條閃爍發亮的蛇，垂懸在空中，似乎渴望一些新鮮空氣。「現在，你們快滾吧，我很忙。」

他從手下那裡奪回遊戲手把，轉身面對著螢幕。

「我真的不敢相信剛才發生的事。」當他們走回他的公寓時，齊吉說。「你怎麼會知道那些事？」

「畢竟我也追了不少電視劇。」達芙妮回答。「剛才的情況混合了《幸福谷》（*Happy Valley*）和《黑道家族》（*The Sopranos*）的情節。現在呢，你需要儘快回到學校，讓自己的生活再度步入正軌，否則我就會讓你開始懷念和佛洛伊德那個幫派打交道的日子，明白嗎？」

「是的，女士。」齊吉回答。「但是，達芙妮，我擔心那條項鍊。當佛洛伊德發現那些寶石是假貨時，會發生什麼事？」

「嗯，我也很擔心那一條項鍊。」達芙妮說。「時間不多了，齊吉。」

「什麼時間不多了？」齊吉問道，但她只是搖了搖頭，兩人之間的安靜氛圍變得有些尷尬。然後，齊吉有了一個主意，他想讓達芙妮明白，他有多麼感激她給予他和凱莉的所有幫助。她一定會很高興的，他真是個天才。

「達芙妮。」他說。「你願意考慮成為凱莉的教母嗎？如果你願意的話，我們會非常開心的。」

達芙妮停頓了一下，試著找到適當的字句來表達自己的興奮之情。

「別再胡說八道了，齊吉。」她說。「我當然不行，這真是個極其愚蠢的想法。」

這不是他預想得到的反應，但話說回來，達芙妮的一切向來出乎人們的意料。

莉迪亞

「好了，大家都清楚了嗎？」達芙妮拿著粉筆，語氣咄咄逼人地指著他們說。

他們借用了隔壁的托兒所的黑板，達芙妮正在詳細講解一個名為「莉迪亞的復仇」的計畫，以及他們每個人必須扮演的角色。她要求大家重複她提供的指示，直到他們能完全記住每一個細節，直到她滿意為止。

達芙妮的樣子幾乎令人心生畏懼，卻又讓人刮目相看，思路清晰、邏輯嚴謹，具有極強的說服力。不論是誰都會認定她有策畫複雜計畫的多年經驗。

問題是，莉迪亞甚至不記得自己曾同意進行這個計畫。她有嗎？黑板的頂端以大寫字母寫著她的名字，但她感覺自己彷彿被整個事件的迅速進展推著走，根本沒有機會好好思考，更沒有機會提出反對意見了。

「達芙妮，我們真的確定要這麼做嗎？」她說。「這樣是不是有點太過分了？我相信我們婚姻中的問題有一部分是我的錯……」

她都還沒把話說完，就被前輩們打斷了，但這也不是第一次了，他們齊聲喊著「莉迪亞，這不是你的錯。」

「親愛的，他的身體不會受到任何實際的傷害。」亞特說。「他的懲罰會成正比地符合他罪行的嚴重程度。現在呢，我有一些東西要發給大家。」

亞特打開了放膝蓋上的袋子，拿出六部全新的對講機，並分發給大家。莉迪亞拿起一部，在手中翻來覆去，感覺自己現在就像《反腐先鋒》（*Line of Duty*）中的警探凱特．弗萊明。

「大家必須將頻道調至第三頻道，這樣一來，只要在範圍內，我們就能和彼此聯繫了。」亞特說。「還有，別忘了要拍照並傳送給威廉，當然是私下傳給他就好。」

「呃，亞特，不要誤解我的意思，但你從哪裡弄來這些對講機的？」莉迪亞說，她不想讓自己再度陷入麻煩之中。

「從商店買來的。」亞特說，根據他的表情，他顯然是誤解莉迪亞的意思了。「別擔心，是花錢買的。」

「是花我的錢買的。」達芙妮補充道。

「我們為什麼不直接使用 WhatsApp 群組呢？」莉迪亞說。

「什麼群？」露比問，這回應反而回答了莉迪亞的疑問。

「你知道安娜和威廉打字有多慢嗎？」亞特說。「不管怎樣，對講機比較有趣，而且還可以說『完畢』、『聽見了嗎？』和『收到』。」

「**收到**。」威廉咯咯地笑著回應。「這說法可能會造成誤解。哎呀！」他揉著剛才被達芙妮用粉筆準確擊中的額頭。

「現在可不是小學生開幼稚笑話的時候。」達芙妮說。「好，讓我們同步一下手錶上的時間。現在是下午四點，距離行動還有兩小時的時間。請大家各就各位，任務結束後在此與大家會合。」

亞特

亞特將手伸進口袋裡，摸到一個信封硬挺的邊角，心中升起一股疑惑。他確信自己出門時口袋是空的，難道自己又開始無意識地偷竊了？這樣可就不妙了。

他將信封拿出來，仔細一看，信封正中央就寫著大大的「亞特」，是工整且優雅的草寫字體。他不禁思索，這信封怎麼會出現在他身上，卻一直沒察覺呢？

亞特拆開信封，抽出一張高品質的便條紙，因為他沒戴上眼鏡，只好將那張紙拉得遠遠的。隨著距離越遠，文字也漸漸變得清晰。

亞特：

我很抱歉。

D.

亞特微笑了。顯然，達芙妮並沒有花太多時間寫這封信，但他還是很感激她這麼做。也許，她終究不是他想像中那麼邪惡的女人，或許他們仍然可以當朋友。那個女人真的很有膽識，和她共度的日子確實變得更有趣了，雖然有時候未必是好事。

有那麼一瞬間，亞特差點忘記了自己在此的原因，但他立刻讓自己好好冷靜下來。

「目標正要離開大樓，聽見了嗎？完畢。」亞特說，他在金融區中心傑瑞米辦公室對面的一個瞭望台上。

「聽得很清楚！正要移動就位。」安娜回答。

「你得說『完畢』，這樣大家才知道你已經說完了。完畢。」亞特說。

「為什麼？」安娜問。

「這樣大家才知道你說完了。完畢。」亞特說。

「我講完話，安靜下來時，你們不就知道了嗎？」安娜說。

「他正在接近腳踏車架！」亞特喊道。「四周已經聚集很多人了！」

「你沒說『完畢』。」安娜指出。

「我正在錄下目前的情況。完畢。」威廉說，他坐在一個高空酒吧，配備了一系列極其強大的鏡頭拍攝。

當他們看著傑瑞米擠過人群，並找到自己的滑板車時，頻道裡靜默無聲。他毫不費力就讓那些人為他讓路，亞特想著，當他還是個孩子時，他就得靠著自己的努力擠到隊伍的前頭。

站在一排自行車和滑板車前，傑瑞米皺起了眉頭，隨後摘下了眼鏡，揉了揉自己的眼睛，彷彿這麼一來就能讓眼前這個不可思議的景象消失。

當天早上，他拿鏈條鎖住頂級滑板車的地方，竟然被一個淡粉色的巨大毛線編織物覆蓋，形狀像是一根陰莖。原來，自從上一次耶穌降生劇意外的幻燈片播放秀之後，毛線班克西便開始悄悄地製作這個作品，並將其貢獻給達芙妮的計劃。

那個巨大的毛線陰莖覆蓋了傑瑞米滑板車的立管及手把，而兩個巨大的毛線睪丸則遮擋住了前輪。

傑瑞米雙手握住那根整齊圓滑、像是割過包皮的陰莖頂部時，試圖要將它從車上拉下來，但它顯然已牢牢地固定在底座上。他的額頭上開始滲出了汗珠。

「老兄，你手裡拿著的是你的老二嗎？」一個留著時髦鬍子的男人問道，手機正對準了傑瑞米拍攝，圍觀的人群中傳來一陣止不住的笑聲。

「這與我無關。」傑瑞米回答，並迅速鬆開了那個陽具。他滿臉通紅，顯然是因為深感羞辱，卻也讓人覺得他從這種羞辱中得到了某種滿足。

亞特穿過馬路，而傑瑞米正憤怒地走離那輛覆蓋著針織裝飾物的滑板車，心中充滿了受到不公正對待的憤慨和怒火。就在此時，安娜駕駛著她那一輛改裝過的代步車，擋住了他前方的人行道，傑瑞米停住腳步，發出一聲不耐煩的哼聲。亞特迅速地將手伸進他的外套口袋，拿出了手機，這些年來的竊盜經驗讓他練就了靈巧的手指。

亞特在傑瑞米的背後豎起大拇指作為信號，安娜隨即移開她的代步車並讓路。

「快點。」當傑瑞米走出聽力範圍外之後，她立刻說。「試試那組密碼。」

亞特摸索著手機，依照莉迪亞的建議輸入傑瑞米的出生日期，手機便解鎖了。

「這個男人真是個白癡。如果你用自己的生日當密碼，你就應當承受自己遭遇的一切後果。」亞特說。**自我提醒：變更密碼**。

亞特快速瀏覽了傑瑞米的簡訊紀錄，終於找到了他要尋找的資訊。

「達芙，聽見了嗎？完畢。」他對著對講機說。

「聽得很清楚。完畢。」達芙妮回答。

「他要去在塔橋旁邊的 Le Pont de la Tour 餐廳，聽起來真是高檔。」亞特說。

「它的發音是 Pon，不是 Pont，這個字是法文。完畢。」達芙妮糾正他。

「隨便啦。」亞特用模仿法語的戲謔語氣說。

「你看看能不能幫我們預訂座位，我傳送這則簡訊後就和你在那裡碰面。」亞特說。

「收到。」達芙妮回應。

達芙妮

達芙妮坐在靠窗的雙人桌旁，眺望著夕陽下閃耀的壯麗塔橋。她看見對岸那一棟恰如其名的小黃瓜大樓[53]，她上次造訪這區域時，這一棟建築物才剛完工，如今卻已穩當地融入了這座城市的景觀。在漢默史密斯躲藏了那麼多年，她竟然忘了自己住在一個如此宏偉的城市，她往後一定會想念這個地方。

她看見一位衣著得體的服務人員正帶著亞特走向她的桌子，他緊緊握著亞特的手肘，彷彿亞特隨時會倒下一樣。「祝您今晚用餐愉快，先生。」服務人員說著，為亞特拉開了椅子，接著輕輕地將摺疊好的餐巾放在他膝上。「我們很榮幸，謝謝您選擇我們的餐廳來完成您的人生願望清單。」

服務人員一離開後，亞特便低聲地說：「達芙妮，你又做了什麼？」

「嗯，他們的位子都已經訂滿了。」達芙妮說，「聽說，現在的訂位要提前好幾個星期才能訂到，所以我告訴他們你快要不行了。畢竟，這也是事實，只是沒有我讓他們誤以為的那麼迫在眉睫。我告訴他們，你的人生願望清單上的最後一項就是來這裡享用晚餐，而且也無法再等下去了。所以，請你假裝看起來不太健康的樣子吧。」

亞特嘆了一口氣，翻了個白眼，但她如果沒看錯的話，他臉上似乎也帶有一絲讚賞。

「我傳送簡訊了。」亞特說。「她叫凱蒂，以一個成年女性來說，這真是個愚蠢的名字。」

「嗯，這招成功了。」達芙妮說。「我一到就看見她了。她正要進門，但讀了手機上的訊息後，就突然轉身離開了，就像一隻開心滿足的貓咪。時間拿捏得剛好，因為傑瑞米十分鐘後出現了，他看起來相當惱怒，就像一個剛發現自己的滑板車變成一個毛茸茸巨大陰莖的傢伙。他就在那裡——你看。」

傑瑞米坐在一張鋪著亞麻桌布的雙人桌旁，桌上擺滿了銀器和水晶。他旁邊的冰桶中擺放著一瓶香檳。在鄰桌客人的注視下，傑瑞米對他們微微揮手、輕輕點頭，這些自稱為宇宙

53｜Gherkin building，酸黃瓜大樓是位於倫敦的一座標誌性摩天大樓，正式名稱為「聖瑪莉艾克斯三十號大樓」（30 St Mary Axe），有獨特的圓錐形設計和玻璃外觀，是現代建築的倫敦地標之一。

大師的人們，似乎正以某種祕密代碼進行溝通。

傑瑞米舉手向一位服務人員做了個手勢，指著菜單並發出一些他們聽不見的指令。

「九〇年代初期，當泰倫斯．康蘭剛開這家餐廳時，那是我第一次和傑克一起來這裡。」達芙妮說。

「傑克是誰？你的丈夫嗎？」亞特問道。但讓達芙妮感到驚訝的是，她發現自己竟然會想談到這個人。這不就是朋友會做的事嗎？和彼此分享真實的生活，甚至是重要的事。而且，現在談論這些事也無所謂了，對吧？倒數計時已經開始，已經無法停止了。

於是，達芙妮開始向亞特講述，關於自己作為霍普斯伯里家族養女的成長經歷，以及她對歸屬感的極度渴望，而中間稍作停頓，是為了向一位卑躬屈膝的服務人員說明他們要點的餐點。她告訴亞特，她如何被奢華和富裕包圍，但這些事物都不屬於她。

「後來，」她說，「我遇見了傑克。在他的微笑中，我看到了自己一直想要的一切。有傑克在我身邊，我擁有了尊重、歸屬感，還有比我想像中更多的財富。認識他的時候，我才十八歲。」

「他是做什麼的？」亞特問。

「好吧，我當時以為他只是一個商人，擁有一家俱樂部，並經營進出口貿易。」達芙妮回答。「但事實上，情況比我想像的還要複雜許多。我一定是太天真了，或是刻意不去面對事實的真相。等到我發現傑克的業務範圍時，我們已經結婚了，我也早已深陷其中了，根本無法找到逃脫的辦法。」

亞特露出一副不知道從何問起的表情，達芙妮這才意識到自己透露太多事了。真是個愚蠢的女人，她得要把話題轉回亞特身上。自從亞特帶她去看凱莉的房間之後，就一直有個問題在她心頭縈繞。

「亞特，我無意窺探你的隱私。」她說，儘管她確實這麼做了。「但是，卡莉的房間，看起來像是兩個孩子的房間？」

亞特臉上露出的表情，達芙妮再熟悉不過了。在失去傑克之後，那是她多年來在鏡像中看見的神情。那是無以承受的悲痛與哀傷，同時伴隨著隱約的愧疚感。或者，她只是將自己的情緒投射到他身上。

她把手伸過桌面，輕輕放在亞特的手臂上。隨即又將自己的手收回，塞進膝蓋下方。

「卡莉是雙胞胎之一。」亞特低聲說，達芙妮得要仔細傾聽才聽得見。「卡蒂是她的妹妹，因為腦膜炎而突然去世，她當時才十五歲。接著，幾天之後，卡莉和她的媽媽就離開我了。大家都說，時間是治癒一切的良藥，但我從來沒有走出來過。我每天都想著她，想著他們。」

「我真的、真的感到很抱歉。」達芙妮說，如今她養成了道歉的習慣，就似乎停不下來了。但除此之外，她也不知道該說些什麼了。她無法想像擁有一個孩子的感覺，更不用說失去一個如此年幼的孩子。亞特真是太可憐、太可憐了。

「達芙妮，這是關心，還是同情呢？」亞特帶著顫抖的微笑說。

「都不是，是消化不良。」達芙妮說。「我不該點生牛肉薄片的，雖然那真的美味。」

「你喜歡吃生肉的事，我一點也不驚訝。」亞特說，將那些痛苦的回憶拋在一邊，語氣熟練得像是一個經過三十年磨練的人。

「你看。」她朝著傑瑞米的方向點了點頭。「那個愚蠢男人居然幫凱蒂點好菜了，他果然會這麼做。我敢打賭，她根本就不喜歡吃牛排，她看起來更像是一個豆腐女孩。」

「豆腐女孩看起來是什麼樣子？」亞特問。

「瘦弱、臉色蒼白，身體虛弱的樣子。」達芙妮回答。

「你自己反對大家對老年人抱持著刻板印象，自己卻做了不少苛刻的推論。」亞特說。

他們看著一位服務人員將一大塊肋眼牛排放到傑瑞米的面前，另一塊則放在他對面的空位上。傑瑞米看起來越來越生氣，不停地查看手錶，並伸手去摸索早已不存在的手機。按照原訂計畫，亞特應該要把手機交給威廉，讓威廉帶回漢默史密斯並交給莉迪亞。

半小時後，達芙妮已經吃掉了大部分的多佛鱸魚，還有亞特一半的生蠔。

「你不能吃太多。」她一邊說，一邊偷吃他盤子裡的食物。「別忘了，你是快要死的人，你的消化系統根本承受不了。」

與此同時，傑瑞米已經吃完了他的牛排，而凱蒂的牛排仍靜靜地擺在桌上。那一份價值四十英鎊的優質有機草飼牛肉，甚至連動都沒動過。生肉滲出了血水，在盤子的邊緣開始凝固。傑瑞米進入餐廳時自負打招呼的那些熟人正看著他，在一旁竊竊私語。

傑瑞米站了起來，把餐巾扔在椅子上，然後大步走向餐廳經理，應該是要結帳了。傑瑞米拿出的兩張信用卡都被拒絕，無疑讓他在公共場合中更備受羞辱，也證明了莉迪亞成功執行了達芙妮計畫中的財務步驟。好女孩。

莉迪亞不在通訊範圍內，達芙妮拿出手機並傳了一則簡訊給她。

「一切按計畫進行。他現在正在回家的路上。」她忍住了加上署名的衝動，因為齊吉告訴她，在簡訊後面加上名字已經過時了。

「那麼，現在完成我們的任務了，接下來該做什麼呢？」亞特問。

「我們再點一些酒，然後請他們提供甜點菜單給我們。」達芙妮說，「天呀，你至少試著假裝病懨懨的樣子吧。」

「和你在一起時，這件事實在太簡單了。」亞特說。不過，他對她眨了眨眼，將這句話變成了朋友之間的玩笑話，而不是一種侮辱。

達芙妮笑了，輕鬆地向後靠在椅背上。她真懷念有一位可以互動鬥嘴的夥伴。這麼多年來，她未曾像現在這麼快樂。

莉迪亞

莉迪亞看著傑瑞米從停在家門外的黑色計程車裡爬了出來。她的手輕輕拉開臥室窗簾一角，只拉開一兩英寸，手微微顫抖著，讓布料也隨之顫動。這是恐懼，還是單純的腎上腺素？很難分辨其中的差異。

隔了兩戶的鄰居喬・布倫特匆匆地跑向傑瑞米，手裡緊握著一瓶莉迪亞知道是傑瑞米最愛的夏布利特級白葡萄酒之一，而莉迪亞確信傑瑞米根本記不得喬的名字。不論是買禮物、寫感謝信、寄送聖誕卡，或是記住人們的名字，這些事情都是她一個人處理的事務。然而，傑瑞米只負責賺錢，在她催促下偶爾會把垃圾拿出去，並和其他女人上床。

莉迪亞聽不清楚喬所說的話，但她能想像，對於留在他家門外的慷慨禮物，喬正表達他的感激之情。看著傑瑞米的姿態和撥亂頭髮的樣子，都顯示出他對這一切感到徹底的困惑。

喬對著他揮舞著一張紙，是包裹在酒瓶外頭的紙張。莉迪亞知道上面寫了什麼，因為親自打字並列印的人就是她。

謝謝你作為一位好鄰居，請你收下這瓶酒！記得傳一張你享用這瓶美酒的照片給我！

獻上愛，來自聖橡路三十四號的傑瑞米

底下印著傑瑞米的手機號碼，還附上另一句話。附註：為了這個社區，請拯救曼德爾社區中心！

莉迪亞已經看見了幾張照片，全是鄰居們享用她和露比花了兩小時送出的葡萄酒，她們徹底清空了傑瑞米的酒窖，在鄰里之間傳播歡樂讓人覺得很開心，儘管那些喝酒的人並不是像傑瑞米這樣的行家，也不知道這些酒的價值，甚至不清楚自己收到的葡萄酒在某些情況下可能高達上千英鎊。

十六號門牌的鄰居傳來一張照片，他們正一邊喝著普依芙美（Pouilly-Fumé）法定產區的高品質白葡萄酒，一邊吃著連鎖店南多斯烤雞的外賣食物。二十七號門牌的青少年們，似乎正拿著酒杯大口喝著一款稀有的教皇新堡葡萄酒（Châteauneuf-du-Pape）。八十號門牌的鄰居們，則是將傑瑞米珍貴的佳維產區白葡萄酒（Gavi di Gavi）混合加入了檸檬水和冰塊，而且還用吸管喝。傑瑞米知道了，肯定會氣炸。

當傑瑞米試著將鑰匙插進鑰匙孔時，莉迪亞屏住了呼吸。她仍然不敢相信自己竟然有膽做出這一切。達芙妮花了不少時間一步步教她計畫的每一部分，她卻沒有停下來仔細思考，只是小心翼翼地逐一執行計劃中的每一個步驟，包括緊急打電話叫鎖匠來。

「莉迪亞！」傑瑞米在窗外對著上方大聲喊著，她此時正蹲在那裡，心臟砰砰直跳。「讓我進去！我的鑰匙壞了！」

莉迪亞聽見傑瑞米咒罵著大門、鑰匙、這個世界，當然了，還有她，而他這時正拿正拿著同一把鑰匙反覆插入早已更新的鎖頭。接著，他開始用兩個拳頭猛擊大門，那一定很痛。可憐的傑瑞米，也許她應該撕掉達芙妮剩下的指示，就讓他進來吧？說到底，這件事她自己也有些責任。

「莉迪亞，你這個肥胖、懶惰，又表裡不一的的婊子！打開他媽的大門！」傑瑞米在下方的幾英尺處大聲喊道。

算了，關於傑瑞米即將面臨的這一切後果，他完全活該。

她翻找出手機，根據計畫上的下一個指示，撥打了傑瑞米的號碼。即使她在樓上，當亞特從傑瑞米口袋裡拿出手機，而威廉又再交給莉迪亞時，她也聽得見微弱的鈴聲。

敲門的聲音停了，莉迪亞冒著險微微地拉開窗簾，偷偷看著傑瑞米四處尋找鈴聲的來源。幾秒鐘之後，他打開了垃圾存放櫃的門，莉迪亞看見他的手機螢幕在黑暗中閃閃發光。她立刻掛斷電話。

莉迪亞看著傑瑞米瀏覽他最近的訊息，他一邊怒視著鄰居們享用他那些美酒的照片，一邊在她窗下來回踱步。她心裡想著，他是否已看見那一則最重要的訊息，也就是亞特從他的手機傳送給凱蒂的那一則：

我已經取消晚餐的訂位了！我要和你一起住幾個星期！待會兒見！

當亞特傳送那條訊息後不久，凱蒂迅速回覆了一連串各種顏色的心形表情符號，最近的一則訊息還附上一張照片，是她穿著輕薄睡衣並躺在雙人床的樣子。當莉迪亞看到那張照片出現在傑瑞米的手機螢幕上時，她立即衝進了浴室，對著馬桶乾嘔了起來。

莉迪亞看著傑瑞米拿起他的賓士車鑰匙，以及她留在手機旁的那個小袋子，裡頭裝了他的衣物及盥洗用品。達芙妮的計畫之中並未包括這個小袋子，但讓傑瑞米沒有乾淨的睡衣或牙刷，似乎有些不太公平。

他再度對著她窗戶咒罵了幾句，隨後便走向他的車。

然後，他就這麼離開她了。

齊吉

錯過三星期的學校生活，齊吉感覺就像過了好幾個月的時間。齊吉從未想過，自己會如此渴望回到學校上課。無論走到哪裡，他臉上總是帶著一抹愚蠢的笑容。走廊上彌漫著獨特的氣味，混合著灰塵、消毒水的味道、刺鼻的體味、違禁電子菸的煙霧，以及從廚房飄來的學校餐點香味，這一切都讓他感到亢奮，沉醉於**平凡無奇**的日常中。

經歷過另一種生活後，任憑眼前有多少無意義的規則、作業或留校察看，都無法影響他的好心情了。只是，他並不期待的一次會面還是來了。

齊吉敲了敲溫蓋特老師那間教室的門。

「進來！」溫蓋特老師說。

齊吉推開了門，看到老師臉上那個好奇且歡迎來者的神情，瞬間變成了惱怒的表情。

「那麼，齊吉，你決定要再次光臨我們的課堂了，是嗎？」溫蓋特老師甚至沒有抬頭看他，依然低頭批改著一堆作業。「這次你打算留下來嗎？」他一邊說，一邊在紙張的頂端用紅筆寫下「C^+，再更努力一些」。這張考卷被評分得如此嚴厲，齊吉希望並非是他的緣故。

「我真的很抱歉，老師。」齊吉說。他知道這些話根本不足以表達他的歉意，但他也找不到更合適的字眼。他的強項是數字，而不是文字。數字一向會如人們預期運行，文字卻容易被混淆或誤解。「我被一些……糟糕的事情困住了，但現在一切都解決了。」

「我曾經那麼信任你，齊吉。我**相信**你，我為你放棄了自己的空閒時間。」溫蓋特老師說，語氣平靜，卻透著一股難以言喻的悲傷，這令齊吉更加難受。齊吉知道接下來那一句是什麼。他讓溫蓋特先生失望，也讓他自己失望，甚至凱莉也是。

「你讓我失望了。」溫蓋特老師說。「但更糟的是，你讓自己，還有你的女兒失望了。」

「我知道。」齊吉低下頭，看著自己的腳尖。「但是，請相信我，這幾個星期經歷的一切讓我更加堅定了。我必須找到一條出路，老師，我也必須帶凱莉找到出路。我需要為我們創造更理想的生活，我一定會做到的。我知道您不欠我什麼，但請你幫幫我，好嗎？」

一陣長長的沉默。溫蓋特老師深深嘆了一口氣，用手指敲打著他面前的桌子。然後，他終於轉過椅子並面對齊吉，齊吉試著不退縮地直視著這位掌握了他未來的人。

「好吧。我給你最後一次機會，齊吉，我想你一輩子也許沒多少機會，但你得全力以赴，趕上進度，UCAS表格必須在星期五前遞交出去。你不准再讓我失望了。」他說。

「我不會的，老師，您一定不會後悔的。謝謝您，很謝謝您。」齊吉說著，幾乎是跳著離開那間教室的，結果撞上了艾莉西亞。真該死。

齊吉往後退了幾步，心裡準備好面對艾莉西亞的冷漠，或是吼叫，甚至是直接將他帶去校長辦公室那裡，而他剛才花了半小時說服校長讓他回來上課。

「歡迎回來，齊吉。」她說，面帶真誠的微笑。天呀，她的笑容真的好美。如果能把這樣的笑容封存裝瓶的話，佛洛伊德肯定能在社區裡賺到一大筆錢。「很高興見到你！」

「真的嗎？」他問。難道他真的成功穿越時空了？這與他預期得到的反應大相逕庭。

「我還以為你不想再見我，甚至不願意再和我說話了。如果你不想見我，我也完全可以理解的。」

「顯然地，我原本不想再見到你了。」艾莉西亞說。「其實，我本來打算向社會福利局舉報你。但後來，我在管弦樂團進行排練時，突然有一位很特別的女士闖了進來，讓加爾森老師中止了排練，詢問她，『我能幫你什麼忙嗎？』那位女士則說，『我急著要找艾莉西亞談話，我是她的祖母。』」

「我想她並不是你的祖母吧？」齊吉問。

「絕對不是。」艾莉西亞說。「我祖母可沒有那麼酷，她根本不可能通過學校的接待處，更別提進入排練室了。總之，加爾森老師請她等到排練結束再說，她又接著說：『你們應該有其他的雙簧管演奏者吧？』當加爾森老師告訴她只有我一個人時，她只是說，『好吧，這樣的計畫真是糟糕呀，不是嗎？但這根本不是我的錯，或我孫女的錯。』到了這個時候，加爾森老師似乎已感到極度疲憊了……」

「我明白那種感覺。」齊吉說。「也知道那位假祖母是誰。」

「所以，我就提前結束了排練，然後我們去了咖啡館喝茶並聊了一會兒。」艾莉西亞接著說。

「我猜她的名字叫達芙妮吧？」齊吉問。

「是的，沒錯。」艾莉西亞答道。「她告訴我關於那個幫派的事了，齊吉，還有你怎麼勇敢地面對，並巧妙地智取他們。你真是**太勇敢**了。」艾莉西亞看著他，臉上流露出充滿敬意的神情，他真希望自己配得上這種目光，但一點也不配不上。

齊吉正想要打斷她，想要解釋其實是達芙妮的功勞，她將他從沉溺不起的沙發上拉了起來，並幫他搞定了一切，但此刻保持沉默，也沒什麼壞處吧？他似乎聽得見媽媽的聲音說著：「你錯過了一個保持沉默的絕佳機會，齊吉。也許是時候開始聽取她的建議了。」

「達芙妮說，這一切都已經過去了，你將會徹底改變自己的人生。這實在太了不起了。她認為，在十年後，你將會成為我所認識最成功的男人。」艾莉西亞說。「而你知道嗎？」

「知道什麼？」齊吉問。

「我相信她。」艾莉西亞回答。

他們一起走在走廊上，步伐一致。齊吉伸手想握住艾莉西亞的手，但她輕輕地把他的手推開了，態度溫柔卻十分堅定。

「齊吉，我不會通報社會服務機構的，我想成為你的朋友，一切就順其自然吧，好嗎？」

「好的。」他回答。奇妙的是，就在那一瞬間，艾莉西亞突然讓他想起了達芙妮。或許，達芙妮的影響力真的有一些傳染性。她就像病毒一樣，卻是一種好的病毒，從全局的角度來看。

艾莉西亞開始和他閒聊一些日常的瑣事，像是學校話劇的試鏡、誰正在和誰交往，還有午餐打算要吃什麼。

齊吉幾乎不敢相信，自己竟可以這麼快樂。

莉迪亞

莉迪亞最害怕的一切惡夢都成真了。

她完全孤立無援，徹底被拋棄了。女兒們已經回到大學校園了，傑瑞米卻和一個至少比她年輕二十歲、身材纖細，比她小了好幾個尺碼的女人同居。除了微薄的薪水，以及當她能使用傑瑞米手機時，從他的帳戶中偷偷儲存起來的應急基金外，莉迪亞幾乎沒有穩定持續的收入來源。她根本無法支付他們的房貸，更不用說其他的開銷。

然而，自結婚以來，莉迪亞從未感到如此自由、如此充滿希望，甚至年輕。她感覺自己無所不能，好吧，也許也不是無所不能，但一切還算是得心應手。她甚至把自己所有的自我成長書籍打包，並送去慈善二手商店，當然，除了蜜雪兒·歐巴馬的書之外。她不再需要這些自我成長書籍了，因為她現在明白了，她完全有能力幫助自己不斷成長。

莉迪亞走向社區中心，身穿達芙妮的緊身皮褲及厚底鞋，手裡提著一個檸檬糖霜蛋糕。那條皮褲不時發出吱吱的聲響，讓她有點不安，這段路程花上比平常更多的時間，因為那雙鞋子不太好走，而且一路上還會不斷被鄰居們攔下，告訴莉迪亞自己有多麼喜歡傑瑞米的葡萄酒。她從未覺得自己如此受人們歡迎！看來，報復的滋味確實相當美妙，或是果香四溢，帶有橡木香氣，以及微妙細膩的黑醋栗風味。

今天，莉迪亞終於有機會用上植物吊籃DIY套組了，她已經備了擱置了好幾個星期了。這一定會很有趣，而且是完全符合她這個年紀的活動，這真是太好了。

「進來吧，莉迪亞！」一看見她的到來，亞特說。「我們準備了一個驚喜要給你。」

莉迪亞嘆了一口氣。她真希望能有那麼一次，可以讓她主導議程、掌控局面，而不是讓這些該被她負責指導的人主導掌權。要不是她每次出現都帶來自製蛋糕的話，恐怕她早已毫無存在意義了。

「女士，需要爆米花嗎？」安娜問道，一邊指著她電動代步車籃子裡的好幾桶爆米花。真是太好了，他們似乎也根本不需要她的蛋糕了。

莉迪亞一言不發地放下蛋糕，拿了一些爆米花，跟隨著亞特走進了昏暗的空間。所有的百葉窗都被拉下來了，椅子整齊地排成一排，面對著投影螢幕。

莉迪亞感覺到一種可怕的似曾相識。上一次她在這個活動廳看幻燈片時，結局並不是太愉快。

「坐下！坐下！」威廉說。「現在主要的嘉賓終於到場，我們都準備好了！」

莉迪亞在露比旁邊坐下，露比拍了拍她的膝蓋。一如既往地，露比的膝蓋上總是被一堆針織毛線覆蓋著。

這時，音樂響起了。「在這物種之中，雌性比雄性更具致命性。」一位歌手這麼唱著，她記得是一位九〇年代時期的歌手，當時她和傑瑞米新婚沒多久。她還記得，傑瑞米曾輕蔑地嘲笑這首歌的歌詞。

「這首歌是我選的！」達芙妮突然在她身後說道。達芙妮總是會突然現身，不知從哪裡冒出來，恰好在事情發生的時刻，彷彿進出場的禮貌規範並不適用於她身上。

「那就合理了，哎呀！」亞特叫了一聲，因為達芙妮用拐杖戳了他的背部。

螢幕上出現了**「曼德爾社區中心銀髮俱樂部為你獻上……」**標題，而標題字樣逐漸淡出，取而代之的是**「傑瑞米這一天過得有點糟糕」**，接著出現了**「或是莉迪亞的復仇」**。

大家全都歡呼鼓掌，甚至還有幾聲喝采。

莉迪亞抓了一大把爆米花，放鬆向後靠在椅背上。畢竟，這可能比她準備的植物吊籃DIY套組有趣多了。

看來，達芙妮的遠大計畫之夜所拍攝的所有照片，威廉都已經剪輯完成了，讓大家都能欣賞到自己錯過的精彩片段。螢幕上的第一張照片，是傑瑞米正試圖從他的滑板車上取下巨大的毛線陰莖。

「你們看！這是一個超級大笨蛋！拿著一個巨大的笨蛋陽具呢！」亞特說。「哦，抱歉，莉迪亞。你一定曾經很愛他。」

她曾經很愛他，甚至比愛自己還要深切，但或許這就是問題所在。

「我覺得，那是毛線班克西目前為止最好的作品之一。」安娜說。大家似乎都有不言而喻的默契，配合露比隱姓埋名的做法。

「你覺得是這樣嗎？」露比問道。「沒錯，我喜歡那種關注細節的風格。你注意到那根上面很明顯的靜脈嗎？還有少量的陰毛在底部嗎？」

「我有，露比，我注意到了。」安娜回答。「這女人真是個天才。」

「或者是這個男人，或者他們這群人，沒有人知道他們的身分。」露比說。

「對呀，都沒有人知道。」安娜翻了個白眼，然後靠近達芙妮身旁小聲地說：「我們還要這樣演多久呀？」

「演什麼戲？」達芙妮又問。

下一張是用長焦鏡頭所拍攝的照片，亞特的手正要拿出傑瑞米口袋裡的手機，隨後鏡頭拉遠，顯現了正以電動代步車擋住人行道的安娜。

「我覺得我前世是個攔路搶劫的強盜。」安娜說。「站住，交出來！」

「老天救救我們吧。」威廉說。

隨後是一系列照片，拍攝地點是一家高級餐廳，傑瑞米獨自一人坐在桌旁，他面前放了兩塊巨大的牛排，而他的臉色越來越不悅。接著，螢幕上又出現了一張亞特和達芙妮的自拍照，兩人高舉著香檳杯，笑得相當燦爛。莉迪亞不禁懷疑，這可能是他們人生的第一張自拍照，因為照片有些歪斜，還有點模糊，甚至有一根拇指的邊緣清晰可見，而亞特有半顆頭被切掉了。

「幹嘛把那張照片放進去呀？」達芙妮問。「這不是計畫的一部分吧。」

「我非要把它放上去不可。」威廉說。「因為你們看起來真的很喜歡對方。」

「哼。」達芙妮和亞特不約而同地回應了。

接下來的幾張照片，是被拿著酒並心存感激的鄰居攔下的傑瑞米，隨後出現的影片則是他在窗外對著莉迪亞怒吼的場景，他憤怒的臉色有如一顆熟透的梅子。

莉迪亞幾乎就要對他產生同情了，卻也沒那麼同情。

最後幾張照片令人大吃一驚，傑瑞米打開了他的賓士車車門，對著一條水溝嘔吐著。

「這是怎麼一回事？」莉迪亞問道。

「嗯，我知道這部分不在達芙妮的計畫裡，但我和亞特稍微即興發揮了一下。」威廉說。「你記得，我們曾經問你，除了他的女兒們，傑瑞米最愛的東西是什麼嗎？你說是他的酒窖和賓士車。」

莉迪亞點了點頭。

「好吧，你和露比負責酒窖的部分，而我和亞特就負責那輛賓士車。」威廉說。

「你們對那輛車做了什麼？」莉迪亞問道。

「我們在引擎蓋下放了一條腐爛的鯡魚。」亞特咯咯笑著說。「當引擎開始預熱時，那氣味就會透過暖風系統飄散出來。」

「你們真像幼稚的孩子。」達芙妮說。「而且這也不算什麼原創的做法——真的太老套了。」

「我倒覺得，這是一種經典的手法，而不是老套。就像我們一樣，達芙。」亞特說著，對達芙妮露齒而笑。**達芙？！**達芙妮絕對不會喜歡這樣的暱稱，聽來似乎不太禮貌。莉迪亞等著看達芙妮的情緒爆發，卻沒想到達芙妮回以微笑，甚至看起來相當……高興。

「再播放一次！」露比喊，但在威廉能再次按下播放鍵之前，門突然打開了，一道光線從走廊射了進來。

「呃，您好？」一個男人說。「請問這裡是銀髮俱樂部嗎？」

「是的。」莉迪亞立刻起身，急忙過去開燈。「我是莉迪亞，這裡由我負責。」她差點要補上一句「理論上來說」。

「其他人都去哪裡了？」那個男人環顧四周說，似乎覺得其他二十位領取退休金的長者有可能隱藏在家具後面。

事實上，莉迪亞並未告知市議會的任何人，她的俱樂部成員其實只有六位，而技術上來說，其中一位已經去世了。

「哦，他們今天去參加一個不同於常規活動的外出行程。」在莉迪亞有機會開口說出真相之前，亞特先編了一個謊。

「什麼外出行程？」那個男人問。

「呃，參觀本地的墓園。」達芙妮說，迅速地接續這個話題。

「哦，是這樣啊。我可以理解這個活動的用意何在。」那男人說。「如果你們有意願的話，我也可以安排大家去參觀當地的安寧療護中心。畢竟，有前瞻性的計畫至關重要！不過呢，我今天親自來此，是想要告訴你們，針對社區中心的未來規畫，市議會昨天晚上進行了投票。」他停頓了一下，彷彿正等著大家感謝他的貼心考量。他們卻只是靜默無聲地望著他。

「開發商向我們提出一個很理想的報價。」他接著說。「他們所提供的資金將會使整個社區受益。因此，在兩個星期內，除非有人找得到進行修繕及維護所需的十萬英鎊，否則我們將會中止目前的虧損狀態，封鎖這個地方，並把鑰匙交出去。我很抱歉。」

他看起來並不像是真正感到抱歉。

「等等，我以為需要的費用是八萬英鎊。」達芙妮說，彷彿這筆不合理的巨額資金差額對他們有所差異。

「那只是最初的修繕費用，後續還需要二萬英鎊，用於長期維護及應急預備金。」那個男人說。

「那麼，有人快要籌到這一筆錢了嗎？」亞特問。

「就我所知，沒有。」那男人回答。

「目前為止，我們的募款基金有三百六十五英鎊四十九便士。」莉迪亞說。

那個男人輕笑一聲便離開了，關上門時，似乎帶走了整個空間裡的空氣。

「我們完蛋了。」莉迪亞重重地坐了下來。她已經失去了丈夫，女兒（大部分的時間）不在身邊，也失去了她主要的經濟來源。她不能再失去這份工作，還有那些她視為朋友的俱樂部成員。這或許就是她為什麼欠缺權威感的原因。

「兩個星期之後。」達芙妮說。「那一天是才藝表演的日子。我們還有時間。」

「什麼才藝表演？」莉迪亞問道。

「瑪姬和亞特獲得了一個電視選秀節目的表演機會，獎金是十萬英鎊。」達芙妮說。

「天呀！他們有獲勝的機會嗎？」莉迪亞試著讓自己的語氣聽起來不那麼懷疑。

「絕對有！」達芙妮說，她若不是對他們的狗兒充滿信心，要不就是個非常擅長說謊的騙子。莉迪亞懷疑是後者。

「我們只有十四天的時間來準備一個真正精彩的表演。」亞特說。「這可是一項艱難的任務。」

「你們知道我們該怎麼做嗎？」威廉說。「亞特和瑪姬或許能獲得同情票，但他們不會有什麼『哇！』的驚人效果。」

「真是謝啦，夥伴。」亞特回應。「但我明白你的意思了。」

「我們需要加入一些可愛的元素進去，你們還記得那一場耶穌降生劇吧？那簡直是天才之作，直到最後一切被搞砸了為止。我們應該讓一些孩子參與其中。」威廉提議。

「好主意。」亞特說。「我去找珍寧聊聊。」

「與此同時，有人想要編織植物吊籃嗎？」莉迪亞問道。

達芙妮

達芙妮躺在床上，凝視著她的白板。

她成功地劃掉了「處理齊吉的幫派」，並額外加上了「解決他與戀愛對象的問題」這項附加任務。她也成功策畫了「報復傑瑞米」，多虧所有朋友們的鼎力相助。

所有朋友們，達芙妮的腦海裡反覆咀嚼著這幾個字，她喜歡它們的音韻語感，也感受著它們帶來的感受。天啊，隨著年紀漸長，她竟變得如此脆弱了。一直以來，她一向很驕傲自己能自給自足，自認是一匹孤獨的狼。即便是和傑克共度的那幾年，她也幾乎沒有可以對話的朋友，除了他之外。她其實不需要朋友；人們總是對她心存戒備，而她也從來不信任他人的動機，這讓她無法建立真正的友誼。

雖然達芙妮不確定那些新朋友是否真的喜歡她，但她確實很喜歡他們，這已經算是一個好的開始了，對吧？好可惜，這也意味著一切將要結束了。時鐘的滴答聲越來越響亮，幾乎成為她唯一聽得見的聲音，讓她在夜裡難以入眠。她疲憊不堪，對一切都充滿了厭倦。

她的清單上還剩下三項任務（衛生紙的問題她早就搞定了）。「找亞特的女兒」這項任務她已經交給專業團隊處理了。她深信，對這些一流的電視製作公司來說，他們只要一聽見這麼一個完美的感人故事，必定很快就能找到卡莉。

接下來的一項任務——拯救社區中心——才是真正的難題。才藝表演似乎是他們唯一的機會，而她確實想要親自參與，以確保一切按照計畫進行。亞特雖然充滿了熱情，但心腸軟得相當危險，實在不可靠，恐怕又會搞砸這一切，看看耶穌降生劇那次的慘況就知道了。

所以，她還得要再撐九天。在這九天的時間裡，她必須時刻保持警覺，每當聽到有人叫她的名字時，她都會因為驚慌而心跳加速。在這九天的時間裡，每當街上有路人的目光在她身上停留得太久，她就得趕緊低下頭並匆忙離開。

但是，她並不想離開。上一次的離開，對她而言是一種逃避、一種解脫。那感覺就像是截斷了一條腐爛壞死的肢體，雖然過程極其艱難痛苦，甚至改變了她的一生，卻是為了生存下去的唯一選擇。

這一次卻不一樣了。她已開始著手為自己構建一種新生活，一個屬於她自己的生活，而她實在不想放棄這一切。她不確定自己是否有足夠的勇氣重新開始，即便有，她最終也只會再次陷入相同的困境。構建一種新生活，代表你得要與人們建立關係，卻也同時意味著引人注目，如此一來又讓自己變得脆弱。

這一切思緒又再次將她拉向了席德尼。她可以告訴對方自己要離開的事嗎？或許，她有機會說服他和自己一起離開？她真希望自己能有一位搭檔，就能讓這個新開始變得像是一場冒險，而不是一種懲罰。她們可以像鴛鴦大盜「邦妮和克萊德」一樣，當然，只不過他們不會死於槍口下。

她盯著清單上的最後一項任務：「問席德尼是否要和我一起離開？」然後，她拿起了手機，找到了席德尼的號碼，發送出一則訊息。

達芙妮推開咖啡廳的門，停頓了一分鐘，四下打量了那個空間。一如往常地，席德尼已提前到達，靜靜等候著她。當她走近桌子時，他推開椅子站了起來，向前傾身吻了她，就像往常那樣。他真是一位紳士，這樣的男人現在已經很少見了。

然而，今天似乎有些不對勁。席德尼平時總是如此輕鬆且自信，今天看起來卻有些緊張。關於**緊張**這件事，達芙妮可算是一位專家，她總能在一英里外就察覺出來。畢竟，她自己往往是造成別人緊張的原因。

「我幫你點了雙份濃縮咖啡。」他說。

「加了兩顆糖嗎？」達芙妮問。

「當然。」席德尼回答，有人了解自己對咖啡的個人喜好，真是太好了。

「我自作主張點了幾片蛋糕，我想你應該會喜歡胡蘿蔔蛋糕。」

「太棒了，這可就算是一天攝取五份蔬果其中的一份了，如果上頭還有檸檬糖霜的話，那就算是兩份了。」達芙妮一邊說著，一邊脫下了外套，掛在椅背上。

「我有件事想和你談談，」他說，「是很重要的事。」

「好吧。」她回答。「我也有一件重要的事要和你說，但你先說吧。」

「是關於索尼的事。」席德尼說，重重地嘆了一口氣。「他受傷了，就在基輔的附近。我原本以為他待在邊境，沒想到他為了幫助人們逃離，居然冒險進入烏克蘭境內。他這個孩子真是太蠢了，蠢得要命，我早就警告過他不要當英雄了。」

達芙妮以雙手握住他的手。「我很抱歉。」她說。「情況很嚴重嗎？他會沒事的嗎？」她無法想像，這個充滿活力的年輕男人，一個如此勇敢且善良的生命，竟然有可能提前失去生命，或者面臨人生的重大變故。

「我不知道。」席德尼將自己的頭靠在他們兩人緊握的雙手上。她感覺到他急促且淺短的呼吸，灼熱地貼在她的皮膚上。「我得要讓他搭專機空運回來，但這需要花費一萬英鎊。」

「你有這筆錢嗎？」達芙妮問。

「有。」他回答。「但是我無法馬上拿到錢。我需要花一個月的時間來變賣資產，但我需要立即把索尼帶回來。達芙妮，我不太願意向你開口求助，但我覺得我們兩人真的很親近。自從我摯愛的妻子過世之後，我再也無法愛上其他女人，你就是一個。」

「**唯一的一個**，這麼說才對。」達芙妮糾正他，從席德尼的表情來看，這並不是他在表白後所預期的反應。

「那麼，我想要問你，你是否能幫幫我，也幫助索尼？當然，我之後會把錢還給你，還附加利息。」他繼續說，抬頭看著她，目不轉睛地等著她的回應。

「當然可以。」她說。「我會幫你的。」

席德尼露出燦爛的笑容，遞給她一張匆忙寫下潦草數字的紙條。

「老實說，我真的非常感謝你。這是銀行帳戶的詳細資料，麻煩你明天這個時間把錢匯過來。」他說。

達芙妮把紙條拿起來，收進口袋裡。「這不就是朋友該做的事嗎？」她說。

「那你剛才有什麼事要說？」席德尼問道，先前的焦慮似乎已經隨著解決方案的出現而完全消失了。

「你知道嗎，我真的記不起來了。」達芙妮說。

達芙妮站在她的白板前，手裡緊握著筆，在**「拯救社區中心」**的下方寫下了「買奶油」。然後，她劃掉了「問席德尼是否要和我一起離開？」並改成了「讓席德尼付出代價」。

他到底把她當成什麼樣的傻瓜？說什麼在戰區裡受傷的小孩，這算是老掉牙程度第二名的舊把戲了。她還記得，兩個月前，自己在白板上寫下充滿希望及決心的字句，「更加信任他人」，如今，看看她現在的處境吧，她就和席德尼一樣愚蠢至極。

她重重地坐在床上，從口袋裡拿出席德尼給她的那張紙條，將它撕成細小的碎片，然後將那些碎片放入床頭櫃上那個沉重的刻花玻璃菸灰缸裡，並用她的 Zippo 打火機點燃它。

自從她有記憶以來，這是她第一次哭泣。她以為自己已經漸漸學會了再次去愛人，以為自己找到了能真正愛她的人，也以為自己看得見未來不再孤獨一人的希望。

然而，這一切都只是幻覺。她的搭檔竟然在她背後對著她的腦袋開了一槍。她被自己親近的人背叛了。

看來，因果報應就這麼他媽的殘酷無情。

亞特

距離才藝表演只剩下四天了，而全國的電視台將會直播這場演出。他們已派出一個攝影組來社區中心採訪亞特和瑪姬，並了解更多關於亞特「感人的背景故事」。莉迪亞向他們講述社區中心面臨的困境，而他們也拍下許多相當可愛的畫面，有托兒所小朋友們和瑪姬的互動情景，以及他們結巴忘詞的模樣。

這一場完整的表演正逐漸地成型。他們或許真的有機會獲勝，只需要集中他們的注意力。這時距離托兒所的接送時間剩下半小時。

「樂奇，過來坐這裡。」亞特說，他指了指身旁的椅子，樂奇坐了下來。在幾個月前，這個男孩看起來似乎生活在一個與他人截然不同的世界裡。儘管他身處其中，卻彷彿與周圍的事物毫無連結，就像一台待機中的電視。

「我只是想告訴你，我有多為你感到驕傲。你真是一位優秀的演員。」亞特說。「而且，如果你不願意開口說話，也完全沒關係。查理．卓別林從來不開口說話，卻是有史以來最具代表性的演員之一。老實說，我自己也沒演過幾個有台詞的角色。」

樂奇什麼也沒說，只是低頭盯著自己的腳尖，但亞特確信自己看見他的嘴角微微顫動，似乎隱約地露出了一絲笑意。

有顆頭探進門來，是齊吉和凱莉。

「呃，我們還來得及上場演出嗎？」他說，「我已經儘早從學校出來了。」

「是的，我們正準備要進行下一輪的彩排。」亞特坐在導演椅上說道，「音樂，請起！」

《不可能的任務》的配樂在整個空間裡迴盪，瑪姬穿著紅色圓點領巾和黑色眼罩，穿過一個複雜的障礙賽道，裡面有隧道、梯子和木板，亞特拿著一片臘腸引誘她走向一個標註著「安全」的小冰箱。

「好了，柴克，該你上場了！」亞特說。穿著警察服的柴克出現，手裡拿著一把塑膠槍走了進來。

「小偷！」他指著瑪姬大聲喊道。「她想要偷走我們的王冠珠寶！」

「站住！」塔露拉也穿上警服，揮著警棍喊道。

瑪姬知道冰箱裡有小零食，於是迅速咬住了門把上的一條短繩，拉開了冰箱門。

亞特屏住了呼吸。這三天以來，他們不斷地教瑪姬如何用嘴巴咬起裝滿塑膠珠寶的袋子，但她一直沒成功。

瑪姬聞到珠寶中香腸的味道，用嘴巴叼起袋子，迅速穿越舞台，孩子們在後面追著她。跑在最後的一位警察樂奇——當然沒有任何台詞——試圖要攔住瑪姬的去路，但瑪姬就像練習時一樣，靈巧地從他的雙腿之間鑽了過去。接著，當齊吉推著嬰兒車裡的凱莉從舞台一端穿越時，瑪姬讓裝有珠寶的袋子落在凱莉的腿上，然後迅速跳進嬰兒車、鑽進毯子裡，亞特早就藏好更多香腸在裡面了。

三個小警察疑惑地四處張望，想找到那個珠寶竊賊，而齊吉則慢慢地推著有凱莉和瑪姬的嬰兒車退場。

觀眾們紛紛站了起來，雖然大多數人站起來的過程有些慢，還有人腳步沒站穩、身體搖晃，但這樣的場面卻賦予了「站立喜劇」（stand-up comedy）全新的意義。他們熱烈地鼓掌歡呼。

「你做到了，亞特！」威廉大喊道，他一直都是亞特最忠實的支持者。

「是瑪姬做到了。」亞特說，眼中泛著淚光，當孩子們圍著瑪姬，輕輕地撫摸著她時，他說：「當然，還有孩子們。」

亞特看著他的朋友們，心裡想，擁有一群有眼光的觀眾真是一件美好的事。

突然間，有一群戴著安全帽、穿著反光背心的男子毫不客氣地闖了進來，進來時連門都不敲，彷彿置身於可能隨時發生危險的環境中。

「不用理會我們。」他們說，「我們工作時不會干擾你們。」

「他們在做什麼？」達芙妮在亞特耳邊輕聲問道。

「噓！」他說，大家都聚精會神地仔細聽。

「這些只是輕隔間的牆面，不是承重牆，所以很容易拆除。我們會先把這些部分拆掉。」其中一個男人說，正用他的指關節敲了敲內牆。

「拆除那個天花板應該不需要太費力。」另一個人指著房間被封鎖那一端的大洞說。「幸好裡面沒有石棉。」

「他們現在居然就在計畫拆遷了！我們都還沒離開這棟建築物呢！」威廉氣憤地說。

一行人匆匆地走出那個房間，進入隔壁的托兒所，桌上留下了一堆外套、一把雨傘，以及一疊A4紙張。當他們關上門後，達芙妮立刻開始翻閱那些文件。

「財務報表、時間表、測量數據，以及聯絡名單。」她說。

「我覺得我們需要暫停排練，先休息一下。」莉迪亞說。「有沒有人想來上一堂手工藝課程呀？」

這個女人到底在想什麼？大家現在正急著拯救社區中心，拆除團隊都在門外等著了，這說法一點也沒有誇張，現在根本不是進行**手工藝課程**的好時機。

「我想做一些**摺紙**。」莉迪亞接著說，大家瞬間恍然大悟。

「達芙妮，你髮髻裡放的是一把剪刀嗎？」莉迪亞問道。

達芙妮摸了摸自己後腦勺的髮髻，然後盯著手中的工藝剪刀，露出了微笑。

當那一群戴著安全帽的工人回來時，大家都忙著手邊的事，裝出一副若無其事的樣子，而那些工人則一臉困惑地四處尋找他們的文件。

「呃，你們有看到我留在這裡的那些文件嗎？」其中一個工人問，「那些文件相當重要。」

「噢，天呀，真是抱歉呢，」莉迪亞回應道，「我以為那是我們要拿來做手工藝的廢紙。你知道的，我們總是會盡量使用回收用紙。」

「那它們在哪裡？」那個男人問。

亞特指著擺滿一桌子上的摺紙天鵝，桌旁坐著一群老人和小孩。

達芙妮

明天就是才藝表演的日子了。

達芙妮一路穿過住宅區，朝著齊吉的公寓走去。她沒看到佛洛伊德或他手下的蹤影，這讓她感到一絲失望。說真的，她倒是蠻享受與他們聊天的。此時，她的手機收到了一則訊息，是席德尼傳來的：

匯款過去了嗎？為什麼這麼久還沒收到？索尼的情況越來越糟了，每一小時都很重要。

她強忍著想把手機扔到地上並狠狠踩爛的衝動。如果那不是一支 iPhone 14 Plus，擁有雙鏡頭、臉部辨識系統，還有 512 GB 的儲存空間，她早就這麼做了。

她是否可能誤會席德尼了？也許索尼這個人確實存在，而席德尼也真心愛著她。或許，他確實需要那筆錢，也打算要還她錢。

也許，她只是看見了並不存在的邪惡，又或許，那一股邪惡只存在於她的內心，而她的緘默與不信任將要害死一個無辜的男孩，一位垂死的英雄。

不過，或許也並非如此。

她按了門鈴，齊吉在幾秒鐘後打開了門。

「謝謝你這麼快就來了，齊吉。」她說。「我不會造成你在學校的麻煩吧？」

「沒有、沒有。」他回應道。「我今天下午有兩節課的空堂時間，實際上，我一直努力地學習。我收到了巴斯大學的錄取通知了，是計算機科學領域中很棒的學校之一。由於我這種**情有可原的情況**，他們給了我比平時更低的錄取要求。」一說到「情有可原的情況」這幾個字時，他還用手指在空中做出引號的手勢。

「不過，我還得拿到兩個A和一個B才行。」

「那太棒了，齊吉。」達芙妮說，拍了拍他的背以示鼓勵。看來，她現在已經變成那種會以肢體動作表達愛的人了，誰想得到呢？「對你和凱莉來說，能夠離開這裡，遠離佛洛伊德和所有那些包袱，就再好不過了。」

「我知道，但如果把媽媽一個人留在這裡，我也會擔心。她不願意和我一起離開。她說自己從來沒有住過漢默史密斯以外的地方，也不打算要就此開始。她所有的朋友都在這裡。」齊吉說，「對了，佛洛伊德昨天被逮捕了，似乎沒有人知道原因。」

「嗯，這可能性太多了。」達芙妮說，「這件事早晚都會發生的。他不夠聰明，無法躲開他人的報復。對了，我傳給你的那些照片，你調查了嗎？」

「查過了，我已經使用反向圖像搜索了。」齊吉說，用一種不情願的語氣回答，像是要向她透露壞消息。或許，是她自己太疑神疑鬼了？

齊吉帶著達芙妮走到他的電腦前。她屏住呼吸，心中抱著一絲微弱的希望。

「席德尼在那個交友網站上用的那張照片，其實出現在幾個其他網站上，只是用了不同的名字。」齊吉一邊說，一邊在各個交友網站的視窗之間切換，每個網站都出現了最初吸引達芙妮的那一張照片：那個笑容燦爛的「席德尼」，赤腳站在海風吹拂的海灘上，將牛仔褲捲到膝蓋的位置，正要接住鏡頭外某人拋過來的球。

「我在谷歌上搜尋了其中一些名字，發現網路上有幾篇貼文，發文者都是那些被他欺騙的女性。那些以為自己被他深愛著的女人，因此給了他錢，後來才發現一切都是虛假不實的陳述。他們再也沒有看過那些錢，或是他。我很抱歉，達芙妮。」那一絲微弱的希望瞬間破滅了。

達芙妮嘆了一口氣。「不用擔心，齊吉。這是我預料中的事。」她說，「那索尼呢？」

「他的確是一位英雄，也確實在戰區之中，但他的名字不叫索尼，也和席德尼或席德尼的真實身分沒有任何關係。」齊吉說。「截至昨天為止，還在利沃夫[54]的他活得好好的，並在 Instagram 上發文。你現在打算怎麼做？」

沒等達芙妮回答，門鈴就先響了，鈴聲在這間小公寓裡迴盪。

「你在等人嗎？」達芙妮問。

「沒有。」齊吉一邊說、一邊走向門口，將眼睛貼在大門的貓眼上。「該死，是警察。」

門鈴又次響起，鈴聲更久、更急促。齊吉打開了門，門外站了兩位警察。

「請問你是齊吉嗎？」其中一位警察問道。

齊吉點了點頭。達芙妮從未見過一個如此無辜卻又充滿罪惡感的人。她真心希望他能順利進入大學就讀，因為他肯定沒有機會成為一個職業罪犯。

「我們需要和你談談關於一條項鍊的事。」第一位警察開口說。「我們昨天逮捕了一個名叫佛洛伊德．丹尼爾斯的男子，涉嫌處理偷來的贓物。但是他聲稱那條鑽石項鍊是你祖母送給他的，我們覺得不太可能，但我們還是得調查一下，這是盡職調查的程序。」

達芙妮向前走了一步。她想起了白板上的字，「讓席德尼付出代價」。這麼說吧，用一條項鍊勒死兩隻鳥的好機會出現了。

「警官，不是齊吉的祖母給他的。」她說，「佛洛伊德那條項鍊是我給的，他根本沒有偷走它。」

「好吧，這真是太意外了。」另一名警官說，「那麼，您是？」

「達芙妮．史密斯。」達芙妮撒了一個謊。

「不過，這又引發了一個問題，史密斯女士，你從哪裡得到這條項鍊的呢？你知道，當佛洛伊德要將它拿去典當時，就觸發了國際刑警組織的警報。二〇〇八年有一起聲名狼藉的搶劫案，而這就是眾多的贓物之一，您可能有聽過『瓊斯幫』（The Jones Gang）吧？那些罪魁禍首都已經入獄或過世了，卻始終沒有人尋獲這一批珠寶。」

齊吉瞪著她看，雙眼瞪得特別大。

「它是我收到的聖誕禮物。」她說，「是我男朋友送的。不過，一個六十五歲的人還被稱為男朋友，可能真的太老了吧？他說，這條項鍊他保留了十五年，就等著一個合適的女人出現再送給她。後來我發現，他並非我所以為的那種人。」她又戲劇性地啜泣了起來。

儘管警察們試圖保持冷靜，卻無法掩蓋內心逐漸增強的興奮情緒。

「史密斯女士，那他的名字？」第一位警察的鉛筆滿懷期待地懸停在筆記本上方。

54—Lviv，為烏克蘭西部的最大城市，文化底蘊深厚，擁有多所大學和博物館，被譽為烏克蘭的文化之都。

「你就叫我達芙妮吧。」她說，露出她最迷人的微笑，卻已不如從前那麼有魅力了。「我恐怕不太清楚他的名字。我一直以為是席德尼．威爾遜，但我剛才發現他還用了好幾個化名四處行騙。他想要騙我一大筆錢，你看看，齊吉可以提供給你們所有的證據。你們或許也問問看席德尼這件事，看他會怎麼說。」

「你知道他的住址嗎？」他們問。

「不知道，他從來不邀請我去他家。當然，我現在明白為什麼了。不過，我知道一小時後你們能在哪裡找到他。」達芙妮說。

她拿出手機，發出了一則訊息：抱歉耽誤了一些時間。銀行轉帳時出了一些問題，我真是個科技白癡。你可以幫幫我吧？下午三點在我們常去的那一家咖啡廳見。

回覆如她預期般迅速。

沒問題。

這是達芙妮這一輩子第二次目睹一個自稱愛她的人被逮捕。這一次，傷痛減緩了許多。第一次的感覺，就像是在沒有麻醉的情況下，目睹一條壞死的肢體被截肢。那一次的痛苦更加深切，因為她知道那一切都是她的錯。

達芙妮坐在公車站牌前，隔著馬路遙望著那家咖啡館，等著席德尼被她最喜愛的兩位警官押著走出來，手上戴著**貨真價實的手銬**。他們甚至做了她在警匪片裡看過的動作，將手放在西德尼的頭頂上，然後將他推進車子的後座內。她等著勝利與滿足感湧上心頭，卻只感覺到一陣空虛。

她在想，不知道席德尼要花多少時間才能說服他們，讓警方相信他以前從未見過她的鑽石項鍊，並且與瓊斯幫毫無關係。她想像著，他們最終會回過頭來，向她詢問更多問題。她不過是為自己多爭取了一些時間。

當達芙妮抵達社區中心時，最後的彩排正緊鑼密鼓地進行，現場的氣氛緊張且激動。當莉迪亞一眼就看見她時，立刻急忙跑了過來。

「達芙妮，我需要和你談談。」莉迪亞神色緊張。不過，莉迪亞看起來總是有點焦慮的樣子。「剛才有個人來找你，或是要找一個和你相像的人。他說他以前就認識你了，想找你敘舊聊聊。他還給我看了那一段影片——你知道的，就是那個迷因，剪刀手愛德華呀？」

達芙妮點了點頭，臉上面無表情，心中卻掀起了難以平息的恐懼。

「你有告訴他怎麼找到我嗎？」她的聲音沙啞，像是被掐住了喉嚨。

「嗯，沒有。因為他並不知道你的名字，你知道的。他說，你之前的名字叫……什麼來著？我記在手機上了，這樣才不會忘記。就在這裡！德萊拉・瓊斯。」莉迪亞得意地說，向達芙妮揮舞著手機。「所以我就告訴他，我根本不知道你在哪裡。我這麼做是對的吧？」莉迪亞緊張地看著她。

「是的。謝謝你，莉迪亞。」她說，「我得要馬上離開了。」莉迪亞一定覺得很奇怪，因為她才剛到而已。

她希望莉迪亞並沒有上網搜尋德萊拉・瓊斯這個名字。過了那麼長一段時間了，再次聽見這個名字感覺很奇怪，聽起來既熟悉又陌生，像是個陌生人的名字，一個與達芙妮截然不同的女人。

倒數計時的時鐘很快就要歸零了。達芙妮再也不能回家了。現在不行，往後也不行了。總會有人向他們指引找到她的路徑。現在，那個家已經不再安全了。她的內心感到巨大的悲傷，為了她所有心愛的事物，因為她知道，或許再也無法見到它們了。

她能去哪裡呢？

達芙妮，這位總是策畫好下一步行動，並備有無數個應急方案的策略大師，此刻卻完全不知所措。

她站在社區中心的入口大廳，整個人完全僵住了。大廳裡有四扇門：她剛才走進來的那扇門、通往托兒所的那扇門、通往戶外的那扇門，以及剩下的最後一扇門。

達芙妮打開最後一扇門，發現自己進入的是一間儲藏室，裡面堆滿了備用的桌椅、清潔用具，還有一大堆植物吊籃ＤＩＹ套組。那裡有一扇小窗戶，冬日的天色漸暗，透進了一絲光線。達芙妮輕輕拍去角落那張椅子上的灰塵，在陰暗的角落裡安全地坐下來，靜靜等待著靈感的降臨。

莉迪亞

等到大家都忙於彩排時，莉迪亞這才躲進那個小小的廚房裡。她拿起一把刀，切下一小塊早上自己烤的咖啡核桃蛋糕。這不算是一片完整的切片蛋糕，更像是稍微修整而切下的邊角而已。她瞇著眼看了看蛋糕，覺得還是不太平整，所以又切了一點，結果反而讓蛋糕變得更不對稱了，真是可惜。

莉迪亞吃掉所有修整切除的蛋糕邊角，現在蛋糕已經小了許多，她坐下來，覺得有點不舒服。她擦掉手指上的糖霜，拿起手機搜尋「德萊拉・瓊斯」。

搜尋結果顯現的頁面一頁接著一頁，幾乎都來自九十年代和二十世紀初期。二〇〇八年後就再也沒有更新的資料。

這些結果顯示，德萊拉・瓊斯就是達芙妮，一個極其迷人且年輕的版本。照片中的她出現在阿斯科特[55]、亨利[56]和溫布頓[57]的賽場上，以及各種派對和俱樂部的場合，身上戴著華麗的珠寶，披著昂貴的皮草，手持長菸管，啜飲著雞尾酒。她還看見了德萊拉那些豪宅的照片，有一座位於艾塞克斯郡的鄉間莊園，還有位於布萊克希斯一處有喬治王朝風格的宏偉城市宅邸。一張照片跳了出來，讓莉蒂亞驚訝地倒吸了一口氣，是德萊拉，身穿達芙妮送給她的那一件迪奧外套。

而且，德萊拉身旁總有一個男人，手臂不是以支配的姿態搭在她腰間或肩膀上，就是抓著她的手肘，他就是傑克．瓊斯，她的丈夫。傑克．瓊斯是一位臭名昭著的倫敦東區黑幫分子及小偷，曾經成功躲避警方追捕長達數十年，直到與同夥一同搶劫貝爾格萊維亞一位知名珠寶商的保險箱後，最終才被警方逮捕。這一夥人全都進了監獄，卻始終未尋獲大部分的珠寶。

然後，德萊拉就這樣徹底人間蒸發了。

55｜Ascot，阿斯科特以賽馬舉行地而著名，每年夏季舉行的賽馬活動吸引了大量的英國皇室成員和貴族參加，也是一個奢華的社交場合。

56｜Henley，此地最有名、最具代表性的傳統活動就是皇家亨利賽艇賽（Henley Royal Regatta），是英國社交季節時集運動、社交和娛樂於一體的盛會。

57｜Wimbledon，此地的溫布頓網球公開賽（Wimbledon Championships）是世上最具聲望的網球比賽之一，每年在溫布頓的草地球場舉行，是一個集結體育及娛樂的場合。

亞特

亞特向莉迪亞道別，她正要帶瑪姬回家好好休息，為明天的大日子做準備。這時，亞特突然感覺到一陣難以承受、難以想像的疲倦感。這一切的努力，是否真的只是浪費時間呢？

他提起裝了服裝和道具的袋子，走向走廊的儲藏室。走廊上擠滿了來接孩子的家長及照顧者。此時，他有一種想要獨處的強烈衝動，只要一會兒就好。於是，他輕輕推開了儲藏室的門，鑽進後方的陰暗處，將袋子放在角落。這空間裡擺滿了備用的桌椅，他摸索著最近的一張椅子，重重地坐下，將頭埋在雙手之間。

他需幾分鐘的獨處時間來喘口氣，再度平復自己的情緒。

「你好。」角落傳來一個熟悉的聲音。

亞特嚇了一大跳，差點把椅子翻倒。

「達芙妮！你在這裡做什麼？」他說。

「我也要問你一樣的問題。」她回答。

「我正在收拾這些服裝。」亞特解釋道。「而我只是需要逃離一下，幾分鐘就好。」

「哦，我也需要逃離。」達芙妮說。「不過我需要的是更長久的逃離。」

對於這句令人出乎意料的話，亞特不知道該怎麼回應才好。

「為什麼？」他問。

「我已經躲藏太久了，亞特。」她說。「我指的不是在這個儲藏室裡，而是過去的十五年以來。我曾做過一些糟糕的事情，現在那些事開始找上門了。」

「嘿。」亞特說，在黑暗中伸手要握住她的手，那觸感比他想像中更柔軟、更脆弱。他有一股奇怪的衝動——當然，他壓抑住了——想要輕撫著她的手。「你知道的，我也做過一些糟糕的事。到了我們這個年紀，不可能有人保有完美無瑕的人生紀錄，除非你從來沒有真正好好地過日子。訣竅就是盡力讓天平傾向良善的那一邊。」

「你真是好人，老頭子。」達芙妮說。「但你確實不了解我，甚至也不知道我的本名。而且，你那個兼職偷竊的小癖好，相較於我所做的那些事，差得可遠了。不過，這也不是什麼比賽就是了。」

「那麼，你的本名叫什麼？」亞特問。

「德萊拉。」她回答。「德萊拉・瓊斯。」

外面的走廊突然安靜了下來。他們聽見一個聲音說：「走吧，瑪姬，我們回家了。」隨後是大門重重關上的聲音，而鑰匙轉動的聲音響起。

「哦，真該死。」亞特說，這時才突然反應過來了。「她把我們反鎖在裡面了。我們該怎麼出去呢？我們可能要在這裡待上一整晚了！」

達芙妮只是聳了聳肩，彷彿這只是她眾多問題中最微不足道的一個。

「達芙妮，你想和我分享那些事嗎？」亞特問道，「看來我們得要在這裡待上一段時間了。」

「我想，現在說出這個故事也無妨了。」達芙妮說。「因為再過一兩天之後，我不是被逮捕，就是死了，或者，如果運氣夠好的話，我會在其他的地方，假裝成另外一個人。」

「這聽起來像是需要搭配茶和蛋糕的故事。你在這裡等一下，我去看看莉迪亞冰箱裡還剩下什麼東西。」亞特提議。

當亞特帶著兩杯熱茶和一大塊蛋糕回來時，達芙妮已經找到了一個便攜式電暖器，還有幾件被遺棄的外套，她將其中一件披在膝蓋上。

「我還找到了一些傑瑞米的葡萄酒。」亞特一邊說，一邊從外套口袋裡掏出一瓶酒。

「好了，開始說吧。我猜，這一切都和你的丈夫有關吧？他叫傑克，對吧？你之前曾告訴我，他並不是表面上看起來那麼單純。」

「是的，結果他原來也是個小偷，只是規模比你大上許多，沒有要冒犯你的意思。」

「沒關係。」亞特說。

「一旦和傑克結婚了，就不可能置身事外。我曾試著說服自己，我們的罪行不會傷及任何受害者。受害的只有那些保險公司和相當富有的人，他們本來就應該更公平地分配自己的財富才對。在多數的情況下，他們的財產及珠寶都是繼承而來的。而我們呢，卻得為他們努力賣命工作。」

達芙妮停下來喝了一口茶，但她其實也並非達芙妮。亞特默默點著頭，對這種自我辯解的方式早已習以為常，不想破壞了故事的情境。

「而且，我也相當擅長做這些事。」達芙妮繼續說。「我比傑克，甚至比他所有的手下還厲害，不論是進行策畫、分配任務，或是應對突發狀況。而且，我可以確保每個人都嚴格遵守一條道德準則：不殺戮、公平競爭，也互相照顧。」

此時，亞特才意識到，這或許就是達芙妮能巧妙策畫並執行莉迪亞復仇計畫的原因了。

「但我沒有意識到，傑克的生意背後仍有我完全不知情的一面，主要是毒品的生意，而這場遊戲並沒有公平的規範，有人因此喪命——有些人是被殺害的，也有人間接被害死。但是，等到我發現時，我已經無法抽身了。我涉入得太深了，傑克根本不會讓我離開，他的自尊心不允許，更何況，我手上還掌握一切的祕密。」

亞特不確定自己是不是應該開口說話，但他也不知道該說什麼，所以他隨便問了一句：「你打算要吃那一塊蛋糕嗎？」達芙妮搖了搖頭，示意他拿走。

「所以，當我們完成最後一項任務時——一個大規模的珠寶搶劫案——我為警方匿名提供了線索。告訴他們該去哪裡找人，還提供了將他們送進監獄多年的充足證據，讓他們無法繼續毀掉更多生命。然後，我就逃離了，變成了達芙妮。」達芙妮說著，看起來和他一樣心力交瘁。

「好吧，你贏了。」亞特沉默了一會兒後說。「比起我偷竊的小癖好，你厲害太多了。」

達芙妮笑了。「我不是說了嗎？這並不是什麼比賽嗎。」她說。「但我總是能在各種比賽中獲勝。」

「這時候得要喝一杯酒了。」亞特說。「但我們沒有開瓶器。」

「那你就錯了。」達芙妮淡淡一笑，隨即從髮髻中掏出一個細長的開瓶器。她總是能在關鍵時刻準確變出需要的東西，這個女人真是個女巫，不過，倒是一個令人欽佩又不可或缺的女巫。

「當初，你為什麼不要求警方提供保護，來交換你所提供的情報呢？」亞特一邊說，一邊將酒倒入兩個空杯子裡。

「因為傑克的朋友遍及**每個地方**。」達芙妮說。「包括在警方之中，所以我在哪裡都不可能安全。至少這樣一來，警方就無法確定是我提供了舉報的線索。當時，警方根本沒有主動找我。我之前曾告訴你，如何利用刻板印象來為自己創造優勢吧？」

亞特點了點頭。

「是啊，他們不相信一個**女人**能夠策劃這一切，特別是一個五十五歲的女人。他們以為自己已經把所有罪犯抓個正著了，毫無任何漏洞。而且，那群人也不會出賣我。即便他們懷疑我是告密者，也會自行處理我，不會讓警方插手。即使是盜賊，也有一套規矩的。」達芙妮說。

「那麼，現在有什麼改變了嗎？」亞特問道。

「幾個月前，我偶然看到報紙上的一篇小報導，提及傑克在監獄裡的醫務室去世，死於肺癌。因此，當我的七十歲生日來臨時，我心想，為什麼不試著再重新活一次呢？你看，我為自己建造了一個牢籠，這是我認為自己應得的懲罰。十五年來，我幾乎不曾離開過我的公寓。我以為自己早已服完了刑期，償還了過去的債務。我以為，或許我終於安全了，年齡漸長的摧殘也許能成為最好的偽裝。」達芙妮說。

「不過，我愚蠢地保留著那些珠寶。現在警方找到了其中一條項鍊。不久之後，他們就會將所有線索拼湊在一起。而且，我那張可怕的網路迷因，一定也被我當年送進監獄的某個人發現了，因為最近有人來找我，打聽著德萊拉·瓊斯的下落。我想，他們可不是為了聊天或喝茶而來。」

「那你打算怎麼辦？」亞特問道。

「我在歐洲之星終點站聖潘克拉斯[58]車站有一個置物櫃，裡頭已有打包好的行李。」達芙妮說。「我只是在等待這場才藝表演結束。我還需要一個新名字和護照。但是，我現在早就沒有能幫我處理這種事情的人脈了。」

亞特用手臂環抱著達芙妮，或是說德萊拉，她把頭靠在他的肩膀上。他們就這麼安靜地坐著，直到她的頭感覺越來越重，呼吸也越來越深沉，直到她最終沉沉睡去。

亞特的手臂開始感到麻木，他卻不敢移動。達芙妮看起來真的很需要幾個小時的遺忘。

亞特早就意識到，他們要離開活動廳是輕而易舉的事，只需要打電話給莉迪亞，請她回來開門就行。不過，即便達芙妮如此擅長策略，卻顯然沒想到這一點。

或者，也許就像他一樣，她更寧願待在這裡，停留在這一刻，也不想前往其他地方。

58 St. Pancras，位於倫敦聖潘克拉斯地區的大型鐵路車站，為歐洲之星在英國的終點站，車站新建一個供歐洲之星列車停靠的安全密封區域。列車自聖潘克拉斯站出發，經英國南部的一號高速鐵路，並穿過英倫海峽隧道，即到達歐洲大陸。

齊吉

對齊吉而言，這一天有可能是他這輩子至今最興奮的日子，甚至超越他女兒出生的那一天，說實話，那一天一點也不令人興奮，只有徹底難以理解的恐懼。至今，他仍然清楚地記得產房的情景：珍娜雙腿張開、大汗淋漓地躺在床上，對他破口大罵，甚至還有一些他從未聽過的詞彙。珍娜的媽媽和他的媽媽開始爭論，說誰家的孩子才是最該責怪的那一方。助產士試圖要平息紛爭，要大家專注於分娩的奇蹟，最終仍無法控制局面。接著，就是一片血腥、混亂，還有……齊吉甩了甩頭，試著拋開那些回憶，將注意力集中在今天。

他們約好早上八點在社區中心見面，接著搭乘小巴士前往布里斯托的電影製片廠，這一整天都會在此排練，並且為當晚的直播表演做準備。齊吉今天被准了一天的假而不用上學，校長在昨天的集會向全校宣布才藝表演的消息，因此全校師生都會在電視前欣賞他和凱莉的表演。

這件事有個副作用，齊吉之前的受歡迎程度至少有一部分恢復了。原來，能在直播電視上表演的光環，幾乎可以抵消他身為一個十八歲單身爸爸所帶來的負面印象。

齊吉非常擔心會遲到，於是他和凱莉提早十分鐘抵達，甚至在莉迪亞還沒開門之前就到了。

「早安，莉迪亞！」他說。「早安，瑪姬！這個是你的東西嗎？」他指著前門樓梯台階上的那個鼓鼓的塑膠袋。

「我沒有預期會有東西送來。」莉迪亞一邊說，一邊彎腰去打開那個袋子。袋子最上面有一張便條，上面寫著：致曼德爾社區中心的英雄們，毛線班克西獻上。

「喔我的天呀！快看看這些東西！」莉迪亞驚呼，拉出三個複製了瑪姬模樣的可愛羊毛作品，身上穿著寫著「支持瑪姬」的小小毛衣。這些小羊毛瑪姬被固定在長棍上，表演時可以高舉在觀眾的頭頂上方。

「噢，好可愛啊！」齊吉不由自主地放下他那一貫冷酷的青少年形象，兩隻手各自揮舞著一隻小羊毛瑪姬。

莉迪亞從口袋裡拿出一大串鑰匙，開啟了前門。

當莉迪亞、瑪姬、齊吉及凱莉推開門並進入活動廳時，對面的那一扇門突然打開了，齊吉以前不曾注意到這扇門的存在。亞特和達芙妮走了出來，兩人看起來有點難為情，衣衫不整。他們到底在裡面做什麼？難道他們昨晚一直待在那裡嗎？要不是他們兩人年紀這麼大了，齊吉恐怕真的會以為他們是否……如果和一位異性在一個封閉的空間共處太久會發生什麼事，齊吉再清楚不過了。哦，天啊，又出現一個他可不想再看見的畫面，特別是在吃完早餐之後。

「早安！抱歉，沒空停下來聊天了。」亞特一邊說著，一邊推開他們並拉著達芙妮的手往外走。「我們要去我家洗澡，馬上就回來了。」

「可是……什麼……這是怎麼一回事？」莉迪亞問道，這完美地概括了齊吉對這件事的疑惑。

達芙妮回頭看了一眼，還對他們**眨了眨眼**。

「他們說要去洗澡，你覺得他們是指……？」莉迪亞沒繼續把話說完。

「分開洗，他們打算要一次一個人洗，我確信。」齊吉斬釘截鐵地說。

幾分鐘內，許多人陸續湧了進來，其中包括幾位快臨盆的孕婦，還有一大群穿著空手道裝備、分屬不同年齡層的人。

「莉迪亞，這些人都要跟我們一起過去嗎？」齊吉問道。「我們可能需要一輛更大的巴士了。」

「哈！沒有。產前課程學員、空手道社團以及匿名戒酒會的成員們自願在此靜坐抗議一天，防止市政府封鎖活動廳，直到瑪姬贏得比賽並拯救局面。」莉迪亞說，對於這一切的勝算，她顯然她比齊吉更為樂觀。

「謝謝大家的到來！」她用泰然自若的語氣對著人群說。「請大家自行取用熱茶和咖啡。我還帶了一些蛋糕，櫥櫃裡還有編織盆栽吊架組合的手作材料，這樣大家就不會無聊了。齊吉，請你幫我確認一下，銀髮俱樂部成員們、所有表演者及**負責**他們的成年人都上了巴士嗎？這裡有一份名單，你可以一一勾選。」莉迪亞翻找著包包，將一張紙塞給了齊吉。齊吉心中覺得疑惑，為什麼成年人總要被稱為「負責」的人，因為就他過往幾個月的經歷證明，成年人往往並不太負責。

齊吉站在小巴士的前方，身旁有坐在嬰兒車裡的凱莉，他開始逐一核對莉迪亞的名單，人員到達時便一一劃掉名字：安娜、露比、威廉、珍寧、樂奇、柴克、塔露拉，以及柴克及塔露拉的媽媽。

「齊吉，大家都到齊了嗎？」莉迪亞一邊說，一邊地跑向他，看起來心慌意亂且滿頭大汗的樣子。

「只剩達芙妮和亞特還沒到。」齊吉說。

彷彿是他以意念的力量進行召喚一樣，這時達芙妮和亞特出現在馬路上，看起來比之前乾淨多了，只是身上仍然有點濕濕的。以前，每當齊吉看見他們兩人時，他們之間就好像有股靜電似的力量，總會將彼此推開。但現在，如果他沒看錯的話，他們的模樣看起來似乎像是**在一起**。那到底是怎麼一回事？這真的是個好主意嗎？

「謝天謝地，你們終於到了。」莉迪亞說。「好了，快上車、快上車。我們十分鐘前就應該要出發了。」

「我從來沒有開過這種車。」她一邊說，一邊爬上駕駛座。「不過，開這種車是能有多難呢？」

她對所有人大聲喊叫，確保大家都繫好了安全帶，在車子發出一陣齒輪磨擦的聲音後，他們終於啟程了。

亞特

當亞特登上那輛小巴士時，樂奇揮手示意他坐在自己身旁的空位。雖然樂奇仍然保持沉默，但相較於三個月前那個連看都不願看他一眼的男孩，他早已完全不同了。

亞特坐了下來，視線落在前面幾排的達芙妮身上，她就坐在莉迪亞後面。他不禁想著，自己以前為何會對她有這麼深的誤解呢？他曾以為她冷漠又高傲，完美得令人反感，總是那麼居高臨下的姿態。然而，現在他才明白，她其實就和他一樣，同樣充滿了缺陷和脆弱，甚至比他更嚴重。不過，她又是那麼**出色不凡**。如果沒有她，他們也不可能來到這裡。每個人都悄悄地改變了，他們的生命似乎都被她的能量所感染，卻不曾察覺。

「安娜，你那個包包裡到底裝了什麼啊？我們不過是出去一天而已。」隔著一條走道的亞特問道，指著安娜座位旁那個破舊的巨大包包。

「這是我的旅行包，以前當司機上路時都會隨身帶著。當時，我們習慣性地為所有情況隨時做好準備：替換的內衣、盥洗用品、手電筒、急救包、肯德爾薄荷硬糖、防狼噴霧、Lucozade 能量飲料，還有護照。」安娜說。

「去布里斯托根本不需要帶護照。」齊吉插嘴。

「我當然知道這件事。」安娜說，她身上穿著一件印有「卡車人生一路馳騁」字樣的T恤。「不過，老習慣很難改掉了。我從來不知道我什麼時候會改變路線，說不定得要載貨去杜塞道夫[59]，還是準備一下比較保險。」

車上的氣氛相當愉快，只有因為露比需要上洗手間而停車時，氣氛才稍微低落了一些。但僅僅三十分鐘後，她再次宣告自己要再去一次。隨著時間推移，巴士內的異味也漸漸變得有點濃烈，主要是因為小凱莉的尿布。

「好了、好了，我會在下一個休息站停一下！」莉迪亞說。

「嘟嘟，嘟嘟。」小凱莉透過後窗向外看著。

「該死，後面有輛警車！」齊吉說。「我認為他們希望我們現在就停車，莉迪亞。」

一整輛巴士頓時安靜了下來，只聽得見方向燈的滴答聲及警笛的聲音，莉迪亞將車輛駛向公路的緊急停車區，隨即熄火並按下了開門的按鈕。所有人全盯著那一位剛爬上車的年輕女警，她看起來略顯疲憊的樣子。

「你們為什麼拖了這麼久才把車停下來？」她說，顯然不太高興。

「真的很抱歉，警官。我正要找一個休息站，因為我們有些人急需上洗手間。你可能無法理解，我們這群人對洗手間的需求有多麼強烈。」莉迪亞說。「老實說，我們能順利出發就已經算是個奇蹟了。所以，當你一開始開啟了警示燈，而其他車輛開始讓道時，我還以為是要為我們開路呢。不過，後來我才意識到，你怎麼可能知道凱莉尿布的緊急情況，或是露比有膀胱虛弱的問題，而你看起來又很堅持的樣子，所以我想還是把車停下比較妥當。」

「莉迪亞，你不能隨便透露如此敏感又私人的醫療資訊，除非你獲得對方允許，或是搜查令。那她有搜查令嗎？」露比說。

「我應該沒有超速，我有嗎？」莉迪亞問道。

「沒有。事實上，你的問題是開太慢了，慢到太危險了。不過，我們接到的命令是攔下這輛車。我確信，這輛小巴士上有一個倫敦警察廳想要審問的對象。」這位警官說。

亞特看向達芙妮。他看見她優雅的頸背緊繃得一動也不動，就像一隻被槍口瞄準的鹿。

59 杜塞道夫 Düsseldorf 德國第七大城，跨越了萊茵河兩岸，為德國廣告、服裝、和通訊業的重要城市，緊鄰荷蘭、比利時與法國。

他能感覺到她皮膚上釋放出來的腎上腺素，彷彿他們在儲藏室裡度過的那個夜晚將他們緊密聯繫在一起，那是一種他覺得無法逆轉的聯繫，而他也希望這樣的聯繫無法被逆轉破壞。

「喔，天啊。」莉迪亞說。「他打算要控告我嗎？我就知道他會這麼做。你知道的，我就是一時忍不住了。畢竟這二十年來，我要面對他的冷言冷語及批評，更糟的是，他還徹底地對我視而不見，我真是受夠了。不過，我也承認，這有一部分是我自己的錯。」

「那不是你的錯，莉迪亞。」亞特、威廉、露比和安娜又異口同聲地說，已經說了上百遍了。

「那一系列的照片就是最後一根稻草了，」莉迪亞接著說。「你可以說，正是壓垮駱駝的那一根。你們打算要逮捕我嗎？我的女兒們到底會怎麼看待我呢？她們的母親，竟然成了一個犯罪分子……」

亞特越過走道伸手過來。他十年來的偷竊經驗讓他的手指極其靈活，即使看起來像一塊皺巴巴的老薑。他確認所有人都關注著巴士前面的戲劇場面後，接著慢慢地拉開安娜包包的拉鍊。他相當幸運，手指成功抓住了他正在尋找的東西，就在包包的最上面。他把東西藏到座位前方的那個置物袋裡。現在，他只需要讓警察遠離達芙妮，將她引到車子的後方。

「莉迪亞，親愛的。」他說。「我想，他們要找的人不是你，而是我。你知道，這麼多年過去了，這反倒讓我覺得是一種解脫。我想這已經成為一種癮頭了，但要創造同樣程度的快感，賭注就得要越來越高。我應該像個普通退休老人一樣，好好玩賓果就好了。看來，唯一能讓我停下來的辦法，就是被逮捕，現在，看來這個時刻已經到來了，要被抓個正著了。」

他伸出了雙手，握緊拳頭，正如他在警匪劇中飾演那些微不足道的小角色，不僅沒有台詞，對情節發展也毫無任何重要性。讓他鬆了一口氣的是，那位女警沿著走道走向他，而他眼見達芙妮則悄悄地靠近開著的巴士門。

「藏好所有東西！這他媽的是一次突襲！」他身旁的樂奇開口大喊著。那位警察震驚地後退了幾步，但她的震驚，遠遠不及車上所有人聽見樂奇開口說話的震驚。

不只是一個字，而是完整的兩句話！甚至還加上了一個形容詞！一整輛巴士頓時響起了熱烈的掌聲，除了瑪姬之外，她開始驚恐地吠叫。

「閉嘴，瑪姬．柴契爾！」安娜說。

「太棒了，樂奇！我們就知道你做得到！」亞特對著身旁的小男孩說，他看起來也對自己的表現驚訝不已，甚過於亞特。「不好意思。」他對目瞪口呆的女警說。「這是我們第一次聽見他開口說話，而他都快要五歲了。顯然地，他選用的字彙並不是太理想。如果他能先說『你好』或『謝謝』就好了，不過呢，無所謂，他只要能說些什麼話都好。」

「他那一句**藏好所有東西**是什麼意思？」她一邊說，一邊揉著自己的額頭，表情顯得不知所措。

「誰知道呢，親愛的小姐。樂奇的過去就像是一個黑箱。這個男孩的名字，是你所能想像最不合適的名字了。」他說。「總之，他指的人不是我。我並沒有將那些來路不明的財物帶上這輛車。好吧，或許沒有那麼多。」

「聽著。」警察說，又嘆了一口氣。「我不知道你們以前幹了些什麼事，老實說，我也真的不想知道，但我要找的人不是你，也不是她。」她一邊說，一邊向莉迪亞點了點頭。

亞特看到達芙妮已經移動到最靠近車門的座位，當警察看向她時，她像是在玩一二三木頭人一樣，突然愣住了。接著，當警察轉過身去時，達芙妮站起來，開始慢慢走下階梯。

「是社會服務機構派你來的嗎？」坐在巴士後面的齊吉說。那位警察開始朝著他走去，遠離亞特身旁。「我真的別無選擇，我發誓這輩子再也不會做這件事了。」

亞特凝視著窗外的達芙妮，她正站在緊急停車區。她抬頭看著他，對他做了一個俏皮的敬禮。他從座位前方的置物袋裡拿出安娜的護照，滑開樂奇頭上那個小小的通風窗，將護照扔向窗外達芙妮的方向。

安娜看起來和達芙妮不太相像，但他記得達芙妮曾說過，要好好利用刻板印象來為自己創造優勢。對於多數的人而言，尤其是年輕人，所有的老人看起來都一樣。如果達芙妮將頭髮染成鮮紅色，和安娜護照中的照片一樣，那麼多數的觀察者也只會注意到這一點。

「祝你好運。」他以嘴型對她示意。

「如果你是代表市議會來的，那就告訴他們，那不是損壞他人財物的犯罪行為，而是一門藝術。他們只是一群欠缺鑑賞品味的庸俗之人。」露比對著那位女警說。

「我再也不想被帶去問話了。他們全都是自然死亡的，我已經告訴你們多少次了？找丈夫這件事，我的際遇真是特別不幸。」安娜說。亞特想，她這樣抗辯恐怕有點過火了。

「也沒有像他們那麼不幸吧。」男人喃喃自語。

「你們能不能都不要再自首了！」那位警察大聲喊道，手裡拿著一張影印出來的照片。毫無疑問地，那張照片裡的人是達芙妮。她相當激動地向大家揮舞著照片。「這個就是我要找的人。」

所有人都陷入了沉默。他們幾乎動作一致地轉過頭來，盯著司機正後方的那個空位看，但座位上已空無一人。接著，他們都轉過身看向小巴士開著的車門以及旁邊的高速公路，他們清楚看見達芙妮在那裡，將拐杖夾在腋下，越過中央分隔島。

亞特想，自己不曾遇見像她如此非凡又充滿生命力的美麗女人。
如果他早點意識到這點就好了，在她離開之前。

莉迪亞

莉迪亞坐在觀眾席上，身旁還有那些長者及他們的照顧者們，手中緊緊抓著他們的小瑪姬吉祥物。隨著一場又一場精彩的表演接連上演，他們的情緒越來越低落、越來越缺乏動力。他們怎麼可能有辦法和這些表演競爭呢？當一位盲人小女孩牽著她的導盲犬走上舞台時，莉迪亞心中告訴自己，這下子真的沒戲唱了。怎麼可能不投票給那位盲人小女孩呢？

莉迪亞身旁的空位，原本應該是達芙妮的座位，現在卻空了下來。正當莉迪亞比以往任何時刻更需要信心和能量時，她卻不在這裡。她到底去哪裡了？莉迪亞是否還能再見到她呢？

「現在，來到我們的最後一個表演了！」那個叫安特或德克的人說，莉迪亞總是搞不清楚兩個人分別叫什麼名字。「是瑪姬和曼德爾社區中心的孩子們以及長者們！」

隨著熱烈的掌聲響起，大家都在座位上前傾著，揮舞著自己手中長棍上的小羊毛瑪姬。莉迪亞突然心頭一沉。更加難受的是，當舞台後方的巨型螢幕亮起時，莉迪亞的臉龐被即時放大於螢幕上，並且同時播送到全國數以百萬的家庭中。

驚恐的莉迪亞透過摀住臉的手指縫隙盯著螢幕。每一道細紋、每一處瑕疵，及每一個粗大的毛孔都清晰可見。但是，她其實看起來還不錯。當她流利地解釋著社區中心及其成員們面臨的困境時，她的臉頰因為熱情和決心而紅潤。

值得慶幸的是，螢幕切換到了他們排練的畫面片段，看見了亞特耐心地指導樂奇練習舞台走位、瑪姬偷吃了桌上的蛋糕，以及塔露拉忘記台詞時引來大家一陣哄笑的樣子。

「所以你們都看到了，」螢幕上那個巨大的莉迪亞對著採訪記者說，「我們真的很希望瑪姬獲勝，這樣我們才能為這個社區的人拯救社區中心。這些長者們指望著她、孩子們指望著她，還有產前課程的孕婦們、空手道社團及匿名戒酒會的成員們也都指望著她了。」

接著，畫面切換至錄影棚觀眾席的廣角鏡頭，並聚焦於莉迪亞和她的朋友們，伴隨著全場的歡呼聲，他們熱烈地揮舞著手中的毛線吉祥物，後排的人輕拍他們的背，對著鏡頭露出笑容，嘴型示意說著，**哈囉，媽，我上電視了！**

莉迪亞擦去眼中的淚水，心裡想著，結果是贏是輸都沒有關係，這一刻就已經足夠了。

螢幕瞬間熄滅，錄影棚裡寂靜無聲，當亞特、瑪姬、齊吉和凱莉走上舞台，站在聚光燈下，旁邊還有三個穿著迷你警察制服的小孩。

「亞特，你現在感覺如何呢？」安特或德克問道。

「很興奮！」亞特回答。「我只希望我們能盡全力，為我們的社區拯救曼德爾社區中心。」主持人正準備要轉身離開，亞特卻緊緊握住了麥克風。

「如果有任何人想要提供協助，我們有一個群眾募資平台的頁面。」他一邊說，一邊指著莉迪亞坐的地方，攝影機緊跟著他的視線移向他們的小團體，安娜和露比正舉著一個橫幅布條，上面有齊吉在募款網站上設立的網址。

「我們同時派出攝影記者前往你們的社區中心，拍攝目前正在進行的靜坐抗議現場。泰德，你聽得見我說話嗎？」主持人一邊說，一邊將一根手指放在耳機上。

隨後，畫面切換，顯示一位戴著耳機、手持一個巨大麥克風的攝影師。

「我聽見了，德克。」他回答。「我目前人在曼德爾社區中心，身邊有這些勇敢的抗議者們。」鏡頭掃過整個空間，這裡坐滿了懷孕的婦女、穿著空手道服裝的孩子們，以及其他開始揮手的參與者們。人群之中也有一些穿著明亮反光外套的男人，攝影師將麥克風遞給其中的一位。

「我猜，你應該是代表市議會，前來這裡封閉這個活動廳的，對嗎？」他說。錄影棚現場的觀眾發出噓聲和叱責，彷彿在看一場誇張的鬧劇。

「嗯，是的，但由於現場的狀況，我們無法開始動工。」那名男子指了指圍繞在他四周的群眾。「所以我們覺得，既然無法打敗他們，不如就加入他們吧。」

「那你們現在正在做什麼呢？」攝影師問。

「其實呢，我們正忙著編織植物吊籃，還有吃蛋糕。」他回答。「現在，我們顯然正在收看表演節目。加油呀，瑪姬！」他在空中揮舞著拳頭。

「亞特。」錄影棚裡的主持人說。「我想，你也有一項自己的私人任務吧？你有一個深沉且悲傷的故事吧？」他故作關心地皺起眉頭，觀眾們都在座位上向前傾身，期待聽見一個催人熱淚的背景故事。

「呃，我想是的。」亞特說，這是他上台以來第一次顯得如此緊張。

「是的，在過去的三十年之中，亞特都不曾見過他的女兒卡莉。」主持人對著鏡頭說。「他也從未見過自己的孫子、孫女。」他身後的螢幕上出現了一張年輕女孩的照片，接著是一張少女的照片，她身穿八〇年代的流行服裝。「也許卡莉・安德魯斯正在某處看著你。」他說。

這時鏡頭轉向觀眾席，應該是製作方的安排，那些觀眾看起來很感傷，拿著紙巾拭去眼中的淚水。

「那麼，亞特，我們這就來欣賞你、瑪姬及孩子們帶來的表現！」主持人以戲劇性的語氣說。

錄影棚裡裡響起了《不可能的任務》的主題曲，莉迪亞屏住了呼吸，看著瑪姬穿越障礙賽道，並成功完成了一場大膽的珠寶搶劫行動，三個身材矮小的警察追趕著她，而他們稍顯過大的頭盔不斷滑落並遮住雙眼，最終坐上凱莉的嬰兒車並成功逃離了舞台。

全場觀眾同時站了起來，莉迪亞忍不住地跳了起來，臉上的眼淚也不停滑落，激動地大喊著「太棒了！」

「嗯，作為結尾，這還真是一場精彩的表演！」主持人說，將他的手臂環抱著亞特的肩膀。「不過，在我們宣布《我和我的狗》的獲勝者之前，我們有一個驚喜要給你，亞特。我們要為你帶來一位非常特別的嘉賓……」

一道聚光燈轉向舞台的邊緣，有一個女人走出來，看起來只比莉迪亞年輕一些，焦慮地來回掃視著舞台上的人群及四面八方的攝影機。

「亞特，我們找到她了，這位就是卡莉。」主持人說。觀眾席靜默無聲，安靜到能可以聽見卡莉走在舞台木頭地板上的聲音。

「卡莉。」亞特以沙啞的聲音說，同時向她伸開雙臂。

「爸爸。」她以緊張且生硬的語氣回應，收回了手臂，隨後狠狠甩了他一巴掌，在他乾瘦的臉頰上留下了一道斑駁的紅色印記。

觀眾們發出一陣驚呼聲，隨即傳來一些緊張的竊笑聲。

「這就是現場直播節目的樂趣了！」主持人說，他顯然是一位專業老手。「我們現在先進廣告，稍後回來，我們一同見證這個真相時刻。」

「我的老天爺啊。」莉迪亞說。

亞特

當布幕落下，安特和德克從舞台上消失，留下了亞特和卡莉，他們覺得自己異常地孤單，儘管這空間裡充滿了數千名的觀眾。自從卡莉十七歲之後，他就再也不曾見過她。他依稀記得她還是個女孩時的模樣，但每一處的改變、每一道皺紋，以及每一根白髮，都成了一種指責，提醒著他那些逝去的時光。

「卡莉，」亞特再次沙啞地說，「我不敢相信這真的是你。」

他伸出手想要握住她的手。

「你不能用這種操縱的方式強迫我來見你，然後還期待會有童話般的美滿結局。」卡莉說著，冷冷地抽回自己的手。「我一直以來都恨著你。」

「但我肯定更恨我自己。」亞特說。「自從你離開之後，我心裡就像有了一個空洞。我一次又一次試著填補它，卻無法做到。我無法形容我有多麼想念你。我在腦海中將那一天回放了無數次，我希望能回到過去改變一切。」

「卡蒂死前還在問你在哪裡，爸爸。」卡莉說。「媽媽對她說的最後一句話，還是個謊言，她說你在趕來醫院的路上。她並沒告訴卡蒂真相：她試過聯絡你好多次了，打電話去你聲稱要去工作的拍攝現場，卻不知道你當時正和一位臨時演員在彩鴻酒店入住兩天了。」

「我知道，這件事每天都折磨著我，每天夢裡不斷重演著。」亞特說。「我失去了一個女兒，卻連她最後一面都沒見到。」

「我失去了自己的**雙胞胎妹妹**，也失去了部分的自己。現在我明白了，這不是你的錯。奪走她生命的是腦膜炎，而不是你的謊言或背叛，但這麼長一段時間以來，我的憤怒和悲傷交織在一起，現在早已無法切割了。」

「我知道。」亞特又說，因為他不知道還能說什麼。

「你為什麼不來找我？」她問。

「我有，我試了很多次了，你媽媽不希望和我有任何往來。」他說。

「你曾努力過，只有一、兩年吧，但你後來就放棄了。」卡莉用冷漠且堅定的語氣說。

「你搬了家、換了電話號碼，我當然可以想辦法找到你，但這件事太困難了。」亞特說。

「這太痛苦了。不過，你知道我在哪裡。我還住在同一個房子裡，你的家。我無法搬家，我一直為你保留著你的房間，它依然還在。」

「現在已經太遲了，爸爸。」卡莉說，臉上的表情一樣堅定且固執，他記憶中她青少年時期的模樣都沒變。「造成的傷害太大了。」

「一分鐘後進行現場直播了！」舞台外有一個聲音喊道。「清場！請各位就位！」

一名工作人員小心急切地走向他們，像是要前來拆除一顆滴答作響的定時炸彈。「不好意思，要請你們移動腳步。」

隨後，卡莉就離開了，亞特身處一個擁擠的後台空間，身邊有瑪姬，還有其他所有參賽的人和狗兒，他卻覺得比任何時刻都更加孤獨。牆面上有一個巨大的螢幕，正在直播現場的表演。

「歡迎回到《我和我的狗》！」主持人獨自站在聚光燈下說。「現在，是時候來宣布我們的三位決賽入圍者了，公布的順序無關排名。」亞特從未想過，三十多位選手和四十隻狗竟然能如此安靜。

「東尼與小不點！」主持人一宣布，後台那位帶著三隻穿得花花綠綠吉娃娃的男子便發出了一聲尖叫，接著被兩名戴著耳機的黑衣男子引導到舞台的側面。「瑪麗與芒戈！」主持人繼續說，亞特屏住了呼吸。「以及亞特與瑪姬！」

在黑衣男子的引導下，亞特和瑪姬穿過人群，眨著雙眼走進閃爍耀眼的舞台燈光下。

「第三名是……」主持人說，隨後是不自然又有些殘酷的沉默，然後說道：**「東尼與小不點！」**觀眾歡呼雀躍，東尼一邊微笑、一邊哭泣，抱著自己的幾隻吉娃娃不斷親吻著。

「第二名是……**亞特與瑪姬！**」

被宣告獲得第一名的瞬間，瑪麗高高地跳了起來，而亞特用上自己所有的演技，想讓自己看起來很興奮開心，並彎腰去撫摸芒戈，這一隻穿著芭蕾舞裙的愚蠢小臘腸狗，背部長得離譜，而短得可憐的四條腿根本派不上用場，連上樓梯都有問題，這隻狗的體型設計實在太糟糕了。

瑪麗抱了亞特一下，淚流滿面又語無倫次地感謝著一切，從她自己的父母到芒戈的獸醫都有。亞特告訴她，自己為她感到相當高興，說她理當獲得這個獎項，卻努力不去想像若在她背後插上一刀會是什麼感覺。照理說，他應該要欣喜若狂才對，第二名真的很了不起了，但對他來說，這似乎還不夠了不起。

一支麥克風突然塞到亞特的面前，他對主持人裝腔作勢地說自己有多麼高興，並表示自己從來沒想過可以走到這一步。

亞特心裡想，這大概是他演得最好的一次了。

在回家的巴士上，他們的心情既歡騰又消沉，大家重溫他們今天的每一分鐘，那場幾乎就能獲勝的比賽。唯一沒有人提及的事，就是亞特與卡莉的重逢。

大家都好奇地想要知道，達芙妮究竟做了什麼，才會如此驚慌失措地逃離現場。除了莉迪亞之外，她守口如瓶，這讓亞特懷疑她是否知道什麼達芙妮的祕密，就和他一樣，並一樣選擇沉默地保密。這樣比較安全，而且，亞特不喜歡大家太了解達芙妮，或是德萊拉這個人，像他自己了解得如此深入。

亞特不自覺地一直盯著那個空蕩蕩的座位，那個達芙妮早上坐過的位置。他不禁想著，現在的她在哪裡呢？她知道他們的那一場演出成功，或是失敗嗎？他真想要告訴她關於卡莉的事，關於他如何找到她，然後，又如何在幾分鐘後瞬間失去她。

甚至，他希望可以向她坦白，那一段他刻意隱瞞的過往：當卡莉的雙胞胎妹妹突然因為腦膜炎過世的那一天，他不在場的原因。隨後再告訴她，卡莉永遠不會原諒他了，因為她心裡那個失落的缺口，似乎比以往任何時候都更加深刻，也無以填補。

「真是奇怪。」和亞特隔著一條走道的安娜說。

「怎麼了？」亞特回答。

「我確定我的護照在包包裡，現在卻不見了。」她一邊說，一邊翻找著包包裡的東西。

「安娜，」亞特輕聲地說，「你覺得你還需要那一本護照嗎？」

「我完全不需要了。」她回答。「我這輩子的旅行已經足夠了，而且我現在也不太能自由行動了，不是嗎？」

「那麼，你是否可以保持沉默，至少，先暫時不提這件事呢？」亞特一邊說著，一邊向她示意，朝著達芙妮空著的座位點了點頭。

他看著安娜從一臉困惑的表情，慢慢轉變為一種理解。

「哪有什麼護照啊？」她終於開口說，接著拉上包包的拉鏈，將包包放回旁邊的座位上。

「我的天呀！」在巴士後面的齊吉忽然大聲喊道，吵醒了正在睡覺的凱莉，凱莉開始憤怒地尖叫。「你們知道我建立那個群眾募資平台的頁面吧？這真的太瘋狂了！我們已經籌到超過七萬九千英鎊了，而且數字還在持續增加中。我們就要成功了！我們可以拯救社區中心了！」

三個月後

亞特

在節目結束後的那一段時間，亞特一度陷入情緒崩潰的狀態。他感受到失去卡莉、她的雙胞胎妹妹卡蒂和妻子的痛苦，宛如一道新的傷口。但這一次，他沒有選擇逃避這些痛苦和羞愧，而是勇敢地正視它們。

當他寫了一封又一封冗長且痛苦的電子郵件給卡莉時，威廉就坐在他身旁陪伴，而一位製作公司的助理相當同情他的處境，答應要幫他轉發信件給她。幾個星期後，卡莉打了電話給他，表示自己還沒有準備好要與他見面，也不確定自己是否會有準備好的那一天。不過，這通電話至少是一個起點，就像是一枝單薄的橄欖枝上長出的小小嫩葉。

亞特的經紀人賈斯帕也聯繫他了，態度誠懇地承認自己之前的過錯。看來，賈斯帕的電話響個不停，要求亞特和瑪姬出席活動的邀請如潮水般湧來。

因此，亞特比以前更忙碌了。但奇怪的是，他卻開始想念達芙妮了，真的非常想念她。雖然她只是短暫地出現在他的生命之中，卻留下了深刻的印記。他常常想著她現在人在哪裡，是否安全。他早上醒來時，時常發現自己夢見了她，在夢裡回放著關於她的情景，重溫他們在塔橋餐廳共度的晚餐、她去商店裡將他從保安人員手中拯救出來的那一幕，以及他們一起在儲藏室度過的那一個夜晚。

亞特撿起了在門外地墊上的一封信，信封上有外國的郵票及郵戳。他將信封翻了過來，將拇指滑過信封的封口底下，輕輕地撕開，裡面有一張明信片。

明信片正面是一幅夕陽正緩緩落下的照片，背景是一座壯麗的岩石島嶼，矗立在清澈蔚藍的海水之中。背面有以大寫字母寫下的文字：

最佳的死法，是無聊地死在漢默史密斯，還是精彩不凡地死在伊比薩島[60]**？**

文字下面有一個電話號碼。

60—IBIZA，「伊比薩島」位於地中海西部，是西班牙巴利亞利群島的一部分，以熱鬧的夜生活、電子音樂派對及奢華度假村著名，象徵著享樂主義、自由的生活方式。

齊吉

齊吉正忙著準備大學入學考試，目前進展順利，成績甚至會比預期中更理想，他有望於九月時進入巴斯大學就讀。

興奮之餘，唯一讓他感到些許不安的是，他將要離開即將獨自生活的母親，儘管母親一再保證她不會有事，並強調「應該是由她來擔心他才對，而不是反過來的狀況」，齊吉對此仍感到憂心。

齊吉對艾莉西亞的感情越來越深厚，而她即將前往布里斯托，距離巴斯只有十五分鐘的火車車程。儘管，艾莉西亞始終堅持他們只是朋友，齊吉還是希望能說服她改變主意。不過，考量到齊吉上一段的「關係」，一開始是文具儲物櫃裡草草完事的性愛對象，急速轉換為功能失調的父母角色，也許這次以緩慢速度來發展感情反而是一件好事。

有一天，一封信悄然無聲地從門上的信箱口滑進齊吉的公寓，輕輕地落在門口的地墊上。他們通常只會收到一些帳單或垃圾郵件，但這封信看起來不太一樣。齊吉撿起了那封信，發現收件人是他的名字。

他打開了信封，取出裡面的兩張紙，一張是來自律師事務所的正式信件，另一張則是一張手寫的便條。他先讀了那張手寫的便條。

親愛的齊吉：

不久前，你曾經給予我莫大的榮幸，邀請我成為凱莉的教母。現在接受這個邀請，我希望還不會太晚。

我準備了一份禮物，不僅是給她的，還有你和你的母親。在我離開之前，我已經將我的公寓產權過戶到你名下了。我希望這能為你們一家提供一個安全舒適的住所。或者，你也可以將房子售出，搬去其他地方居住。鑰匙在我的律師手上，他是我的老朋友了，不會過問太多問題。如果你想要來探望我的話，他會告訴你去哪裡可以找到我，我非常希望你們來探望我。

獻上我所有的愛

達芙妮X

附註：如果你還保留著凱莉吞下的那一顆石頭，請拿去哈頓花園區找一位克里斯多福．湯姆森，他會給你一個不錯的價格，那應該就足夠幫你買幾張機票了，也能支付你第一年的學費。

另一個附註：千萬別信任那一盆絲蘭。

莉迪亞

莉迪亞吸入一口新油漆的氣味。社區中心的翻新改造工作即將完成，現在，它就像莉迪亞本人一樣，散發著新生的活力。

活動廳裡懸掛著由威廉精心挑選的大型裱框照片，展示著社區為拯救這座建築物而齊心協力的那些時刻：耶穌降生劇、《我和我的狗》演出，以及靜坐抗議活動。

社區中心更換了招牌，又再度被命名為一開始的「曼德拉社區中心」，準備迎接來自各個族群的不同居民。他們計畫在星期一舉行盛大的開幕儀式，莉迪亞為此不斷忙著烘焙糕點，而當地的名犬瑪姬、名人亞特將以榮譽嘉賓的身分出席。

莉迪亞口袋裡的手機響了，她瞇著眼睛看著手機，又是傑瑞米傳來的訊息。他和凱蒂分手了，不斷懇求莉迪亞與他復合，正如達芙妮所預見的情況。面對局面如此劇烈的轉變，莉迪亞理當要感到開心才對，但她卻覺得他表達的愛慕之情有些……令人惱火。

自從她多年前結婚之後，這是莉迪亞第一次真正地喜歡自己，她重新找回了自尊，一種自豪的感覺，並決定永遠不讓任何人剝奪她這種感受。

莉迪亞已委託一位當地的房屋仲介出售她的房子，並計畫用她那一半的資金購買一個更小、更溫馨的地方作為她和瑪姬的家，女兒們來訪時也有地方留宿。這將是一個全新的開始。

現在，她只需要招攬一些俱樂部新會員，因為剩下的成員只剩下威廉、安娜及露比了，亞特如今已忙得無法參加了。她從包包裡拿出一張紙，釘在入口處的全新布告欄上。

您年滿七十歲了嗎？

想要交一些新朋友嗎？

何不考慮加入曼德拉社區中心的銀髮俱樂部呢？

請致電或傳簡訊給莉迪亞，電話是07980-344562。

後記

亞特與達芙妮

夕陽西下的時刻，隔著巴利亞利海，遠眺著岩石嶙峋的伊維薩島，這景色就和達芙妮幾個月前寄給亞特的明信片如出一轍。

達芙妮向服務生揮手示意，點了更多雞尾酒。

「我不知道你會說西班牙語。」亞特說。

「我最近使用 Duolingo[61] 來學習。」達芙妮回答。

亞特笑了笑。「那是什麼？是一種口交的方式嗎？」

「亞特，你什麼時候才能長大成熟一點呢？」

「我為什麼要成熟一點呢？」

這時，亞特感覺有什麼東西碰了一下他腳邊，他低頭一看，是一隻瘦弱不堪的流浪狗，棕色的眼睛裡透著太多世故的經歷，讓他想起第一次見到樂奇的情景。從樂奇開口講話的那一天開始，他就不斷地成長茁壯。在小學開學的第一天，亞特和樂奇的寄養照顧者一同送他去學校時，亞特也和其他驕傲的父母一樣流下眼淚。

他偷偷地塞了一小塊香腸給那隻流浪狗。

「不要餵狗。」亞特身後的服務生突然出聲提醒，讓他嚇了一跳。「牠是……那個字怎麼說呢？流浪狗，有越多客人餵牠，牠越是會時常來討食物。」

「抱歉。」亞特說，等服務生轉身後，他又偷偷地將一大塊麵包扔在地上。「哎呀，我真是笨手笨腳的。」他說。「關節炎的手指真不靈活。」

「我會想念你的，老傢伙。」達芙妮說。

「我真希望可以永遠留在這裡，達芙。」亞特說。「不過，還有很多工作等著我，而且，卡莉終於同意要見面了，約在一個雙方都能接受的中立場所，還會帶著我的孫子、孫女一起來！我無法形容我有多麼興奮，但我很快就會回來了，我保證。」

「我的名字叫安娜，到底要提醒你多少次呀？」達芙妮說，隨手把香菸熄滅在旁邊的花盆裡。「不過，我並不介意，我真是為你感到高興，真的。更何況，我從來不想要一個長期關係的固定伴侶，短期兼職的更好，這樣我就不會對你感到厭倦了。」

61 Duolingo，免費的語言學習平台，透過遊戲方式提供多種語言課程，提供應用程式和網頁版，方便隨時學習，有助學習者提升語言技能。

「你說話還是一樣不客氣。」亞特說。

「而你還是一樣太客氣了。」達芙妮說。「所以就我們的組合來說，在一起太完美了。」

亞特伸手握住達芙妮的手，將她的手舉到嘴邊親吻了一下。達芙妮感受到從脖子一路蔓延到脊椎底部的寒顫。那種興奮感是她好久以前曾有過的體驗，卻也是她從未想過仍會再次感受的悸動。

「我也有個短期兼職的小家庭。」達芙妮說。「齊吉說，等他這學期結束後，他和凱莉會再次來訪，差不多是十二月初。我是她的教母，我和你說過這件事了嗎？」

「你也只說過五、六次吧。」亞特說。「不過，你要小心點，達芙，因為現在當我看著你時，我幾乎覺得你有能力去愛人了。」

「其實，你才是需要小心的人吧。」達芙妮說。

「因為當我現在看著你時，我覺得我可能真的有能力愛人了。」

他們兩人沉默了一會兒，不願破壞此時此刻奇妙的氛圍，靜靜地看著夕陽緩緩消失在地平線上。

「我現在只需要一隻狗，我好想念瑪格麗特。」達芙妮說。

「對了，安娜又要結婚了。」亞特說。「或許第六次可以成功順利。」

「他真是個勇敢的男人。」達芙妮說。「我希望他睡覺時睜著雙眼，並且小心注意自己吃下了什麼東西。」

「今晚村子裡的廣場上會舉辦一場滾球錦標賽，你覺得我們要去看看嗎？」亞特問。

「最好的死法，是和年邁村民們玩滾球時死去，還是在帕查夜店的舞台上跳舞時死去？」達芙妮反問。「我們應該記得詩人狄倫・湯瑪斯（Dylan Thomas）所說的話。」

「他說了什麼？」亞特問。

「**『不要溫順地進入那良夜，白晝將盡，就算年老也要燃燒咆嘯。』**」達芙妮說。「今天晚上有閉幕派對，我們一塊去燃燒咆嘯吧。」

「好吧，但你要答應我一件事，不要上舞台去。」亞特說。

「我可不保證任何事。」達芙妮回道。

他們一起走回達芙妮的公寓，那隻流浪狗緊隨在他們後方幾步的距離。

達芙妮停下了腳步，摸了摸小狗的耳朵後方。

「你知道的，你可以收養那些更年輕、更漂亮的小狗，達芙。」亞特說。

「哼。我更喜歡有經驗和智慧的朋友，最好還有幾個小祕密。」達芙妮說。隨後，那隻狗就跟著她回家了。

作者的話

當我寫這本書的時候，我五十四歲，和莉迪亞的年紀差不多。

我的大兒子才剛離家、上大學，而且，就像莉迪亞一樣，我也正在面對更年期的到來。如今，我唯一被形容為「火辣」的時候，都是因荷爾蒙變化而熱潮紅的時候。

這個人生階段的日子確實相當**艱難**。數十年來，當你將孩子放在第一位的日子結束之後，面對空巢期讓人感到恐懼，對於長期為全職媽媽的人而言，更是如此。你覺得自己早已學會了那麼多技能——多功處理、餐飲服務、人群交際、課業輔導，心理學等等——如今，卻被視為多餘的存在。

然而，在文學中，我們似乎也成了多餘的存在。因此，我寫下莉迪亞這個角色，希望如果你和我年紀相近，讀這本小說，當你覺得這一切讓人感到有些……難以承受時，你便會明白自己並不孤單。

步入五十歲的奇妙之處在於，雖然你的外表開始逐漸崩壞老去，內心卻絲毫不覺得自己與二十多歲時有什麼不同。我仍然不覺得自己是個「真正的成年人」，但我也不指望自己來到七十歲之際，就會有不同的感受。

我看著我的父母和他們那些朋友們，如今都已經八十多歲了，仍在上網和環遊世界，他們和小說中那些無助、無害的老人截然不同。在虛構小說中，退休老人往往只能扮演著悲傷、孤獨，對現代科技一無所知、在現代社會中漂泊的角色，最終只能被年輕人的善心所救贖。

「好吧，那完全是胡扯。」達芙妮可能會如此回應。我不打算成為那樣的老人，也不是我想在書中讀到的老人角色。我想要打造**霸氣掌控局面**的年長角色，這些退休老人要向年輕一代展現自己如何駕馭生活，而不是反過來的情況。

這並不意味著他們就是完美之人，甚至不一定是值得效仿的榜樣。毫無瑕疵的角色實在太無趣了。當你到了八十歲時，肯定積累了許多壞習慣，甚至也隱藏了不少過往的秘密與遺憾，而我的這些角色也絕對不例外！

接下來，我開始研究二〇一五年發生的哈頓花園珠寶盜竊案，犯案成員是一群幾乎為六十、七十歲的男性。這讓我意識到，因為年長隨之而來的隱形性，實際上成了一種完美的偽裝。我甚至想過，如果這群人之中有一位女性，她是否可以成功逃脫？或許，她現在仍然逍遙法外，手中握有一大堆珍貴華麗的珠寶……

我非常喜愛這樣的構想：一些年長的人不願優雅地老去，卻也不願循規蹈矩。我想像過這樣一個情景：一輛小巴士，那種會載著一群孩子或老人去參加一日遊的巴士，在高速公路上被警察攔了下來。我想像著，一名女性員警正尋找某位特定的逃犯，而巴士上的每一位乘客都在釋放自己內心的罪惡感，並懺悔承認自己曾犯下一些極其惡劣的輕罪。

我希望，當你們閱讀這本小說時，也能和我一樣擁有相同的樂趣。我也希望，從今以後，你再看到七十歲以上的人，或者一盆絲蘭時，會帶著截然不同的角度看待。

HOW TO AGE DISGRACEFULLY
暮年狂想曲── 銀髮I人的社交冒險

作　　　者　克萊兒・普里 Clare Pooley
譯　　　者　陳柚均
繪　　　者　薛慧瑩

副 總 編 輯　林祐萱
主　　　編　陳美璇
責 任 編 輯　林祐萱
封面、內頁設計　謝佳穎
內 頁 排 版　唯翔工作室
出　　　版　有樂文創事業有限公司
地　　　址　235 新北市中和區宜安路173號3樓
電 子 信 箱　ule.delight@gmail.com
電　　　話　02）8668-7108

發　　　行　遠足文化事業股份有限公司（讀書共和國出版集團）
地　　　址　231023 新北市新店區民權路108-2號9樓
電 子 信 箱　service@bookrep.com.tw
電　　　話　(02) 2218-1417
傳　　　真　(02) 2218-1142
郵 政 帳 號　19504465（戶名：遠足文化事業股份有限公司）
客 服 專 線　0800-221-029
團 體 訂 購　02-22181717 分機1124
網　　　址　www.bookrep.com.tw

法 律 顧 問　華洋法律事務所 蘇文生律師
印　　　製　博創印藝文化事業有限公司

定　　　價　新台幣480元
初 版 一 刷　2025年5月

I S B N　978-626-99525-1-9（平裝）
I S B N　978-626-99525-3-3（PDF）
I S B N　978-626-99525-2-6（EPUB）

國家圖書館出版品預行編目(CIP) 資料

暮年狂想曲：銀髮I人的社交冒險／克萊兒・普里（Clare Pooley）著；陳柚均譯.--新北市：有樂文創事業有限公司出版：遠足文化事業股份有限公司發行，2025.05
面；　公分
譯自：How to age disgracefully
ISBN　978-626-99525-1-9（平裝）
873.57　　114003893